不可能な過去

警視庁追跡捜査係

堂場瞬一

ハルキ文庫

JN118552

角川春樹事務所

目次

不可能な過去

警視庁追跡捜査係

第一章　告白の行方《ゆくえ》

1

目の前にいる男が、この十年間に人のあらゆる感情を経験してきたのは間違いない。高揚、不安、絶望、諦《あきら》め、そして困惑。

沖田大輝《おきただいき》は何と言っていいか、言葉を見つけられずにいた。普段はできるだけはっきり喋《しゃべ》る——クソ野郎に対してはクソ野郎と言う——ことを心がけているのだが、今回ばかりは適当な言葉が出てこない。

「まあ、どうしようもないんだけどねえ」

多摩東《たまひがし》署刑事課の古手の刑事、小杉《こすぎ》が溜息《ためいき》をつく。どうやら今は、諦めと困惑の感情に支配されているようだ。今年五十五歳。基本的にはずっと強行犯——殺人事件などの捜査を担当して本部や所轄《しょかつ》を転々とし、既《すで》に定年が見えるところまで来ているということは、事前の調査で分かっている。多摩東署に異動になったのは、二年前。しかし今彼が困りきっているのは、十年も前に杉並《すぎなみ》区で発生した一件が原因である。

「小杉さん、当時、確証はあったんでしょう?」

「……なければ逮捕《たいほ》しないよな」小杉が両手で顔を擦《こす》った。ごつごつした迫力のある顔なのだが、目は充血して潤《うる》んでいる。

確証はあった。逮捕した。検察は起訴《きそ》した——しかし東京地裁での第一審では無罪。その後裁判は最高裁までもつれこみ、最終的に無罪判決が確定した。警察としては最大の屈辱《くつじょく》である。

刑事としての仕事は概《おおむ》ね三十年ぐらい続くが、その間、何十件もの殺人事件を手がけるわけではない。それだけに一件一件慎重《しんちょう》に、誠実に取り組んで、犯人を割り出すことに命を賭《か》ける刑事がほとんどだ。だからこそ、無罪判決が出たら、自分の全《すべ》てを否定されたような気分になるのではないだろうか。戦後すぐには、強引な捜査で冤罪《えんざい》が頻発《ひんぱつ》したが、そういう混沌《こんとん》とした時代の事件とは性格が違う。争われたのは犯人のアリバイである。警察はアリバイと動機を最大のポイントとして容疑者摘発に至ったのだが、裁判では結局、捜査の詰めの甘さが指摘される結果になった。

「この手紙が来たのは……」沖田は訊《たず》ねた。

「一週間前だ」

「小杉さん宛《あて》に、直接ですか」

「ああ。俺《おれ》宛だけど、この署に届いた」

「よく小杉さんの居場所が分かりましたね」

「調べることはできないでもないだろう。奴《やつ》はまだ、弁護士ともつながっているかもしれないし」

「小杉さんは、この事件当時は、特捜が置かれた所轄にいたんでしょう？」

「そう。杉並中央署だ」

「容疑者とは直接対決したんですか？」

「俺が取り調べを担当したんだ」

それだけで、小杉が能力の高い刑事だと分かる。通常、本部の捜査一課には係に一人、取り調べ担当の刑事がいる。容疑者が逮捕された後の対決を全面的に任され、周辺捜査などに回ることはない。特捜事件で所轄の刑事が取り調べを担当するのは異例なのだ。

「別に、本部を出し抜いたわけじゃないよ」言い訳するように小杉が言った。「当時、本部は四係が特捜に入っていて、取り調べ担当は宮永《みやなが》さんだったんだけど……」

「ああ、あの事件、四係が担当していたんですか」沖田はうなずいた。十年前も沖田は追跡捜査係に在籍していたが、その前は捜査一課の強行班にいたので、その頃《ころ》の刑事たちの顔と名前は大体一致している。宮永は当時、五十歳を過ぎていただろうか……丸顔で温厚な性格で、取り調べの名人の一人と言われていた。人情味溢《あふ》れる人で、容疑者の頑《かたく》なな心をじっくりほぐしていくような調べ方を得意にしていた。すぐにカッとなりがちな沖田にすれば、見習うべきところは多かった。その宮永は——数年前に退職している。

「もしかしたら、宮永さんが調べ中に倒れた時ですか？」捜査一課の中では伝説の「事件」だ。

「逮捕して、宮永さんが取り調べを担当したんだけど、調べの最中にいきなり脳溢血《のういっけつ》で……あんなこと、滅多《めった》にないだろうな」

「でしょうね」沖田はうなずいた。宮永は、脳溢血の後遺症に悩まされ続けた。長いリハビリを続けたものの、完全には元に戻らず、結局激務の捜査一課から自宅に近い所轄の警務課に異動し、その後定年を待たずに退職してしまった。「それで小杉さんが代打で担当したんですね」

「正直言って、危ない感じはしてたんだ」確証があったという先ほどの発言を、自分で否定するようなものだった。「奴は逮捕された時から一貫して、自分にはアリバイがあると主張し続けた。しかしその裏が取れない——うちも強引にやり過ぎたかもしれないな。アリバイがなければ犯行は可能だと考えたんだけど、裁判所はその判断を受け入れなかった」

沖田は無言でもう一度うなずいた。アリバイというのは難しいものだ。「どこかにいた」ことを証明するのは、実は容易《ようい》ではない。これだけ防犯カメラが発達し、人の行動を電子的に追跡できる時代になっても、だ。

「難しい事件だったんだと思います」

「いや、最初は簡単な事件に見えたんだよ。単純な痴情《ちじょう》のもつれ——その線で捜査していって、何の問題もないと思っていた。こっちも、あまりにも単純で類型的な事件だと見てしまったんだよな」

「実際、類型的な事件じゃないですか」沖田は指摘した。「別れ話が出て、恋人を殺した──この手紙でも本人がそう書いてるんですから、間違いないですよ」

「しかし、そもそも本人が書いたかどうかも分からない」

「確かにパソコンで作った手紙ですから、筆跡鑑定もできませんよね」

「ああ。だから、悪戯《いたずら》の可能性もないではない──ただし、十年も前の事件だし、今になってわざわざ悪戯するような人間がいるとは思えない」重大事件の場合は、警察をからってやろうとする人間も出てくるのだが。「負の目立ち方」をしたいと思う人間は、一定数いる。

「裁判が確定した事件の資料は、警察には残しておかないと思いますが……」

「今回は特別なんだよ」小杉が一瞬沖田を睨《にら》んだ。「無罪判決だぞ？　捜査を継続しなくちゃいけなかったから、検察と協議して、資料は杉並中央署に全部残してあるんだ」

小杉が受けた衝撃はどれほどのものだろう、と沖田は想像した。簡単に片づくはずだった事件なのに取り調べは難航し、裁判でもアリバイ問題が最重要の争点になって、最終的に無罪が確定した。その頃には事件発生からかなりの時間が経《た》ってしまい、再捜査で本当の犯人を探すのは実質的に不可能──自分たちのミスで一つの事件を潰《つぶ》してしまった、と打ちひしがれていたはずだ。

それを何とか乗り越えたと思ったら、また衝撃が来た感じだろうか。

「今も、名目上は捜査はしてるんですよね」嫌な言い方だな、と沖田は意識した。いかにも「やっています」だけの感じではないか。

「無罪判決が出たということは、真犯人はまだ野放しになっているわけだから」小杉がうなずく。「一応、規模を縮小した捜査本部が置かれている」

実質的には、捜査は動いていないのだろう。そんな状況のところへ、無罪判決を受けた「元犯人」が「実は自分がやった」と告白する手紙を送ってきた——彼が判断に迷い、追跡捜査係に話を持ちこんできたのも理解できる。隣に座る追跡捜査の後輩、牛尾《うしお》拓也《たくや》が遠慮《えんりょ》がちに口を挟んだ。

「ちょっとよろしいですか」

小杉が牛尾をちらりと見て、素早くうなずく。

「無罪判決が確定した後、犯人とは会いましたか？」

「いや……」小杉が唇《くちびる》を舐《な》める。「俺は会っていない。ただ、当時の捜査一課長と署長が頭を下げに行った」

その件は沖田も聞いていた。警察としては最大レベルの屈辱だが、現場を担当していた刑事に責任を負《お》わせないことこそ、上司の仕事だろう。「長」の肩書きがつく人間は、いざという時に謝るために存在している。

「その時の様子、我々は知らないんですが、教えていただけますか」牛尾が言った。

「淡々としたものだったらしい。向こうの弁護士同席で面会したんだが、怒るでもなく怒《ど》鳴《な》るでもなく、静かに謝罪を受け入れたらしい」

「その後、民事で賠償請求訴訟《ばいしようそしよう》がありましたよね」

「争点もない感じで、要求通り、満額支払ったそうだ。訟務課が全面的に担当したから、俺は詳しい内容は知らないけどな。とにかくそれで、この一件は完全に片がついた感じだったんだ」

「それが、何で今さら……」牛尾が首を捻《ひね》る。

沖田は、小杉が用意してきた手紙をもう一度読み返した。便箋《びんせん》一枚。パソコンで打ち出された文章は短いが、内容は衝撃的だった。

十年前、杉並区阿佐谷《あさがや》で、別れ話のもつれから益岡仁美《ますおかひとみ》さんを殺したのは私です。裁判では無罪になりましたが、これが真実です。益岡さんには申し訳ないことをしました。反省《はんせい》しています。

沖田は首を捻った。罪は認めているが、警察に対する謝罪はない——何とも中途半端《はんぱ》な感じがする。警察を騙《だま》し、法廷で全面的に遣《や》り合い、無罪判決が出たら賠償金を分取った。相当図々《ずうずう》しい人間のように思えるが、十年前の事件の被害者に対する謝罪は丁寧《ていねい》である。申し訳なく思う気持ちは本物かもしれないが、警察に対しては未《いま》だに敵愾心《てきがいしん》を抱いているのだろうか。それもまた、筋が通らない話に思えるが……。

「この手紙、杉並中央署の捜査本部にも見せていますよね？」沖田は確認した。

「ああ」

「それで、この男——篠崎光雄《しのざきみつお》さんは、今どうしているんですか」沖田は手紙をテーブルに置いて訊ねた。「所在は摑《つか》んでいるんですか？」封筒には、差出人の住所はなかった。ただし、消印は静岡市内のものである。

「いや……」

「調べることはできますよね？」

「民事の裁判を担当した弁護士に確認すれば、連絡先は分かるはずだ」

「じゃあ……やってみますか」沖田は小杉にうなずきかけた。

「しかし、仮にこの手紙の内容が本当だったとしても、篠崎に対する再捜査はできない」

「本人に話を聴いて、事実関係を確認するぐらいはしてもいいと思います。法的に裁けるかどうかとは別問題で、真相は確認しておきたいと思いませんか？」

「何の得にもならない仕事だな」小杉が力なく首を横に振った。

「しかし、こういう手紙が来てしまった以上、やらざるを得ないでしょう。上は何か、指示しているんですか？」

「取り敢《あ》えず、追跡捜査係に相談しろ、という指示だった。それであなたに臨場《りんじょう》願ったわけでね」

要するに、こちらに押しつけようとしているわけか……それも仕方ないかもしれない、と沖田は早々と覚悟を決めた。捜査一課の一部門である追跡捜査係は、文字通り未解決の事件を再捜査するのが仕事である。無事に未解決事件を解決しても、その結果、当時の捜査のミスを明るみに出してしまうことがよくあるので、他の部署からは嫌われている。基本的に、依頼されて仕事をすることはなく、自分たちで未解決事件を調査して、手がかりがあればフリーハンドで着手していい、というのが決まりだ。こんな風に相談を受けることはまずないのだが、受けてもいいだろう、という気持ちはあった。一種の人助けだ。

「うちも上司と相談しますが、まずベーシックな部分を調べてからでもいいですか？　せめて住所ぐらいは割り出しておかないと。そもそも、裁判記録を見れば、原告の住所は分かるんじゃないですか」

「その記録は、訟務課が一括《いっかつ》して管理してるよ。向こうに聞いてもらうのがいいんじゃないかな」

「分かりました。どう転ぶかは分かりませんけど、追跡捜査係としてどうするか、後で連絡します」

「申し訳ないね」小杉が渋い表情を浮かべて言った。「まさか、こんな話が降ってくるとは思いませんでしたよ」

「ちなみに小杉さん、篠崎本人と何かトラブルにはなりませんでしたか？　小杉さんを名指しで手紙を送ってくるんですから、個人的な因縁《いんねん》があってもおかしくない気もしますが」

「それが、思い当たる節、まったくないんだよな」小杉が首を傾《かし》げる。「当時、特捜の刑事の中で、俺が一番長く篠崎と一緒にいたのは間違いないけど、逆に言えばそれ以外には何の縁もないんだよ。取り調べでトラブった記憶もない。もちろん、向こうはいい気分じゃなかったと思うけど、俺は精一杯気を遣ったよ。取り敢えず、知っている俺に手紙を書いてきた、ということじゃないだろうか」

「そうですか」そのまま素直に信じていいかどうかは分からない。当時の小杉と篠崎の関係を知るのは、当事者二人、それに常に取り調べに立ち会っていた記録係の刑事ぐらいだろう。当時の記録係を割り出して、後で話を聞く必要が出てくるかもしれない。取り調べる側と調べられる側では、同じ言葉でも感じ方が違ってくるはずだ。

面倒な捜査——調査になるのは間違いない。しかもこの件は、強制的に調べることはできないのだ。篠崎光雄から任意で話を聴くぐらいしかやることはないが、いったいどんな顔をして彼に会えばいいのだろう。

「やって」追跡捜査係の新しい係長、水木京佳《みずききょうか》があっさり判断を下した。

「いや、係長、まだ詳細は分かってないんですよ」さすがに沖田も呆《あき》れた。いくら何でも指示が早過ぎる。

「でも、放置してはおけないでしょう。杉並の事件は、無罪判決が出て、犯人不明のまま迷宮入りしている。そういう事件の真相を探ることこそ、うちの仕事じゃない？」

「お言葉を返すようですが、仮に篠崎光雄が犯人だと分かっても、再捜査はできませんよ」

「一事《いちじ》不《ふ》再理《さいり》」京佳がうなずく。「当然ね」

一度無罪判決が出た被告に対して、同じ容疑で捜査はできない――基本の基本だ。

「しかし、放置しておくわけにもいかないでしょう。仮に篠崎光雄が犯人だと分かったら、公表すればいい」

「それはちょっと……」この人は、どうしてこんなに強気になっているのだ？　沖田は内心首を傾げた。

「公表するのはうちの仕事じゃないけど、できないという決まりもありません」

「……分かりました。とにかく、調べてみます」

参ったな、と思いながら、沖田は追跡捜査係の一角に造られたスペースに向かった。三方が背の高いファイルキャビネットで区切られたこの場所は、同僚《どうりょう》の西川大和《にしかわやまと》が作ったもので、過去の事件の資料を集積してある。テーブルと椅子《いす》を入れてあるので、簡単な打ち合わせにも使える。すぐに、牛尾と同僚の林麻衣《はやしまい》も入って来た。

「参るね、あの係長は」沖田は首を横に振って小声で言った。「あんなに前のめりになられたら、たまったもんじゃねえよ」

「聞こえますよ、沖田さん」麻衣が小声で忠告した。

「おっと」沖田はニヤリと笑い、口にチャックする真似《まね》をした。

「俺は、悪くないと思いますけどね」牛尾が言った。「足を引っ張られるよりはましですよね」

「鳩山《はとやま》さんの悪口はそこまでだ。確かにあの人、やる気はなかったけどな」

「そういうつもりで言ったんじゃないです」牛尾が耳を赤くする。

長く追跡捜査係の係長を務《つと》めた鳩山は、この春、所轄の刑事課長に転出していた。本人は肝炎《かんえん》を長く患《わずら》っていて、所轄での仕事に対する不安を零《こぼ》していたのだが、今のところは上手《うま》くやっているらしい。あまり仕事に熱意を見せる人ではないが、立ち回りは上手いから、トラブルに巻きこまれることはないだろう。

新しく係長として赴任《ふにん》してきた京佳は、四十五歳。前職は、刑事総務課の刑事特別捜査係の係長だ。刑事部長の特命を受けて捜査するのが仕事だが、実際にはその役目は有名無実化している。刑事部長が直接命令を下す特殊な事件など、そんなにあるものではない。離婚歴あり、現在は独身——前の夫はかつての同僚で、現在は所轄の刑事課長を務めている。まあ、いろいろとややこしい人なのは間違いない。

「それで——どうするんですか？」麻衣が話を引き戻した。

「俺もやるつもりではいたよ。ただし、淡々と、だ」

「昔だったら沖田さんの立場が、今の係長になった感じですね」麻衣が指摘した。

「俺は、あんなに前のめりじゃないぜ」

「そうですか？」麻衣が疑わし気に言った。

「いいから……とにかく、やれるだけのことをやろう。牛尾、損賠の裁判の時の弁護士は割れたか？」係長に話す前に指示しておいたのだ。

「訟務課に確認しました。千代田《ちよだ》新法律事務所の松岡《まつおか》先生ですね」

「よし、まずそこからだな。刑事専門か？」

「そういうわけでもないようです。千代田新法律事務所は、相当大きい事務所ですけど……場所は麴町《こうじまち》です。半蔵門《はんぞうもん》駅の近くですね」

「歩いて行けるな」二十分かそれぐらいだろう。今日は梅雨《つゆ》の晴れ間で、気温もそれほど上がっていないから、散歩としてもちょうどいい。「じゃあ、俺と牛尾で行って来る」

「私は……」麻衣が不満げな表情を浮かべる。

「誰《だれ》か電話番してないとまずいだろう。西川も大竹もいねえし」

西川は今、毎日神奈川県警に足を運んでいる。警視庁と同じように、追跡捜査専門の部署を作る計画が出ていて、その相談に乗っているのだ。以前も同じように、北海道警に力を貸したことがある。「行政的な仕事は向かないんだが」とぶつぶつ文句を言っていたが、仕事だから仕方がない。上からの指示に絶対服従は、警察の基本だ。

「係長と二人きりだと、緊張するんですよね」

「いきなり無茶振りはしねえだろう。君が何か、未解決事件の手がかりでも見つけ出せば別だけど」

「そんな簡単にはいかないですよね」

「――そういうこと。とにかく、後は頼むぜ」

麻衣を追跡捜査係に残し、沖田は牛尾と一緒に内堀《うちぼり》通りを歩き始めた。相変わらず走っている人が多い。皇居を一周するこのコースはちょうど五キロで、走行距離が把握《はあく》しやすく、しかも歩道を走っている分には一度も信号に引っかからないので、ペースを崩《くず》さずに済む。世間的に注目されるようになったのは、十年か十五年前だろうか。今では更衣室《こういしつ》やシャワーの準備があるランニングステーションが何箇所も整備されている。もっとも、皇居ランが一般的になる前から、警視庁には昼休みの皇居一周を日課にしている職員がいた。何しろ道路を渡ればすぐに走り出せるのだから、手軽なことこの上ない。

「係長、何であんなにガツガツしてるんですかね」牛尾が言った。

「手柄《てがら》を立てないと、追跡捜査係は埋《う》もれちまうからな」

「でも、やり過ぎると嫌われますよね」

「何だい、そういうの、気になるのか？」

「同期に色々言われるんですよ――冗談《じょうだん》だと分かっていても凹《へこ》みます」

「結局、実績を上げれば文句は言われなくなる、という考えなんだろうな。分からないでもないけど、あまり張り切られても困るんだよなあ」やる気ゼロで、いつもこっちが引っ張っていくような感じだった鳩山とは、一八〇度違う存在と言ってもいいだろう。どちらもやりにくい。ちょうどいいバランス感覚を持った上司というのは、なかなかいないものだ。

「ま、そのうちじっくり話してみるよ」

「ですね……何か、俺は苦手なんですけど」

「最近の若い奴は、ああいう上司とは合わないか」

「俺もう、若手じゃないですよ」牛尾が苦笑した。確かに、三十代半《なか》ばとなると、既に中堅と呼ぶべきだ。「とにかく、ああいうタイプは危険だと思います」

「ま、この仕事に関しては、こっちの方が慣れてるから。手綱《たづな》を引き締めることだってできるさ」

本当はやや心配だったが。そういうことは、慎重《しんちょう》派の西川の方が圧倒的に上手くやる。だいたい、自分の手綱を引き締めていたのが西川だったのだから。

しかし、いない人間は当てにできない。どうも西川は、神奈川県警で何か画策しているようなのだ。組織作りの手助けで「ノウハウの伝授」に行ったはずなのに、もしかしたら他県警の事件にまで首を突っこもうとしているのかもしれない。そんなことをしている暇《ひま》があったら、突然浮上してきたこの事件を捜査して欲しい——いや、これは「捜査」ではなくあくまで「調査」だ。貴重なスタッフを何人も割《さ》くような事案ではない。

松岡は、四十歳ぐらいのすっきりしたイケメンだった。ネクタイはしていないが、スーツが体にぴたりと合っているせいか、きちんとした雰囲気《ふんいき》を漂《ただよ》わせている。弁護士事務所の自室で向かい合って座ると、すぐに切り出してきた。

「電話で話しましたけど、篠崎さんの件ですよね？　四年ぐらい前の案件ですね」

「どうして先生が担当したんですか？」

「向こうから依頼があったんです。刑事事件を担当した弁護士から私の名前を聞いた、と言ってましたね」

「刑事事件を担当した先生がご自分でやられた方が、流れとしては自然だったような気がしますが」

「結構ご高齢の先生だったんです。お身体《からだ》の具合も悪かったようで、私の方に話が回ってきました。警察の人の前でこういうことを言うのは何ですけど、私、以前も国賠の事件を担当したことがありまして」

「ああ……そうなんですね」国家を権力と見なして裁判で戦う——というような武闘派ではないようだが。あくまで仕事として淡々と裁判をこなしていくタイプに見える。

「篠崎さんの件は、無罪判決が確定していますから、争う材料はあまりなかったですね。裁判は、簡単に終わりました」

「でしょうね。でも、事態はそんなに簡単ではないかもしれません」

「どういうことですか？」松岡の目がすっと細くなる。

「実は篠崎さんが、問題の事件は自分の犯行だったと告白する手紙を、当時の担当刑事に送ってきたんです」

「まさか……悪戯じゃないんですか」松岡も、すぐには信じられない様子だった。

「そうかもしれませんが、一応調べる必要はあります。それでまず、篠崎さんの真意を確認したいと思っているんです。松岡先生、最近は篠崎さんと会いましたか?」

「いや、裁判が終わってからは、電話で何度か話しただけですね。篠崎さん、賠償金をもらったら、後はさっさと事件のことは忘れたいと言ってましたよ。弁護士とつき合っていると、いつまでも事件を引きずる、と考えたのかもしれません」

「無罪が確定して、賠償金ももらって……その時はどんな感じでしたか? 警察に対する恨《うら》みは言ってませんでしたか?」

「そういうのは、もう突き抜けていたようです」

「突き抜けた?」

「誰かを恨む段階は終わった、ということです。地裁で無罪判決が出るまでは、警察は絶対に許せないと思っていたようです。でも最高裁で無罪が確定してからは、とにかく早く自由になって、事件のことは忘れたいと……篠崎さんはあの事件で仕事も社会的信用もなくしましたから、生活していくために賠償金は必要だったんでしょうけど」

「嫌なことは早く過去にしたかった、ということですかね」実際にはなかなか難しいのだが。事件に巻きこまれると、一生それがついて回る。

「そうでしょうね。無罪判決が確定した時、篠崎さんは……五十四歳か。仕事もなかったし、賠償金を受け取って、後はそれで細々と暮らしていくつもりだったんじゃないかな」

「民事の訴訟を起こした時の住所は、荒川区《あらかわ》になっていますが……」正確には荒川区東尾《ひがしお》久《ぐ》。日暮里《にっぽり》・舎人《とねり》ライナーの赤土《あかど》小学校前駅の近くだ。

「事件の前に篠崎さんが購入していたマンションの住所です。住民票が残っていたので、訴訟時にその住所を使いました。今は、ローンの残債を精算して引き払ったはずですよ」

「その後はどこへ行ったんですか？」

「それがお知りになりたい？」松岡は話が早かった。既に「依頼人」ではなくなっているから、個人情報を漏《も》らすことにも抵抗がないのかもしれない。

「お願いできますか？」沖田は下手《したて》に出た。話しそうな気配ではあるが、ここはあくまで慎重にいった方がいい。

「構いませんけど、今さら篠崎さんを調べるのは筋違いじゃないですか」

「それが、そういうわけにもいかないんです」

「まだしつこく追い回すつもりですか？」松岡の表情がにわかに険しくなった。「それはよろしくないな。篠崎さんのことは、警察の全面敗北で終わったでしょう。警察もそれを認めているはずだ。だから賠償請求の訴訟ではほとんど争いにならなかった」

「その時はその時で……篠崎さんの手紙の真偽《しんぎ》を確かめなくてはいけません」

「一事不再理で、再捜査はできませんよ」

「それは分かっています。捜査ではなく、あくまで調査です」

「いや、しかし……」

「あの事件では、犯人はまだ見つかっていない。被害者は成仏《じょうぶつ》できないままなんですよ。

それは、警察にとっては恥《はじ》です。篠崎さんを裁くことはできなくても、真相を突き止めるのは警察の義務です」

しばらく押し引きした後、結局松岡は、篠崎の連絡先——地元・静岡の知人の名前と電話番号を教えてくれた。民事訴訟の時には、そちらが連絡先になっていて、松岡もそれしか知らないのだという。現在の篠崎の住所や携帯《けいたい》の番号については、自分が調べるよりそちらに聞いてもらった方が早いだろう、ということだった。

「ご家族じゃないんですか」

「ご家族とは疎遠《そえん》になっていたようです。私はこの人を、唯一《ゆいいつ》の連絡先として聞いていました」

「松岡先生、一つ、印象を聞かせてもらえませんか？」沖田は手帳を閉じながら言った。

「篠崎さんの印象ですか？　傷ついて、疲れて、それでもかすかな希望にすがっていた感じです」

「そういうことではなく、犯人だったかどうか、です」

「私は刑事裁判の方には関与していません。何も言う資格はありませんよ」松岡がぴしりと言った。

事務所を辞して、二人は弁護士事務所のすぐ近くにある所轄に顔を出した。一刻も早く篠崎に確認したい——本部まで戻る時間がもったいなかったので、ここで作業をするつもりだった。

警務課でデスクを貸してもらい、牛尾が電話をかける。すぐにつながり、てきぱきとした口調で話し出した。

「柳《やなぎ》さんのお宅ですか？　私、警視庁捜査一課追跡捜査係の牛尾と申します。篠崎光雄さんとお話ししたいんですが……え？　いつですか？」

牛尾がいきなり立ち上がった。元気はいいが冷静な男にしては、珍《めずら》しいリアクションである。沖田は視線を送り、無言で「どうした」と訊ねる。牛尾がスマートフォンを掌《てのひら》で押さえ、困惑した表情で「亡《な》くなったと言っています」と告《つ》げた。

沖田も立ち上がった。クソ、どうして自分で電話をかけなかったのか……しかし牛尾のスマートフォンをふんだくるのもまずい。ここは取り敢えず、彼に任せておかないと……焦《あせ》る沖田の気持ちを感じ取ったのか、牛尾が相手の言葉を復唱しながら話を続けた。

「ええ……亡くなったのは三日前ですね？　六月二十七日。失礼ですが、死因は？　そうですか、ご病気ですか」

牛尾のやり取りを聞いているうちに、状況が次第《しだい》に分かってきた。篠崎は数ヶ月前に何らかの重病が発覚し、地元・静岡で闘病生活を送っていたのだが、三日前に入院先の病院で亡くなったということだった。医師が立ち会っており、死因に不審な点はない。手紙については……牛尾が話している相手も何も知らないようだが、篠崎はずっと入院していたということだから、自分で手紙を出したとは思えない。

疑問がいくつか湧いてきた。いずれも調べられないことはないだろうが、そうする意味があるかどうかは分からない。何しろ肝心の本人が死んでしまっていると分かったのだから。おそらく京佳は「撤収《てっしゅう》」を指示するだろう。前のめりになって再捜査を指示するタイプだが、逆に冷《さ》めるのも早いのは既に分かっている。

……いや、それは係長の勝手な判断だ。犯人が死んでいようが生きていようが、真相を解明する義務が警察にはある。もちろん法的に裁くことはできないにしても、真相が闇《やみ》の中に埋もれたままでは、被害者は永遠に浮かばれない。

そんなことが我慢《がまん》できるはずもない。

2

神奈川県警追跡捜査班立ち上げの「アドバイザー」として、西川はこのところ毎日、県警本部に足を運んでいた。組織的な問題を検討し、警視庁の追跡捜査係の仕事をレクチャーし、実際にどんな未解決事件があるかを事前にチェックしておく――そうこうするうちに、西川は一つの未解決事件に興味を惹《ひ》かれていた。というより、何故解決しないのか、不思議だった。四年前に起きた殺人事件で、捜査本部は今でも動いているが、捜査は完全に行き詰まっているようだった。

警視庁の追跡捜査係なら、四年前の事件には手を出さない。普段捜査している刑事たちに任せておくのが筋だ。実際西川たちが再捜査に着手する場合は、発生から十年が一つの節目になっている。十年経《た》つと、新しい証拠や証人はまず出てこなくなるからだ。未解決事件なら、当然捜査は続いているが、十年前からずっと同じ刑事が担当していることはまずない——だから、追跡捜査係が手を出しても、現場の捜査員をあまり怒らせることはないのだ。

「滝田《たきた》君、この件なんだけど」

西川はスクラップブックを開いて、滝田沙都子《さとこ》に示した。

「ああ、はい」沙都子がうなずく。「宙に浮いてる感じですね」

「宙に浮く？」

「手がかりはあったんですけど、どれも中途半端で……潰し切れていなかったと思います。捜査が半端だったんですよ」

沙都子は結構辛辣《しんらつ》だ。今回、追跡捜査専門のセクションを作るにあたって、担当になっている県警の刑事総務課勤務——二年前までは捜査一課の一線で働いていたのだが、結婚・出産を機に刑事総務課に異動していた。未だに警察は男社会であり、女性は一線で活躍《かつやく》できる機会が少ない……それも事実だが、この異動は沙都子自身の希望だったという。現場の仕事は続けたいが、まずは子育て優先。

警察ではよくある話だが、沙都子の夫も同じ警察官で、県警の機動隊に所属している。機動隊は何かあれば現場へ出動、さらに県外への応援出張もあるので、全面的に子育てには関《かか》われない。中途半端になるぐらいなら、まず自分がしっかり子育てをして、それから本格的に現場に復帰するつもりだと言っていた。いわば警察内部でのセカンドキャリア。話を聞いて、そういうのもありだな、と西川は納得してしまった。昔は——西川が若い頃は、女性警察官は早く結婚して退職するように暗に急《せ》かされる風潮《ふうちょう》がまだ濃厚だった。今はさすがにそんなことはなくなったが、家庭を守りながら仕事を続けていく環境が整《ととの》っているとは言い難《がた》い。一時的に時間に余裕のある仕事をして、後で本来の自分の専門に復帰するというのは、悪くないやり方だと思う。いや、そうしないと、これからは警察の組織も回っていかないだろう。

「半端っていうのはどういう意味かな」スクラップブックの新聞記事を読んだだけでは、彼女の指摘の意味は分からない。

「防犯カメラに頼り過ぎだったんです。当時、かなり映像が残っていて、そこからすぐに犯人に辿《たど》り着けそうな感じがしたんですけど、あまりにもそこにこだわり過ぎたんじゃないですかね」

「他の基本的な捜査が疎《おろそ》かになった？」

「否定できません」沙都子が肩をすくめる。そういう仕草をすると、ひどく大袈裟《おおげさ》に見える。そもそも背も高く、顔立ちも派手《はで》なので、何だか舞台女優の演技を見ているような気分になるのだった。

「そういう意味で、防犯カメラは双刃《もろは》の剣《つるぎ》かもしれないな」西川はうなずいた。

街角に増え続ける防犯カメラは、犯罪抑止《よくし》と犯罪捜査の両方に重要な役割を負っている。カメラがあることに気づけば、「監視されている」と意識して悪さをしないように気をつけるだろうし、捜査については……容疑者などを追跡する際、防犯カメラに映った映像をチェックしていくことで、ある程度は動きが分かるのだ。犯行現場から自宅近くまでの容疑者の動きを割り出して、逮捕につながったことが何度もあった。警視庁では、捜査支援分析センターがその手の仕事を一手に引き受けているが、神奈川県警にも同様の担当セクションがあるはずだ。

「君は、この事件当時は……」

「一課の別の係にいました。担当していたら、結婚も延期になっていたかもしれません」

「いや、さすがに結婚はできただろう。それに、個人の責任が問題になるようなことじゃないから」

「そんなことないですよ。失敗の責任は組織が負うにしても、実際は個人の失敗が原因になることが多いんですから」

「厳しいねえ」

「私が担当していたら、絶対解決してましたけどね」

この自信はどこからくるのだろう。彼女には、何となく「堂々」という形容詞が似合うのだが、実際の刑事としての「腕」は、一緒に仕事をしてみないと分からない。口だけなら何とでも言えるものだ。しかし、今回は西川との「窓口」を任されているのだから、上の信頼が厚いのは間違いない。

「記事を読んだ限りでは、すぐに解決しそうな事件なんだよな」

西川はスクラップブックをテーブルに置いて、もう一度記事に目を通した。

8日午前1時頃、多摩区東生田《ひがしいくた》のマンションで「女性の悲鳴が聞こえた」と110番通報があった。警察が現場を調べたところ、502号室のドアが開いており、中で女性が倒れているのを発見。女性は病院へ緊急搬送され、死亡が確認された。

女性は、このマンションに住む女子大生（21）と見られており、警察で確認を急いでいる。室内には荒らされた形跡があった。遺体は首に絞《し》められたような跡があり、神奈川県警は殺人事件と見て捜査本部を設置、本格的な捜査を始めた。現場は小田急《おだきゅう》線向《むこう》ヶ丘遊園《おかゆうえん》駅から徒歩5分ほどの住宅街。

「このマンション、ほぼ学生だけの物件だったんです」沙都子が補足して説明する。

「学生寮《りょう》ではなく？」

「違いますけど、オーナーさんの意向で、学生を優先的に入居させる方針だったようですね。あとは若いサラリーマンが何人か」

「どういうことかな？」

「さあ」沙都子がまた肩をすくめる。「私が自分で調べたわけじゃないですから、何とも言えません。噂《うわさ》で聞いただけです」

「そうか」

続報を確認する。翌日の朝刊で、女性の身元が確認された。香川県出身の富田《とみた》愛佳《あいか》、都内の大学の三年生だった。上京してからずっとそのマンションで一人暮らしをしていたが、住人同士のつき合いはほとんどなかったようである。

最近は殺人事件であっても、記者もあまり力を入れない。よほど重大な事件ならともかく、そうでなければ事件の発生と犯人逮捕を伝える記事ぐらいしか載らないことも珍しくない。昔は、捜査の状況を逐一《ちくいち》記事にしていて、それでマスコミと警察が衝突《しょうとつ》することも珍しくなかったのだが。

「防犯カメラに、不審者の映像が残っていたんですよ。ただ、一人を除《のぞ》いて全員にアリバイが成立しました」

「その一人が容疑者だったのでは？」

「残念ながら、身元を特定できなかったんです。防犯カメラの追跡も途切れてしまって」

「この辺は……そんなに防犯カメラが多い場所でもないか」

「そうですね」沙都子がうなずく。「東京だったら確実に防犯カメラを追っていけるかもしれませんけど」

「なるほどね」

西川は腕組みをした。ふと喉《のど》の渇《かわ》きを覚え、バッグから水筒を取り出す。妻が朝用意してくれたコーヒーは、夕方の最後の一杯が残っているだけだ。容器を兼《か》ねる蓋《ふた》に入れると、香《こう》ばしい香りが漂い出してくる。

「いい匂《にお》いですね」

「俺だけ申し訳ない」

「いつもコーヒー、持ってきてますよね」

「買うのがもったいないから、家で淹《い》れてくるんだ」

「奥さんですか？」

「ああ」

「コーヒー淹れるの、お上手なんですね」

「店が出せるぐらいだよ」開業資金があれば、だが。息子は独立したとはいえ、マイホームのローンはまだ残っている。店を出すほどの余裕はないのだ。

「私もコーヒー、買ってきます」

沙都子が部屋を出て行った。とはいえ、庁舎内にある自販機だろう。県警本部は大さん橋ターミナルの近くにあるのだが、近くに飲食店はない。テークアウトできるようなチェーンのコーヒーショップもないはずだ。まあ、最近は自販機のコーヒーもそれなりに美味《うま》いから……妻のコーヒーをじっくり味わっていると、沙都子が刑事総務課長の上岡《うえおか》と一緒に戻って来た。西川は腰を浮かして、軽く頭を下げた。上岡は五十代半ば。小柄だががっしりした体格で、服を着ていても肩や胸の筋肉の盛り上がりが分かる。今はワイシャツ一枚なので尚更《なおさら》だった。

「お疲れ様です」上岡が丁寧に挨拶《あいさつ》した。

「いえ」

上岡が西川の向かいに腰を下ろす。この部屋は、県警が用意してくれた小さな会議室で、残念ながら窓はない。一日詰めていると頭痛がしてくるぐらい、空気の流れが悪かった。とはいえ、警視庁の追跡捜査係も同じようなものだ。

「刑事部長に上げる報告書なんですが……」上岡が切り出す。

「建白書、ですかね」古めかしい言い方だが、実際に「報告書」ではないのだ。西川の意見を中心に、人員配置なども含め、どんな組織にすべきか、提言をまとめた書類になる。

「明日には用意できると思います」

「結構ですね」

「それで私はお役目ごめんになると思いますが……」そう言って、自分の中で何かが引っかかっているのに気づく。「気が早いかもしれませんが、実際に再捜査がどんな感じになるのか、若い刑事に体験させてみるのはどうでしょうか」

「どういうことですか?」

「四年前の、川崎の殺しが未解決ですよね」

「あれはまだ、捜査本部が動いてますよ」

「それは承知してます」西川はうなずいた。「ただ……四年間、大きな動きがないままに過ぎてしまった。初動の段階以降、捜査はぱたりと止まってしまったようですね。私の経験では、こういう事件は固まりがちなんです」

凍《こお》りつく、とも言う。未解決事件は英語で「コールドケース」で、そこからきた表現である。いずれにせよ、刑事としてはあまり聞きたい表現ではない。

「それは耳が痛い話だ」

「組織が発足《ほっそく》しても、私はお手伝いできません。自分本来の仕事がありますから……今のうちに、再捜査の方法と要点を、この事件を教材にお伝えできればと思いました」

「あなたの方は、大丈夫なんですか？　もう一週間も、こちらでお手伝いしてもらっている」

「大丈夫でしょう。今のところ、追跡捜査係でも動きはないようですから」

「それは確かにありがたいご提案ですね」上岡がうなずく。「しかし、まだ組織が発足していないわけではないから、誰にノウハウを伝授してもらうかが問題ですが……滝田、お前、どうだ？」

「私ですか？」沙都子が自分の鼻を指差した。「現場はちょっと……まだ自信ないですけど」

「通常の勤務時間の範囲でいいんじゃないかな」西川は助け舟を出した。「そんなに無理する必要はない……そもそも、俺には捜査する権利はないんだから。基本は、書類をひっくり返すだけになると思う」

「それなら……」沙都子が話に乗りかけた。

「もう一人、使ってやってもらえますかね」上岡が遠慮がちに頼みこんできた。

「構いませんよ」三人で書類をひっくり返す――それで急に捜査が動き出すとは思えないが、書類の「穴」を探すノウハウぐらいは教えられるだろう。「穴」は書類の不備ではなく、捜査の間違いのことを指すのだが。

「滝田、北山《きたやま》はどうだろう」

「ああ、北さん……」

沙都子が嫌そうな表情を一瞬だけ浮かべる。問題児なのだろうか、と西川は訝《いぶか》った。

「いいですけど、大丈夫なんですか」

「大丈夫もクソも、奴は刑事だよ」

「いや、体力的に」

「軽い仕事なら、ちょうどいいリハビリになるんじゃないか」

「私は構いませんけど……」沙都子は不満――不安そうだった。

「じゃあ、明日、北山という刑事をここへ出頭させますから、西川さん、ちょっと面倒を見てやって下さいよ」

「ええ。それと、再捜査に関しては、まず捜査資料のチェックが中心になるんですけど、資料にアクセスする権限を与えてもらえないでしょうか」

「それは……かなり面倒だな」上岡が嫌そうな表情を浮かべる。「四年も捜査を続けているのに、結果を出せていないんですから」

「結果を出していないから、追跡捜査係が動き出すことになるんです」そして自分たちは、ずいぶん嫌われてきたのだが……捜査というのは難しいもので、人が変わっても本来の方針で捜査を続行して解決に至ることがあれば、別の人がまったく違う視点から調べて真相に辿り着くこともある。西川は「別の人による新しい見方」を重視していた。そういうのはやはり、当時の捜査の「穴」を見つけ出すことから始まる。その穴をゼロベースで検討し直すことで、真相に近づく材料が見つかったりするのだ。

「捜査本部に話をしておきますよ。ただし、四年前からずっと担当している刑事もいますから、どうか穏便《おんびん》に」

「もちろんです」西川はうなずいた。「最大限、気配りします」

この辺は気をつけないと。自分はあくまで警視庁の人間であり、ここには頼まれて来ているだけなのだ。アドバイザーというと立場が上のような感じもあるのだが、あくまで謙《けん》虚《きょ》にいこう。そうでなくても警視庁と神奈川県警は、何かと張り合いがちなのだ。

「例えば明日、捜査本部に顔を出すようなつもりですか？」

「そうですね。捜査資料は、捜査本部にあるわけですから……できれば」

「分かりました」上岡が肩を揺らしながらうなずいた。「話は通しておきます」

「お手数おかけします」西川はさっと一礼した。

「では、早速」上岡が立ち上がって部屋を出て行った。残された沙都子が、コーヒーを啜《すす》ってから訊ねる。

「この事件、そんなに気になりますか？」

「未解決事件だから、どうしてもね……この機会に、書類読みのノウハウを学んでおくのもいいと思うよ」

「警視庁の方、大丈夫なんですか？」

「この件は、来週一杯までかかる予定にしてあるんだ」西川はスマートフォンを確認した。

「今はうちも仕事がないから、腕を鈍《なま》らせないようにしないと」

「西川さん、やり過ぎは禁物ですよ」沙都子が釘《くぎ》を刺した。

「俺は沖田とは違うよ」

「沖田さん……誰ですか？」

「俺の同僚だ。いつも暴走するから、手綱を引き締めるのが大変なんだ」

「そういう人、どこにでもいますよね」

「まあね」西川は笑いを嚙《か》み殺した。さて、明日からはちょっと変わった仕事になる。図々しく出るわけにはいかないが、もしかしたら自分が、神奈川県警の抱える未解決事件を解決に導けるかもしれない。そうなったら、警視庁としては誇れる——争いは避《さ》けたいが、自分が神奈川県警に対してマウントを取ろうとしていることを意識した。

午後六時、西川は一度警視庁に戻った。このところ、自宅から神奈川県警に通う日々が続いていて、久しく顔を出していなかったのである。この時間だと誰もいないかもしれないが――沖田がいた。

「何だ、まだいたのか」

「まあな」沖田はどことなく不機嫌《ふきげん》だった。「お前こそどうした」

「ちょっと顔を出しただけだ」

「誰もいないかもしれないのに？」

「お前がいるじゃないか」

「神奈川県警の方、どうよ」沖田が怒ったような口調で訊ねる。

「うちと同じように、捜査一課の中に追跡班を作る感じになると思う。体制的に係まではいかない――それは向こうの人事の都合だけど」

「何人体制で？」

「四人か五人だな」

「じゃあ、うちと変わらないじゃないか」

警視庁の追跡捜査係も、係長の京佳を筆頭に六人がいるだけだ。捜査一課の他の係に比べれば少人数なのだが、常に捜査を展開しているわけではないから、これぐらいでも人手が足《た》りない感じはない。いざ再捜査が本番に入れば、他の刑事の応援を得ることもあるし。

「取り敢えず組織固めは終わったから、明日から実際に未解決事件の再捜査をしてみるつもりなんだ」

「お前が？」沖田が目を見開いた。「神奈川県警の事件にまで首を突っこむのかよ」

「ちょっとしたノウハウを伝授するだけだよ。研修みたいなものだ。だいたいそんなに簡単に解決はできないだろう。捜査のやり方を摑んでもらえればいいんだ」

「どうせならすっきり解決して、神奈川県警の鼻を明かしてやれよ。マウント、取れるぜ」

「俺も同じことを考えてたけどな」

「お前も悪い奴だねえ」沖田がニヤリと笑う。

「悪くはないさ……これも教育だ。それで？　お前の方は相変わらず暇なのか」

「うるせえな。相変わらずは余計だよ——暇じゃない」

「何かあったのか」西川は思わず背筋を伸ばした。

「実は、とんでもなく変な事件が転がりこんできた」

沖田の説明を聞くうちに、西川は背筋に嫌な緊張感が走るのを意識した。十年前の杉並の事件のことなら、当然頭に入っている。無罪判決——警察としては恥としか言いようがない。そして、一度犯人として逮捕された人間が無罪判決を受けてしまったら、真犯人には絶対に辿《たど》り着けないだろうと予測していた。最初の段階で、特定の人間を逮捕するために全力を尽くしてしまったということは、逆に言えば他の可能性を全て放棄《ほうき》してしまったことにもなる。資料もろくに残っていないだろうし、再捜査するとしたら当時の捜査員の記憶に頼るぐらいしかない——しかしこの件は、さらに事情が複雑だ。

「係長は何て言ってる？」

「最初は前のめりだった」

「だろうな」西川は苦笑した。鳩山ののんびりした態度に慣れきっていたので、新しい係長の前向きな姿勢には戸惑《とまど》わされる。

「だけど、本人が死んでいることが分かったら、急に引きやがった。要は、手柄にならないってことだろう」

「そもそも俺たちは、手柄が欲しくてやってるわけじゃないけど」

「まあな……」沖田が掌で勢いよく顔を擦った。「ただし、放《ほう》っておくわけにもいかねえからな。一応調査は進めることで、何とか納得させたよ」

「そうか」

「明日、篠崎さんの地元の静岡に行ってくる。お前も、神奈川県警の事件に首を突っこんでないで、こっちを手伝えよ」

「いや、杉並の件はものにならないと思う」一度捜査が終わった事件なのだ。単なる未解決事件よりもはるかに難度が高い。

「お前までそんなこと、言うのか」沖田がいきりたった。

「特殊な事件だけど、実態は単純じゃないかな」

「ああ？」

「裁判では無罪になった。でも実際は篠崎さんが真犯人で、病気で先が長くないと分かったから、良心の痛みに耐《た》えかねて告白した――そんなところじゃないかな」

「そりゃそうかもしれねえけど、真相は探りたいじゃないか」

「無理だな」西川は言い切った。「これは篠崎さんしか真相を知らないことなんだ。本人が死んでいる以上、どうしようもないいんじゃないかな」

「後《うし》ろ向きだねえ」

「現実的と言ってくれ」

「お前が現実主義者なのは知ってるけど……そういう人生、つまらなくないか？」

「五十になって、人生がつまらないとか面白いとか言ってるのもどうかと思うよ」

沖田がむっつりした表情を浮かべて黙りこんでしまった。もしも篠崎が生きていて、本当に真犯人だと分かれば、それなりに大きな事案になる。法律的には処理できなくても、他に方法が……例えば被害者の遺族が、民事の損害賠償請求を起こすこともあるだろう。その裁判の中で、事件の真相が明らかにされる可能性もある。警察は捜査はできないが、密《ひそ》かに被害者家族に協力して、真相に迫ることはできるのではないか。

しかし篠崎は既に死んでいる。沖田が興味を惹かれるのも分かるが、徒労に終わる可能性が極めて高い。

そして西川は、無駄や空振りが大嫌いだった。

3

静岡へ来たのはいつ以来だろう……新幹線の停車駅だから便利な気もするが、実際にここに停《と》まる「ひかり」の本数は多くない。車でもよかったが、今日はあちこち走り回る予定はなかったので、新幹線にしたのだった。篠崎が一時的に身を寄せていた柳の家は、JR静岡駅からそれほど遠くないというし。

今日の出張の相棒は牛尾。東京駅に九時集合だったので、時間には余裕があったはずなのに、ひどく眠そうだった。

「どうかしたのか？」隣の席に座った牛尾に思わず声をかける。

「いや、赤ん坊が寝なくて……うち、夜泣きがひどいんですよ」

「大変だけど、そいつはどうしようもねえな」子どもがいない――結婚もしていない沖田には根本的に理解できない問題だが、子どもの夜泣きに苦労させられたという同僚は少なくない。新米の親の通過儀礼のようなものだろうか。「今、何ヶ月だ？」

「四ヶ月です。とにかくよく泣く子なんですよ」

「だけど、お前より奥さんの方が大変だろう。少し寝不足なぐらいで文句を言ってると、奥さんに申し訳ないぜ」

「それは分かってますけど、眠いのは眠いですよ」

「じゃあ、静岡まで寝てろよ。着いたら起こしてやる」

「それじゃ申し訳ないですよ」

そう言いながら、牛尾は品川駅に着いた時にはもう寝入っていた。それに気づいた沖田は苦笑して、東京駅で買ってきたコーヒーを飲みながら、十年前の新聞記事をタブレット端末で読み続けた。

被害者の益岡仁美は、事件当時四十二歳。富山県出身で、都内の大学を卒業した後、IT系企業に就職した。数年後に結婚して専業主婦になったものの三年で離婚し、すぐに元勤めていた会社に契約社員として舞い戻っていた――というキャリアを知ってから、何となく落ち着かない。沖田の恋人・響子《きょうこ》も同じような身の上なのだ。

仁美が当時交際していたのが、篠崎だった。当時四十八歳だった篠崎は、仁美がサーバーの構築を担当した食品メーカー「東花《とうか》フーズ」の課長で、二人はこの仕事の関係で知り合ったのだった。篠崎はずっと独身を通しており、仁美も離婚して独り身《ひと》だったので、二人の交際には特に問題はなかった――しかし実際には波乱含みで、仁美は「暴力を振るわれた」と警察に何度も訴《うった》え出ていた。一度は夜中に警察が出動し、仁美の家で二人から事情を聴いたこともある。しかし篠崎が暴力を振るっていた明確な証拠はなく、警察としては警告を与えるぐらいしかできなかった。

そんなことが続いたある日、仁美が会社を無断欠勤したことを気にした同僚が家を訪ね、仁美の遺体を発見したのだった。

事件発生直後から警察は篠崎を調べ始め、間もなく逮捕したのだが、捜査は最初から、細いロープの上を爪先《つまさき》立ちで歩くような危《あや》ういものだった。仁美の部屋から、篠崎の指紋が大量に発見された――頻繁《ひんぱん》に出入りしていたのだから当たり前だ。篠崎は犯行当日はずっと自宅にいたと証言したのだが、それは証明できない――しかし警察も、篠崎が仁美の家を訪ねたどころか、自宅を出たかどうかさえ証明できないのだった。二人がそれぞれ住んでいたマンションには防犯カメラなどは設置されていなかった。また、近隣の防犯カメラをチェックしても、篠崎の姿は見つからなかった。

しかし警察は、凶器を決定的な証拠として採用した。現場に残されていた、青銅製の置き物。高さ五十センチ、重さ二キロと結構な重量がある立像で、普段は玄関の靴箱《くつばこ》の上に飾《かざ》られていたという。遺体の近くにその立像が落ちていて、仁美の血痕《けっこん》が付着していた。仁美の死因は、頭を鈍器《どんき》で強打されたことによる脳挫傷《のうざしょう》と判明し、その「鈍器」――立像に篠崎の指紋がついていたのである。

こいつは証拠としては弱い、と沖田は判断した。頻繁に家に出入りしていたなら、家の中にあるものに篠崎の指紋がついていてもおかしくない。当然篠崎は、逮捕後も一貫して容疑を否認。裁判でも篠崎が凶器を使ったかどうか、さらに当日家にいたというアリバイが成り立つかどうかが争われたが、結局裁判員は「無罪」の判決を下した。高裁、最高裁でも地裁の判決が覆《くつがえ》ることはなく、無罪が確定。

完全にヘマしたな、と沖田は鼻を鳴らした。地検の判断も甘かったのではないだろうか。

取り調べの段階から全面否定が続いていたのだから、もう少し慎重に扱うべきだった。

資料を見直しているうちに、あっという間に静岡に着いてしまった。声をかける前に、牛尾が体を揺するようにして目を覚ます。

「すみません、完全に寝てました」ぼやけた声で牛尾が言った。

「たっぷり寝たんだから、今日はがっちり頑張ってくれよ」

今日は金曜日。調べられるだけ調べたら、週末は事件から離れたかった。最近沖田は、意識改革を試みている。ぶっ続けで仕事をしなければならない時は間違いなくあるし、そういうのは嫌いではない——むしろ好きなのだが、ワークライフバランスをもう少しきちんとしよう、と真剣に考えているのだ。きっかけは、響子の体調が最近優れないことである。彼女は一度流産しているのだが、それが原因……というわけではなかった。はっきりした病気というわけでもない。彼女に言わせると更年期障害なのだが、医者にはかかろうとしないのだ。

この十年、彼女の身にも様々な変化があった。加齢の問題もあるだろう。今は二人きり——息子は九州の大学に進学し、彼女の実家である老舗《しにせ》の呉服店を継《つ》ぐために、経営学を勉強している。響子自身は、ＩＴ系企業の派遣社員から正社員になり、仕事も忙しい。最近は、以前ほど頻繁には会えなくなっている。それ故、せめて何もない週末は一緒に過ごそうと決めているのだ。これが沖田流の意識改革。そしてこの週末は、伊豆《いず》へ小旅行に行くことにしていた。旅行などほとんど行ったことがないので、楽しみな反面、緊張もしている。

駅のホームに出ると、沖田は仕事モードに気持ちを切り替えた。

「どんな具合だい？」道案内は牛尾に任せていた。

「南口から歩いて十五分ぐらいですけど、どうします？」

「歩くか……雨もそれほどひどくないだろう」今日は朝から曇天《どんてん》で、新幹線が静岡駅のホームに滑《すべ》りこむ直前、雨が降り出したことは分かっていた。

静岡市は、県庁のある駅北口の方が賑《にぎ》わっているようだが、南口も高層ビルが建ち並ぶ大都会である。外へ出ると雨が強くなっているのが分かった。ビル風のせいで、雨が斜《なな》めから吹きつけてくる。目の前のロータリーがタクシー乗り場……しかし沖田は、無視して歩き出した。最近少し運動不足だから、思い切って歩いてしまおう。

牛尾の先導で、雨の中を歩き出す。駅から続く大通りはフラットで歩道も広く、歩きやすい。駅の南口はビジネス街という感じで、地元企業の他に、東京に本社のある企業の支店の看板《かんばん》などが目立つ。蒸し暑く不快な陽気だったが、街全体には何となくのんびりした雰囲気が漂っている。静岡は温暖で人も穏《おだ》やかだから、住むのにちょうどいい——と誰かが言っていたが、沖田自身は、そんなところで暮らしたら退屈《たいくつ》でどうにかなってしまうだろうと思う。基本的には、ざわついた都会で、神経をピリピリさせながら生きていくのが好きなのだ。そういうのに耐えられないという人も少なくないはずだが、沖田には東京の空気が合っていたし、今ではあの街以外に住むことは考えられない。

次第にビルが少なくなり、住宅街に入っていく。十五分ほど歩いて到着した柳の家の表札を見ると、住所は駿河区《するが》中田《なかだ》。弁護士が教えてくれた連絡先通りの住所だった。

「行きますか？」前を歩いていた牛尾が振り返って訊ねる。

「先陣は任せるぜ」

うなずき、牛尾が一歩前に進み出てインタフォンを鳴らした。家はかなり古い――二階建ての和風建築で、駐車場がないことに沖田は違和感を抱いた。ここまで来る途中にあった一戸建ての家には、たいてい大きなガレージ、そうでなくても駐車スペースがあった。地方では車がないと買い物にも困るはずだが、駅から徒歩十五分ほどのこの場所で、車がなくても大丈夫なのだろうか。

ドアが開き、中年の女性が姿を現す。自分と同年輩だろう、と沖田は見当をつけた。

「柳さんですね？　昨日お電話した警視庁の牛尾です」牛尾が丁寧に頭を下げた。

「あ、はい、私は小関《こぜき》ですが」女性が少し戸惑いを見せた。

「失礼ですが――」

「柳の妹です。結婚して家を出ています。今日は兄が対応しますが、私も一応……気になるので」

「結構です。失礼してよろしいですか」

「どうぞ」

二人は家の中に入った。湿った空気が流れている中、玄関のすぐ脇にある六畳ほどの部屋に通される。一人がけのソファが四脚、低いテーブルを囲むように置いてある。応接間、だろう。最近都内の家では、こういう部屋はほとんど見ないが。

「ちょっとお待ちいただけますか？　お座り下さい」

言い残して、女性が部屋を出て行った。ソファに腰を下ろした牛尾が「どんな感じですかね」と心配そうに訊ねる。

「敵意はないようだけどな」柳にとって、警察は「敵」の感覚であってもおかしくない。何しろ、篠崎の働き盛りの時間を何年も奪《うば》った組織なのだ。

すぐに、初老の男性が部屋に入って来た。短く刈《か》り揃《そろ》えた髪はすっかり白くなっているが、体は大きく張りがある。半袖《はんそで》のポロシャツから突き出た腕もごつごつして太かった。今も体を使う仕事をしているか、積極的に運動しているか、どちらかだ。沖田と牛尾は同時に立ち上がって頭を下げた。年長の沖田が先に名刺を差し出す。

「警視庁追跡捜査係の沖田です」

名刺を交換する。男の名刺には「駿府製菓　会長　柳泰雄《やすお》」とある。しかし名刺に記載された会社の所在地はこの家ではなく、別の場所である。さらに工場も別にある……となると、かなり大きな会社かもしれない。

「昨日は電話で失礼しました。牛尾です」

「どうも」

三人は同時にソファに腰を下ろした。そこに、柳の妹が入って来る。お盆には、麦茶らしきものが入ったグラスが四つ。お茶を出すと、自分はお盆を胸に抱えるようにしてソファに浅く座った。

「こちらは妹の貴子《たかこ》です」柳が紹介してくれた。

「すみません。私は名刺がないので……」

「結構です」牛尾が手帳を開いた。「念の為に記録させて下さい。どういう字を書くんですか？」

「貴重の貴に、子どもの子、です」

「お住まいは、近くですか？」

「私は隣――焼津《やいづ》です」

淡々としたやり取り。しかしこの兄妹は、警察に対して明確な敵意は持っていないようだと沖田は判断した。

「会社は、こちらではないんですか」沖田は柳に質問した。

「会社は南町《みなみちょう》――駅の近くです」

「今日は、仕事は大丈夫ですか？」

「もう、息子に任せていますから。私は肩書きだけですよ」

柳は六十代の前半ぐらいだろうか。地方で会社を経営している人なら、引退するには早過ぎる感じもするが。

「大きい会社なんですね」沖田は当てずっぽうで言った。

「古いだけですよ。息子で七代目……江戸時代からです」

それだけ長い間続いているということは、地元にしっかり根づいた優良企業である証拠だろう。沖田はうなずいて本題に入った。

「篠崎さんの、昔からのお知り合いと聞いています」

「幼馴染《おさななじ》みです。私が三歳年上ですけど、この近くで兄弟同然に育ちました」柳が答える。この場では彼が話すことになっているようだった。

「篠崎さんは、高校を卒業後に東京に出たんですね」

「そうです。自由にしていい、ということでした。実家は酒の卸《おろし》をやっているんですが、そちらは長男が継いで」

「ご両親は？」

「健在ですよ。ただ、この十年はずっと病気がちでね」

事件が、両親の健康状態に影響を及ぼしたのだろうか……激しいストレスにさらされたのは間違いないだろうが、沖田はそこには突っこまないことにした。まず、本筋をしっかり固めないと。

「篠崎さんは無罪判決が確定した後、こちらに戻って来たんですね」

「長いこと勾留《こうりゅう》されて、体がガタガタになってしまった……少し休ませないと何もできないような状態だったので、静岡に戻るように私が勧《すす》めたんです」

「ご実家の方は、どうだったんですか」

「いや、それは……」柳が唇を舐めた。「あまり言いたくないですけど、絶縁状態になってました」

「事件がきっかけですか」

「もちろんです」

「東京では、民事の裁判もありましたが……」

「基本的に弁護士に任せていたようです。それで何ヶ月かここに住んで、うちの会社で経理の仕事をしていました。リハビリですね」

「柳さんが身元引き受け人のようなものだったんですね。普通に仕事には馴染めていましたか？」

「それは、まあ……」柳が、居心地悪そうに体を揺すった。「田舎《いなか》だから、何かと陰口《かげぐち》を言う人もいました。無罪にはなったけど、逮捕はされたわけで、白い目で見る人がいたのも事実です。それでも、何とか立ち直りかけていたんですが……半年ぐらいこちらにいて、結局東京へ戻ったんですよ」

「向こうに住んでいたんですか？　ちょっと話を整理させて下さい」沖田は一瞬目を瞑《つむ》った。「篠崎さんは、自由の身になってから、何度か住む場所を変えています。どういう感じだったんですか？」

「ええとね」柳が天井《てんじょう》を仰《あお》いだ。「最初は昔住んでいた東京の家にいて、その後静岡、それから東京へ戻って、向こうでもう一回引っ越ししてますよ」

「東京には嫌な思い出があったんでしょうね」数年でこれだけ引っ越しを重ねていたのだから、落ち着かない日々だっただろう。

「東京の家は、逮捕前に買ったマンションだったんですけどね。こっちにもい辛《づら》かったんでしょう」柳の表情は依然として暗い。「向こうで仕事が見つかりそうだから、と言いましてね。無理しないようにと止めたんですが……」

「病気で亡くなった、ということですよね」

「ええ」

「病気が発覚したのはいつ頃ですか」

「あれ、いつだったっけ？」柳が貴子に話を振った。

「去年の九月」貴子が低い声で答える。

「そうでした。東京で健康診断《しんだん》を受けて、要精密検査になって。調べたら、膵臓《すいぞう》がんで余命半年と宣告されたんです。長い間自由を奪われていて、体にダメージが蓄積《ちくせき》していたんじゃないですかね」柳の口調はまだ淡々としていた。既に全てを受け入れ、諦めたような感じがする。

「それで、またこちらに戻って来たんですか」

「一ヶ月ほど前です。東京で一人だと心細いだろうからって、私が説得したんですよ。それで、東京の家は借りたままで、こちらの病院に入って……あっという間でした」

「残念でした。後で、お線香を上げさせてもらっていいですか？」

「ええ」

「それで……」沖田は一瞬口籠《くちごも》った。話はこれからシビアな方向に入っていく。しかし迷っていても話は進まない。「今回、十年前に取り調べを担当していた刑事に、篠崎さんから手紙が届きました。そこに、実はあの事件の犯人は自分だったと書いてあったんです」

「その話は昨日聞きましたけど、本当なんですか?」柳の表情が険しくなる。

「手紙が来たのは本当です。ただし内容が本当かどうかは……今の段階では何とも言えません」

「もしも本当に光雄が犯人だったら、どうするんですか」

「何もできないんです。一事不再理という原則がありまして、裁判で無罪が確定した人は、同じ事件で二度裁かれることはありません」

「そうですか……でも、実際のところは……」

「事実関係だけは調べようと思います。仮に事実だと分かっても、篠崎さんは亡くなっていますから、警察としては調べる以上のことはできないんですが」

「しかし、また名誉《めいよ》が穢《けが》されるわけだ」柳が溜息をついた。「一度名誉が毀損《きそん》されると、取り戻すことはできないんですよね。それは家族も同じなんです」

「事情は分かります」

「事件の後は、光雄の実家は大変でした。商売にも響いて、何度も倒産か、という状態に陥《おちい》りましたから。古馴染みの常連さんに支えられて、何とか立ち直りましたけど、無罪判決が確定しても、完全に元に戻ったわけじゃないんです。お兄さんの代になって必死にやってますけど、まだ苦労されている」

沖田はうなずくしかできなかった。そういうケースを、沖田自身、何度も見ている。犯罪の影響は、被害者、加害者それぞれの家族にも及ぶのだ。そして「世間」の声は誰にもコントロールできない。総務部の総合支援課が、被害者、加害者それぞれの家族をフォローしようと必死になっているが、それが上手くいく保証はないだろう。

「光雄は、損害賠償請求でもらった金を実家に入れると言ったんですけどね」

「ご家族は受け取らなかったんですか？」

「そんなものは受け取れない、関わり合いにもなりたくないという話で……絶縁宣言ですよ。そこまで厳しく言われたら、私も間に入れない」

「柳さんは、十分一生懸命《けんめい》やられていたと思いますよ……一つ、確認させて下さい。手紙の消印は静岡でした。どういうことか、心当たりはないですか？」

二人が顔を見合わせた。柳が「心当たりないですね」と告げる。

それで沖田は、悪戯説に傾《かたむ》き始めた。本人が書いた証拠はないし、誰が出したかも分からない。そもそも篠崎は入院中で、外へ出られる状況ではなかったはずだし。ただし、消印は静岡——必死に病院を抜け出し、密かに手紙を出したのか。

「どうして警察官宛に手紙を出すのか、心当たりはありますか？」言ってから、責めるような口調になってしまったと反省《はんせい》する。しかし二人ともまったく気にしていない様子だった。

篠崎の行動の動機は分からない。謎《なぞ》も増えるばかりだった。沖田はその後も、篠崎の故郷での行動を詳細に確認し続けた。柳の会社で働いていた時期は数ヶ月ほどだったのだが、仕事は問題なくこなしていたらしい。

「元々、数字には強かったんでしょうね。事務の仕事は普通にこなしてましたよ」

「食品メーカーで仕事をしたくて、東京へ出たんでしょうか？　ご実家が酒の卸ということと、何か関係でも？」

「いや、大学へ進学する時には、将来どうするかまでは決めてなかったと思いますよ。当時は圧倒的な売り手市場だったから、好きなところに就職できたと思いますけど……まあ、堅実なところを選んだということでしょう」

「こちらで家業を手伝うような話にはならなかったんですか？」

「あいつの実家も、そこまで大きな商売ではないですからね。まあ、東京で自由にやっていた、ということでしょう」

「ご結婚はされていなかったと思いますが」

「一度、痛い目に遭《あ》ってるんです」貴子が唐突に打ち明けた。

「貴子……」

柳がたしなめると、貴子が首をすくめた。しかしすぐに「別に、もういいじゃない」と反論する。「三十年も前の話なんだし」と続けた。

「何があったんですか？」

「結婚まで決まっていた人がいたんですけど、ぎりぎりで婚約破棄になったって聞いています」貴子が深刻な表情で打ち明ける。

「何があったんですか？」

「詳しいことは分かりません」

「お相手は？」

「それはさすがに、関係ないと思いますが」柳がやんわりと抗議した。

「失礼しました」沖田は咳払《せきばら》いした。「流れで、つい」

「とにかく、それでかなり痛い目に遭った――もう結婚なんてうんざりだと思ったんでしょう。私にまで愚痴《ぐち》を零《こぼ》したぐらいでしたから」貴子が話をまとめた。「結局それからずっと一人です」

「しかし、亡くなった益岡仁美さんとは交際していたんですよね」

「つき合う相手ぐらいはいたでしょうけど……でも、結婚したい、という話は聞いたことがないですね」柳が答える。

「益岡仁美さんと会ったことはありますか？」

「ないです。そもそもあの事件の前は……光雄には何年も会ってませんでした。向こうも仕事が忙しかったようで、つき合っている人がいたことも知らなかったんですよ。こっちも商売があったし、静岡と東京は、案外遠いものです」

「そうですか……では、あの事件は本当に寝耳に水だったんですね」

「ええ」柳がうなずく。表情は暗く、過去の嫌な記憶に襲《おそ》われているのは間違いなかった。

沖田はなおも話を聞き続けたが、結局有益な情報は得られなかった。ただし兄妹が、篠崎の不運をひどく嘆《なげ》いているのは間違いない。この十年間、あまりにも色々なことが起こり過ぎて、まだ気持ちの整理がついていないのではないだろうか。

「一つ、確認させて下さい」沖田は人差し指を立てた。

「ええ」柳がうなずく。

「十年前の事件について、篠崎さんと話したことはありますか？」

「それは……」柳が貴子と顔を見合わせてから打ち明ける。「実は、ほとんどないんです。実家と大喧嘩《おおげんか》になって落ちこんでいた時に話をして……『やっていない』とはっきり言われたんですけど、事件のことについて直接話したのは、その時だけだったと思います」

「篠崎さんは、犯行を否定された」

「ええ」

「それを信じましたか？」

「何とも言えません……当時のことは、あまりにも唐突だったせいか、記憶がはっきりしないんですよ。情けない話ですけど、私も動転していたんだと思います。でも、実際には無罪になったわけですし、やっていないということで私も了解しました」

「友人が事件に巻きこまれれば、誰でも冷静ではいられません」沖田はうなずいた。「その後は、まったく事件の話はしなかったんですか？」

「聞いたことはありました。でも光雄が『そういう話はもういいじゃないか』と言うので、深くは突っこめなかったですね」

「そうですか……」

「何であんなことになったんですかねえ」柳が首を捻る。「逮捕された時、光雄は四十八歳でした。働き盛りですよね。何もなければあれから十年、一生懸命働いて、今頃は定年後の人生を考え始める時期になっていたはずです。それが病気で……警察は、このことをどう考えているんですか」

「警察としては、失敗を反省しているとしか言えません。その結果が、民事裁判での全面降伏です」

「私も謝罪して欲しいわけではないですけど——そんなことを要求する権利もありませんけど、どういうことなのかは聞きたいですね」

「それは……申し訳ないですが、現段階では『分からない』としか言いようがないんです。これから調べていくつもりですが」

「そうですか……」

「私は警察を代表する立場でもありませんし……」ふと小杉の顔が目に浮かぶ。あんたが十年前にきちんと事件を仕上げなかったから、今度は俺が追い詰められる羽目《はめ》になっちまったじゃないか。

「まあ、あの……いずれにせよ、光雄はもう亡くなっていますので」柳が言って、力なく首を横に振った。

「取り敢えず、ご焼香させていただけますか」

沖田たちは篠崎の遺影を前に焼香し、手を合わせた。結局十年前の事件については何も分からないまま——友人が事件の話をほとんど聞いていないというのは、嘘《うそ》ではないだろう。そんなことで嘘をついても仕方がない。

「もう一つ、お願いしていいですか」

「何でしょう」柳の眉《まゆ》がぎゅっと寄った。そろそろ我慢の限界が近づいているのかもしれない。

「篠崎さんのご実家の住所、教えていただけますか？」

「まさか、行くつもりなんですか？」柳が大袈裟に目を見開いた。

「ええ」

「よしなさい。殺されますよ」


殺されはしなかった。しかし会話は十秒しか続かなかった。

柳の家から歩いて五分ほどのところにある篠崎の実家。古びた一戸建てのドアをノックすると、髪の毛がほぼなくなった老人が出て来た。警察だと名乗ると、いきなり顔を紅潮《こうちょう》させ、「話すことはない！」と怒鳴り上げた。沖田が「時間はかかりません」と言ったもものの、耳に入った様子はなく「さっさと帰れ！」とさらに大声を張り上げてドアを閉めてしまった。鍵《かぎ》がかかる音がしなかったので、ドアノブに手を伸ばそうとして躊躇《ためら》い、引っこめる。

「行かなくていいんですか？」牛尾が不思議そうな表情で訊ねる。

「やめておこう」

「沖田さんらしくないですね」

「顔、見ただろう？　真っ赤だった。あのまま続けてたら、血管がブチ切れちまう。事情聴取で犠牲者を出すわけにはいかねえよ」

「……ですね。どうします？」

「もう少し調べたいな。こっちにいる友だちとか……事件のことを何か知ってるかもしれねえ」

「俺は構いませんけど」牛尾がバッグからタブレット端末を取り出した。「さっき、柳さんに教えてもらった人が何人かいますよね。そういう人に当たっていくしかないですね」

「夕方までは、その聞き込みを続けるか」沖田は腕時計を見た。ヴァルカンのクリケット。アラーム機能がついたこの時計も、もう十年以上使っている。そろそろ新しい時計が欲しいところだが、「次」を選ぶのは難しい。機械式時計の世界は奥が深く、何を選ぶかで使う人の人間性まで見えてしまうところがある。ヴァルカンは質実剛健なイメージがいいのだが、それが自分に合っているかどうか。「その前に昼飯だな」

「静岡おでんといきますか?」

「何だ、それ?」

「知らないんですか?」牛尾が驚いたように言った。「魚粉《ぎょふん》をかけて食べるんです。美味いですよ」

「何でそんなこと知ってるんだ? お前、出身は茨城《いばらき》だろう」

「うちの近くに一軒あって、たまに行くんですよ」

「おでんは飯にならねえよ」沖田はぴしりと言った。「あれは酒の肴《さかな》だ。蕎麦《そば》か何かでさっさと済ませようぜ」

「……おつき合いします」少しがっかりした様子で牛尾が応じた。

どうもこの件は、上手くいかない気がする。少なくとも静岡では手がかりは掴めないのではないだろうか。しかしせっかくここまで来たのだから、手土産《てみやげ》なしでは帰れない。そういう風に考えてしまうのは、刑事ならではの貧乏性《びんぼうしょう》かもしれないが。

4

「いきなりこれですか」沙都子がげんなりして言った。彼女の目の前には、段ボール箱が十箱——捜査本部が出してくれた資料だ。現在使っているものは除いてこれだから、実際の捜査資料ははるかに多い。

「これが最大の手がかりなんだ。捜査資料の中には、必ず手がかりが隠れている」

「だけど、ひっくり返すだけで大変じゃないですか」

「慣れるさ。俺たちは普段、こういう仕事ばかりやってるんだ」

「もっと派手なのかと思いました」沙都子が肩をすくめる。

一方、この「研修」に呼ばれたもう一人の刑事、北山は既に段ボール箱を開けて、中から資料を取り出していた。小柄でほっそりしており、一見したところ警察官には見えない。しかし細いのは、長い入院生活のせいだと西川は聞いていた。薬物銃器対策課の刑事だった北山は、半年前、マークしていた暴力団員を尾行《びこう》していた際、いきなり腹を撃たれたのだった。ぎりぎりで動脈は損傷せずに一命を取り留めたものの、入院生活は三ヶ月に及び、ようやく復帰してきてまだ一ヶ月。ただし「本籍」である薬物銃器対策課ではなく、刑事総務課に異動になった。まだ本調子ではないということで、勤務時間がきちんと決まっている刑事総務課で、しばらくリハビリを続けるように指示されている。元々小太りの体形だったのが、入院生活中に脂肪《しぼう》も筋肉も落ち、二十キロ近く体重が減ったという。ダイエットとしては効果的だろうが、絶対に試したくない。

「北山君、あまり無理しないように」西川は忠告した。

「大丈夫です。書類を見てるだけですから」

北山が眼鏡《めがね》をかけ直した。その眼鏡のつるの部分が修復されていることに気づいた西川は、つい訊ねた。

「その眼鏡は、ずいぶん大事に使ってるんだね」

「ああ……」北山が微妙な表情を浮かべた。「撃たれた時にかけていたんです。自戒《じかい》の念をこめて、直して使ってます」

「失礼」

「いえ、生きてますから、大したことはありません」北山が平然と言ってうなずいた。

西川の同僚にも、勤務中に大怪我《おおけが》を負った人間はいる。今は捜査一課にいる大友鉄《おおともてつ》も撃たれて一時意識不明になり、回復までにはかなり時間がかかった。彼も、その時のことはあまり語ろうとしない。

　気を取り直して資料に意識を集中する。主にここに集められたのは、関係者から事情聴取した際の調書だ。これが曲者《くせもの》で、調書というのは、刑事と相手の会話を完全に記録したものではない。本当は、録音テープを全て聞き返したいぐらいなのだが……不完全な記録であるが故に、そこに矛盾《むじゅん》、あるいは穴が見つかることがある。そういうものを突《つ》いていけば、思わぬ事実が浮かび上がることもあるのだ——まあ、千時間を費《つい》やして一つぐらいだろうか。思えば今まで、よく何件もの未解決事件の手がかりを掴んできたものだ。もちろん、外部から意外な情報がもたらされたり、資料以外から手がかりが出てくる場合もあるのだが。

「とにかく、しばらく資料を読みこんでくれ。必ずしも時系列に従わなくてもいい。取り敢えず、防犯カメラに映っていた人の事情聴取の様子を確認してくれないか」

犯行当日、マンションの防犯カメラは複数の人の出入りを捉《とら》えていた。犯行の前後一時間で五人。このうち四人は身元が確認できて警察の事情聴取を受けていた。身元が分からなかったもう一人が犯人である可能性が高いとはいえ、まずは話が聴けた四人の証言を精査しなければならない。

さて、自分は……西川は防犯カメラの映像も借り出していた。まずこれを確認していこう。パソコンをセットし、眼鏡の曇《くも》りを拭《ふ》く。少し落ち着かないのは、捜査本部が置かれた所轄の小さな会議室にいるせいだ。さすがに大量の捜査資料を県警本部まで運ぶようには頼めず、こちらが足を運んだのだが、アウェー感は否《いな》めない。

しかし……空気が悪いな。西川は立ち上がって窓を開けた。外は雨、しかも気温が高くじめじめしているのだが、それでも外気の感触が少しだけありがたい。取り敢えず微風が吹きこむのを確認して、席に戻った。

現場マンションの住人は基本的に学生、そして少数の独身サラリーマン——若い人が多いせいか、夜遅くになっても人の出入りは少なくない。

動画ファイルは、犯行時刻前後にマンションに出入りしていた五人を一人ずつまとめていた。それぞれの動画は短い……出入りするだけだから、映像に映っているのはほんの数秒だ。男性四人、女性一人。すぐに女性を排除したくなったが——荒っぽい犯罪ができるとは思えなかった——先入観を排除してしっかり観察する。何度も繰り返し観《み》て、さらにスピードを落として再生。顔がしっかり見える場面では再生を止めて、それぞれの顔を頭に叩《たた》きこんだ。

それから、それぞれの人物の個人データと突き合わせていく。身元が割れている四人は全員がこのマンションの住人で、アリバイも成立していた。四人のうち二人はバイト帰り。一人はコンビニへ買い物に行って十数分後に戻り、もう一人は夜中に恋人に会いに出かけていたことが分かっていた。

問題はもう一人——男性なのは分かるが、顔がまったく映っていない。まるで出入り口に防犯カメラがあるのを知っていて、映らないように気をつけているようでもあった。カメラに映っているのは脳天だけで、それもベースボールキャップを被《かぶ》っているせいで、髪型すら判然としない。キャップからはみ出るぐらい長いことが分かるだけだった。しかも耳の様子を見ると、眼鏡とマスクをかけている。この二つは、変装《へんそう》には極めて有効な小道具だ。服装は、何の特徴もない黒い長袖シャツとジーンズ。足元はオレンジとグリーンのランニングシューズだった。この派手な色のシューズは、ナイキの限定モデルだと分かっていたが、限定とはいえ販売数は数千単位になるということで、実質的に追跡は不可能だったらしい。荷物らしきものは持っていないが、よく見ると、シャツと同色のウエストポーチをしている。ちょっとしたものなら入りそうな容量だ——凶器とか。

もっとも被害者の富田愛佳は、首を絞められて殺された。それ以外にも、殴《なぐ》りつけられた傷が複数……犯人は最初に殴りつけて大人しくさせ、最後は首を絞めて止《とど》めを刺した、というのが当時の見方である。

映像からの分析《ぶんせき》で、男は身長一七五センチぐらい、年齢は二十代から四十代と見られていた。カラーの映像であっても、年齢まで絞《しぼ》りこむのは無理か……西川が見た印象だと、二十代という感じなのだが。ポイントは手だ。唯一はっきり見えている手だけは、若い感じがする。手には年齢が出る、とよく言うし。

ふと、自分の手の甲をしげしげと見てしまった。いつの間にか皺《しわ》が増えて肌《はだ》に張りがなくなっている……別に手入れもしていないし、五十になればこんなものだと思うが、それでも歳を取ったことは意識せざるを得ない。考えてみれば、息子ももう大学を出て就職しているのだ。最近、結婚を意識している娘もいるという。数年のうちには孫ができて——と考えるとぞっとする。孫ができたら、やはり爺《じい》さんになったと実感するものだろうか。

頭を振って、余計な思いを追い払う。まったく、冗談じゃない。集中力がなくなっているのも、歳を取った証拠じゃないか？

この映像だけではまだ分からない、と西川は結論づけた。出入りしていた五人の「その後」の映像が必要だ。特に外出していた二人が何時ごろ帰って来たかが重要である。犯行時刻にマンションにいなかったら、完全に容疑者から除外していいと思うが……その件は後でいいだろう。この四人に関しては、当時も捜査本部が徹底して調べたはずである。となると問題は、やはり残りの一人だ。

マンションの防犯カメラに映っていれば、当然現場周辺の他の防犯カメラもチェックする。しかしこの男は、まったく映っていない。繁華街ではないので、それほど防犯カメラの数が多くないせいもあるが、まるでマンションから立ち去った直後に消えてしまったようである。

もっとも、防犯カメラから逃れる方法はないわけではない。車やバイクなどを使えばいいだけだ。どちらも、仮に映っても顔までは判然としない。もちろん、周辺の防犯カメラを事前にチェックし、死角になる逃走ルートを事前に決めておく手もあるだろうが、そこまで面倒なことをする人間はまずいない。完全に防犯カメラの設置場所を把握《はあく》できるものでもないだろうし。

今のところ――当時から状況は変わらないが――この男はマンションの住人だった可能性が高いと見られている。「出」の映像はあるものの「入り」がないからだ。防犯カメラの映像は二十四時間で上書きされる仕組みになっているので、一定の時間内の様子しか把握できないのだが、二十四時間、家に戻らないことも珍しくはないだろう。同じマンションの住人が犯行に及ぶ――それはおかしくない。だが、その後マンションから出たのはどうしてだろう？　家にいれば疑われることもないだろうに。

この疑問は潰しておかねばならない。壁の時計を見ると、資料のチェックを始めてから、既に一時間半が経過していた。こういうことはよくある。資料の読み込みなどに没頭《ぼっとう》していると、時間の経過を忘れてしまうのだ。

沙都子の目はぼんやりしていた。一方北山は、自分のノートに細かくメモを取りながら資料を読みこんでいる。どうやら基本的に真面目《まじめ》なタイプ――いや、一刻も早く復帰するために、こういうこともリハビリだと思っているのかもしれない。彼のように大怪我した人間は、すぐに原隊復帰しないで、それこそ追跡捜査班で仕事をするのがいいと思うのだが……何もなければ定時に帰れる仕事で、体力を消耗《しょうもう》することもない。何かあった時に、一気に走り出せばいいだけで、リハビリにもちょうどいいのではないだろうか。

この辺で目先を変えるか。西川は、「ちょっといいか」と二人に声をかけた。

「お茶にしますか」沙都子が伸びをしながら言った。確かにそういう時間だが……呑気《のんき》過ぎるな、と西川は思った。

「いや、捜査本部の人に会おうか」

「え」沙都子が途端《とたん》に嫌そうな表情を浮かべる。「事情聴取ですか」

「そういうわけじゃない。ちょっと話が聴きたいだけだ」

「警察的には、それを事情聴取って言いますよね」

沙都子は何かと理屈っぽい。扱いにくい相手だ、と西川は肝《きも》に銘《めい》じた。一方北山は、すぐに立ち上がった。

「今、ここを仕切っているのは、本部の係長かな」

「そうだと思います」北山が答える。

「じゃあ、話をつないでくれるか？　俺が頼むより、君が言った方が角が立たないと思う」

「分かりました」

北山が出て行くと、沙都子が溜息をついた。「点数稼《かせ》ぎですかね」とさらりとひどいことを言う。

「いや、俺の頼みを聞いても、評価は上がらないよ」西川は苦笑した。「動かないと、本人もリハビリにならないと思ってるんじゃないかな」

「捜査本部の仕切りの係長って、結構ハードな人ですよ」

「知ってるのか?」

「捜査一課にいた頃に……パワハラぎりぎりの感じだと思います」

「そういうのには慣れてるさ」西川の年齢だと、警察に入ったばかりの頃には、そういう上司がほとんどだった。さすがに、すぐに鉄拳《てっけん》制裁という人は絶滅寸前だったが、罵声《ばせい》や長時間の説教は珍しくもなかった。「俺が若い頃は、そういうのが普通だった」

「大昔の話ですねえ」沙都子はからかった。数日一緒に仕事をしているだけだが、距離の詰め方が早過ぎる……。

「そんなに昔でもない」とはいえ、三十年近く前だ。平成が始まったばかりの頃だと考えると、とんでもない大昔のことに思えてくる。

いきなりドアが開き、見知らぬ男が入って来た。自分より少し年下——四十代の半ばぐらいだろうか。胸から肩にかけてがっしりした体形だが、腹も少し出ている。若い頃鍛《きた》えた成果が残っている一方、中年の波にも襲われている感じだ。ワイシャツの袖をまくり、ネクタイはしていない。

「何ですか、いったい」男が声を張り上げる。

「ええと……」西川は曖昧《あいまい》に答えながら立ち上がった。挨拶もしていないのに、いきなり文句を言われても。

「捜査一課の坂井《さかい》です」

「警視庁追跡捜査係の西川です」この男が仕切りの係長か。「わざわざお出《い》でいただかなくても」

「行ったり来たりは時間の無駄です」吐き捨てて、坂井が西川の向かいに腰を下ろす。後から入って来た北山が、申し訳なさそうな表情を浮かべた。「ちょっと話を伺《うかが》いたい」と申し出たら、いきなりここへ来ることになったのだろう。西川としては、捜査本部に足を運び、その片隅《かたすみ》ででも話を聴くつもりでいたのだが。

「で？　何の話ですか」

「犯行当日、防犯カメラに映っていた五人の映像なんですが……一人だけ、身元が分からない人がいますよね」

「ああ」

「今も、ですか」

「そうです」

「マンションの住人全員をスクリーニングしたんですよね？」

「もちろん、徹底的にやりましたよ」坂井が腕を組んだ。太い前腕が、力強さと強情さを感じさせる。

「それで結局、一人だけ正体不明ですか……住人なんですかね？」

「それは分からない」急に坂井が引いた。「かなり前からマンションに入って、潜《ひそ》んでいた可能性もある」

「防犯カメラの映像は、二十四時間保存ですよね？　本当に二十四時間以上前から潜んでいたと考えられますか？」小さなマンション故に、共用スペースであるロビーも小さいはずで、住人以外の人間が長い時間そこにいたら、さすがに怪しまれるだろう。「どこか、潜んでいるような場所はあるんですか」

「いや」

「さすがに、二十四時間も隠れているのは不可能ですよね？」西川は念押しした。

「それは無理だと思う——可能性としては検討したが」

「となると、やっぱりマンションの住人ということですかね」

「その件は、当時徹底的に捜査した。結局、映像の身元は一人だけ分からなかった」

「公開捜査はしなかったんですか」西川はさらに突っこんだ。

「この男を容疑者と断定できるだけの情報はなかったんですよ」

公開捜査はある程度効果を発揮《はっき》するが、やっていい場合といけない場合がある。今回のように、はっきり容疑者と断定できない場合は、プライバシーの問題もあるから公開捜査には踏《ふ》み切らないのが普通だ。当時の捜査本部のやり方は、間違ってはいなかったと思う。

警察の捜査は万能ではないから、どこかで「漏《も》れ」が出てしまうのは仕方がないのだ。

「徹底して捜査されて、でも埋まらなかった穴、ということですか」

「嫌なこと言いますね」

「事実を指摘しただけです」

「警視庁では、いつもそんな具合なんですか」

「現場の刑事さんをなるべく刺激しないようにはしていますが」

「うちも、上の方はいろいろ考えてるようだけど、何も警視庁の真似をしなくても」坂井が吐き捨てる。

「他の県警でも、過去の事件の掘り起こしはしていますよ」実際西川は、北海道警に呼ばれて、追跡捜査のセクション立ち上げのためにアドバイスしたことがある。何だか自分が伝道師になったような感じだった。担当した刑事にすれば、自分の「粗《あら》」を探されるようで嫌な気分になるのは間違いないが、重大事件に関しては時効は撤廃《てっぱい》されているから、手がかりがないからと言って放置しておくわけにはいかないのだ。実際アメリカでは、数十年前の事件の真相が明るみに出ることもあるという。

「まあ、俺には何も言えません」白《しら》けた口調で坂井が宣言する。

「不快に思われたら申し訳ないですけど、これはある種の研修ですので」

「お前らが追跡捜査班のスタッフになるのか？」坂井が沙都子に訊ねた。

「人事のことは、私には分かりません」沙都子が静かに答える。

「嫌われる覚悟はしておくんだな」

「承知しました」

沙都子が皮肉っぽく言った。鼻っ柱が強いのは悪いことではないが、あまりにも突っ張っていると、余計な軋轢《あつれき》を生んでしまう。まあ、そこは警視庁の人間である自分が忠告しても仕方がないことだが。

坂井が立ち上がったので、西川は慌ててもう一つ、質問をぶつけた。

「マンションの住人に対する調査は、その後どうなってますか？」

「その後とは？」

「再チェックです。事件発生から少し時間が経ったタイミングで、もう一度話を聴くとか」

「うちは、警視庁さんと違って人員に余裕がないんですよ。できることには限界がある」

「やってないんですね？」西川は念押しして訊ねた。

「批判ですか？」

「とんでもない。確認です」

「うちには人員も時間も余裕がない――そういうことです」

坂井が大股《おおまた》で部屋を出て、思い切りドアを閉めた。沙都子が力なく首を横に振る。北山は遠慮がちに椅子に腰を下ろした。

「強烈だったでしょう？」

「レベル七十ぐらいかな。警視庁には、もっと強烈な人がいくらでもいる」

「そうですか……人を怒らせないようにするのは大変ですね」

「別に、同僚をおだてるのは俺の仕事じゃないから――さて、そろそろ座り仕事も疲れたんじゃないか」

「何ですか」何を押しつけられるのかと恐れるように、沙都子が体を揺らした。

「マンションの住人のチェック。犯行直後にはやってるけど、その後のフォローアップがなかったわけだろう？　四年経ってるけど、改めて調べてみてもいいんじゃないかな」

「でも、学生向けのマンションですから、入居者は全員入れ替わってると思いますよ」沙都子が指摘する。

「だから、不動産屋かオーナーに当たるんだ。人の移動も全部把握しているだろう。そんなに面倒な話じゃない」言って、西川は北山を見た。「外で聞き込みは……大丈夫かな？」

「いいリハビリです」

「分かった。じゃあ、問題のマンションへ行って調べよう」西川は荷物をまとめ始めた。

どこまで再捜査をやっていいか分からないが、気になったら調べざるを得ない。追跡捜査係、というより刑事の本能だった。

5

「篠崎ですか？　篠崎はねえ……」目の前の男が溜息をついた。篠崎の中学校までの同級生、矢上大智《やがみだいち》。静岡市役所勤務で、仕事の合間に面会の時間を作ってくれた。会ったのは市役所のロビーなので、人通りが多く落ち着かないが、これは仕方がない。わざわざ外へ行っている時間もないのだ。しかしこの建物自体は落ち着く……非常に古く、戦前の洋風建築の匂いを今に残している。屋上に望楼《ぼうろう》があるのも、ロビーの奥にステンドグラスがあるのも、クラシカルなイメージを膨《ふく》らませていた。この庁舎は主に市議会で使われているらしく、他の行政部門は隣の現代的な建物に入っているようだ。

「どんな感じの人だったんですか」

「普通、としか言いようがないですね。勉強も運動も普通。特に目立たない人間でした」

「中学まで一緒だったんですよね？　幼馴染みということですか」沖田はなおも押した。

「ええ。小学生の頃まではよく一緒に遊んでいたんですけど、中学で別の部活になったので……そうなると、一緒にいる時間はどうしても短くなるでしょう？」

「分かります。高校以降は、あまり会ってないんですか」

「数年に一回、という感じだったですね。中学の同窓会が五年ごとにあるので。その時は、篠崎も顔を出していました」

「毎回？」

「そう言えば毎回だったな」矢上がすっと遠くを見た。「そういう意味では律儀《りちぎ》でまめな男でした」

律儀でまめな男――という印象が出てきた。悪くない。こうやって少しずつ、篠崎という人間の人物像を具体化していけばいいのだ。

「大学卒業後は、食品メーカーに勤《つと》められて」沖田は話を進めた。

「ええ。でも、仕事のことはほとんど話しませんでしたね。同窓会って、仕事の話をしても白けるから、だいたい昔話になるじゃないですか」

沖田は無言でうなずいた。沖田自身は同窓会にはほとんど出ないので、どんな雰囲気になるかはよく分からない。

「だいたいニコニコ笑って人の話を聞いてるだけでした。あ、そう言えば毎回必ずスーツにネクタイだったな」

「勤め人だったら、普通じゃないですか」

「同窓会は、毎回正月なんですよ。わざわざネクタイを締《し》めてくる人間なんかいません。そういう意味では真面目というよりクソ真面目だったかな。今時、普段でもノーネクタイで仕事するのが普通ですけどね」

そういう矢上自身、ネクタイはしていなかった。沖田もだが……この季節はしないのがすっかり普通になった。

「十年前――事件のことを聞いた時はどうでしたか？」

「それはたまげましたよ。まさかあいつが……事件なんか起こしそうにないタイプだったのに。そもそも、交際している相手がいたことも驚きでした」

「どうしてですか？」

「何かの拍子《ひょうし》で、結婚しないのかって聞いたことがあるんですけど……四十歳ぐらいの時だったかな？　『もう無理だろう』って苦笑いしてました。でも、それから問題の彼女と出会ったということですよね」

「時系列的には、そんな感じになります」

「別れ話でも出てたんですかねえ」

「私は当時捜査をしていなかったので、よく分からないんです」沖田は言い訳した。二人の間の暴力沙汰《ざた》は気にはなるが。「結局篠崎さんは、犯行を全面的に否定していましたしね」

「裁判で無罪を主張しているという話は聞いていました。私、篠崎のご両親に会いに行ったんですよ？」

「逮捕されてから？」

「裁判が始まってから、ですね。悪く言う人もいたし、落ちこんでるんじゃないかと思って……でもろくに話もしないで、放っておいてくれ、と言われました。かなりダメージを受けていたんだと思います。元々、ご両親とも親切で優しい人だったんですが」

「断絶した、と聞いています」

「そういう噂です。その後は会っていないので、よく分かりませんが」

「篠崎さんは、無罪判決を受けた後、一時静岡に戻って来ました。その時には会わなかったんですか?」

「一度だけ会いました」矢上が人差し指を立てた。「会うかどうか迷ったんですけど、大変な目に遭った後だからお見舞いをって……でも、『申し訳ないけど放っておいて欲しい』と言われましてね。体調もだいぶ悪いみたいでしたし、昔の友だちに会いたくないっていうこともあるんだろうな、と」

「かなり変わった様子でしたか?」

「老《ふ》けこんだ感じではありましたね。それは当然だと思うけど……実家に帰らないで、幼馴染みの家に転がりこんでいたんです」

「それは聞きました」沖田はうなずいた。

「しかし、急に亡くなるなんて……しかもそれを、警察の人から聞かされるなんて、思ってもいませんでした」

柳の名前は出さず、沖田はうなずいた。亡くなったことを友人たちにも知らせていない——それは篠崎の希望だったのでは、と沖田は想像した。昔の仲間と断絶したわけではないが、あまり会いたくないという気持ちは理解できないでもない。そういう意味で、柳は特別な存在だったのだろう。

「どなたか、篠崎さんがこっちに戻って来ていた時に会っていた人はいませんか」

「柳さんは……すぐ近所に住んでいて、昔から親しかったはずです」

「会いました」

「柳さん以外だったら、高岡通子《たかおかみちこ》かな」

「その方は？」

「昔の、篠崎のガールフレンドです。中学校までの同級生で、高校に入ってからつき合い始めたんじゃなかったかな」

「今でも関係はあったわけですね」

「関係というか……篠崎にすれば、話しやすい相手だったかもしれない。彼女から、何度か会ったと聞いたことがあります」

「あなたも、今でも高岡さんとつき合いがあるんですね」

「仕事柄ね」

「何をされてるんですか？」

「静岡の市会議員ですよ。私は議会事務局にいますから、定期的に顔を合わせます」

市会議員か……会うにはちょっとハードルが高い。しかも七月初旬というと、だいたい定例会の最中ではないだろうか。それを告げると、矢上がスマートフォンを取り出した。

「ええと……いや、今日は休会です」

「連絡先、分かりますか」

「分かりますよ」

矢上は気軽に高岡通子の連絡先を教えてくれた。もっとも、公的な立場の人だから、調べればすぐに分かるだろうが。

「矢上さんの名前を出しても構いませんか？　紹介されたという形で」

「いや、それはちょっと……」

矢上が渋《しぶ》る。それも当然か、と沖田は思った。ややこしい事件とは関わりたくないだろう。

「紹介されたというか、教えてもらったということで」さほど変わらないのだが、多少ニュアンスは柔らかくなった感じがするだろう。矢上も渋々承知してくれた。

市役所を出て、早々高岡通子に連絡を取る。名乗り、矢上の名前を出すと、警戒《けいかい》されずに済んだ。

「篠崎君のことですか……ちょっと話しにくいですね」

「それは承知の上でお訊ねしています。話していただけるならすぐに伺いますが、いかがですか」

「そうですね……少しなら」

「一時間？」

「三十分ですね。これでも一応、忙しい身ですので」

「分かりました。今、市役所の近くにいるんですが、どこに伺えばいいですか？」

「ちょっと遠いですよ。住所を申し上げますから、タクシーで来られた方がいいと思います」

「バスなどでは……」

「バスでも大丈夫ですけど、乗り継ぎが必要です。それを説明するのはちょっと厄介《やっかい》なので。タクシーに乗っても、警察なら経費で落ちるんでしょう？」

通子が皮肉っぽく言った。実際に経費で落ちるかどうかは分からないのだが……まあ、いい。バスを探し回って時間を潰すよりも、一刻も早く着いた方が、長く話を聞ける。

通子の言う「ちょっと遠い」は、タクシーで十五分だった。地方都市でこれだけタクシーに乗るのは遠いのか近いのか……メーターの金額を見た限り、かなり遠くまできた感じがしたが。市街地から結構離れ、茶畑も広がる住宅地の中の一軒家である。家の前に「高岡通子事務所」の看板がかかっている。民自党《みんじとう》の地元代議士のポスターも。家はかなり古びているが、庭の植木はきちんと手入れされていた。

インタフォンを鳴らすと、まだ二十代に見える女性がドアを開けてくれた。この人は娘か、事務所のスタッフか……名乗ると「お入り下さい」と丁寧に応じてくれた。

玄関脇の部屋が、事務所として使われているようだった。デスクが四つ、固まって置かれ、そこから少し離れた場所にもう一つのデスク。そちらの椅子が立派なので、これが通子の席だろうと推測できた。案内してくれた女性以外に人はいない。

「こちらでお待ちいただけますか」部屋の片隅にある応接セットに案内される。二人は並んでソファに腰かけ、通子が来るのを待った。すぐに、背の高い女性が入って来て、案内してくれた女性に「ちょっと外してくれる？」と声をかけた。プライベートな話なので聞かれたくない、ということだろう。

「お待たせしました……」

通子が二人の向かいに座る。すっと背筋が伸びていて、いかにも意志が強そうな感じだった。派手な顔立ちだが、化粧《けしょう》っ気はない。沖田はバッジを示した。名刺は、後で連絡を取る必要があると予想される時だけ渡すようにしている。

「警視庁追跡捜査係の沖田です。こちらは同僚の牛尾です」

「篠崎君、まだ警察の人に追われているんですか」通子が心配そうに聞いた。

「追っているわけではないですが……これは捜査ではなく調査なんです」

「どういうことですか？」

「事情が複雑なんですが、篠崎さんは、十年前の事件では無罪判決を受けています。もうこの件で罪に問われることはありません」

「だったら何か、新しい事件でもあるんですか？　彼、亡くなっているんですよ」

「新しい事件ではないです」

「訳が分かりませんね」通子が首を横に振った。

「申し訳ありません。警察の仕事は、全部話せるものではないので」こういう風に言うと反発する人もいるのだが、通子はそれ以上何も言わなかった。「篠崎さんが無罪判決を受けて、こちらに戻って来てから、会われてますね？」

「何度か」

「何か、相談を受けたりしたんですか？」

「相談……というほどでもないですね」

「篠崎さんの方から連絡を取ってきたんですか？」

「いえ、最初は偶然《ぐうぜん》会ったんです」

「偶然――どこでですか」

「紺屋町《こうやまち》地下街。分かりますか？」

「北口の地下街ですね？」

「よくご存じですね」

沖田は無言でうなずいた。静岡駅前の地下街では、一九八〇年に大規模な爆発事故が発生し、十五人が死亡、二百人以上が負傷している。爆発事故としてはかなりの大規模であり、警察学校でも過去の事例として教わるのだ。

「そこでたまたま会ったんです。四年ほど前でしょうか」

篠崎が無罪判決を受け、もう静岡に帰って来ていた頃だ。沖田はまた無言でうなずいた。口を挟まなくても、喋ってくれそうだ、という予感がある。相槌《あいづち》が必要な人と不要な人がいるものだが、彼女の場合は後者のタイプと見た。

「篠崎さんは何を……」

「買い物でしょう。あそこは静岡で一番の繁華街なので」

「何年ぶりだったんですか？」

「十年——十五年ぶりだったかもしれません」

「中学校の同窓会で会って以来ですか」

「そういうことはお調べになったんですね」通子が皮肉っぽく言った。

「仕事ですので……すぐに篠崎さんと分かりましたか」

「ええ」

「あなたは当然、事件のことはご存じでしたよね」

「まあ、あの……」通子が居心地悪そうに体を揺らした。「静岡も大きい街ですけど、基本的には田舎ですから。出身者が大変なことをすれば、噂は一気に広がります」

「無罪判決が出たことも、ですね？」

「ええ。ただし、事件の衝撃に比べれば……」

人殺しの評判だけが広まり、実際には無罪だったことは知られていない——というのはいかにもありそうな話だ。

「篠崎さんが、当時静岡に戻って来ていたことは？」

「噂では聞いていました。幼馴染みのところに世話になっていると……実家とは断絶していたようですね」

「そう聞いています。会った時、どんな感じでしたか？」

「お互いに驚いて固まってしまいましたけど……その時は立ち話をしました。私は名刺を渡して、後で連絡が来ましたけど」

「その後、何度か会われている？」

「そうですね」通子がうなずく。

「どんな話をされたんですか？　市議会議員ともなると、市民の方から相談を受けることもあるかと思いますが」

「そういう感じではありません」通子が否定する。「単なる雑談ですね」

「失礼ですが、高校時代に篠崎さんとつき合っておられたそうですね」

「ええ」通子があっさり認めた。「古い話ですけどね。もう四十年も前のことです」

「俗なことを言いますが、昔の恋人が再会して――」

「あなたが想像しているようなことは一切ありませんよ」馬鹿にしたように、通子がすぐに否定した。「篠崎君は東京の大学へ、私は地元の短大に進学したので、距離が開いてしまったんです。自然に……という感じですね。若い頃にはよくあることでしょう」

「それ以来、人生は完全に分かれていたんですか？」

「人生というほど大袈裟なものではないですけど、まあ、そうですね。同窓会の時に会うぐらいで、普段はまったく連絡もしなかったんです。私は短大を出てすぐに結婚しましたし」

　ということは、篠崎が結婚直前までいった相手というのは、通子ではないわけだ。

「この家は……」

「ここは主人の実家です」

「こちらに住まわれているんですね？　ご主人は……」

「亡くなりました」

「失礼しました」通子は淡々とした口調だったが、沖田は一応頭を下げた。「あまり事情を知らないでお会いしていますので」

「別に隠すようなことではありません。元々義父が、長く静岡の市議会議員を務めていた人なんです。その跡を主人が継いだんですが、二期目の途中で亡くなってしまって……急病でした」

「それで今度はあなたが、議席を継いだわけですか」

「たまに選挙の手伝いをするぐらいで、基本的には専業主婦だったんですけどね」通子が苦笑する。「子どもは全員女の子で、すぐに議席を継がせるのも難しかったですから、私が出ることにしました。後援会の人たちも推《お》してくれましたし」

「さきほどの女性は……」

「次女です。今は、うちの事務所を切り盛りしてくれています」

彼女の個人的な事情は分かった。思いもよらぬ人生だったかもしれないが、特に後悔《こうかい》しているような様子はない。地元にしっかり根を張って生きている、という感じなのだろう。公職としての責任もあるだろうし。

「篠崎さんに、何か変化はありましたか？」

「それはもう」通子がうなずく。「しばらくぶりに会ったんですけど、やっぱり老けたというか……単純に時間が経ったという感じではなかったですね。苦労したんだろうなと思いました」

「困っている感じはなかったですか？」

「本人は何も言いませんでしたけど、やっぱり居心地が悪かったと思いますよ。幼馴染みの家に住まわせてもらって、仕事もその人の会社でやっていたんですけど、やはり無理に置いてもらっているような感じはあったんじゃないでしょうか」

「なるほど」

「自活したいけど、体調がよくないので自信がない、と言ってました。やっぱり、当時から病気だったんですかね」

「そうかもしれません。その後は、お金はあったはずですけど」

「そうなんでしょうね。民事の裁判の話は、ニュースとしては知っていました。本人に確認したことはないですけど」

「聞きにくいですよね」沖田は同意した。

「ただ、お金があればそれでいい、ということでもないでしょうね。実家からは勘当《かんどう》されたようなものだし、人に迷惑をかけているという意識もあっただろうし」

「無罪判決を受けたら、堂々としていればいいと思いますが」

「私もそう言ったんですけど、一度定着した評判は、なかなか消えませんよね。裁判できちんと無罪になって、損害賠償請求も全額認められても、世間の人の印象はずっと『人殺し』なんです。本人が事情を説明して回るわけにもいかないでしょう？」

「かえって逆効果かもしれませんね」

「同級生で、励《はげ》ます会をやろうっていう話をしたこともあります。ごく親しい人間だけで……話がまとまって、篠崎君に話したんですけど、『申し訳ないけど、そういうことはいいから』って断られました」

それは良心の痛みがあったからか？　本当は犯人だったのに、たまたま裁判で無罪になったから、後ろめたい気持ちを抱えていた？　少し単純過ぎる感じもするが、人間の心の動きはそれほど複雑なものではない。

「では、こちらではあまり元気に暮らしてはいなかったんですね」

「ご両親と絶縁したのが大きかったんじゃないですか。絶縁というか、勘当です。精神的なダメージは相当だったと思います」

「十年前の事件の時は、ご実家の商売も傾きかけて大変だったと聞いています」

「家族は関係ないんですけどねえ」通子が盛大な溜息をついて繰り返した。「まあ、静岡も田舎ということです。噂、噂で。誰も本人に直接話を聞かないのに、噂ばかりが一人歩きするんですよ」

「そんなものかもしれませんね……事件のことについて、篠崎さんと直接話したことはありませんか?」

「ないです。一度もありません」通子が即座に否定した。「さすがに聞きにくいですよ。裁判の結果は出ているんですから、何もわざわざ本人に確認することはないでしょう。嫌な気分にさせることもないし」

「本人が話したがっていた様子は……」

「ないですね。とにかく、すっかり人が変わってしまって」

「そうですか?」

「昔はよく喋る人でした。二人で一緒にいる時も、だいたい彼の方が一方的に喋っていましたからね。でも今は……やっぱり、精神的に相当なダメージを受けていたんだと思います。過去の話はしたくない、という感じだったんじゃないでしょうか。かといって今の話や将来のことも……五十代も半ばになると、将来の話なんか、語れませんよね」

「そんなこともないと思いますけど」

「でも彼の場合、四十代後半からの働き盛りの時期を奪われたわけですから。人生の中で、ぽっかり穴が空いたような感じだったんじゃないでしょうか」

「そうですか……」

「それで、これはいったい何の調査なんですか？　一度無罪になった事件は再捜査できない、でしょう?」

「ええ」

「だったら何も、篠崎君のことを嗅《か》ぎ回らなくてもいいんじゃないですか。そもそも亡くなっているんですよ」

「疑問があれば警察は調べる――そういうことです」

「何の疑問があるんですか」

「それは、捜査の秘密なので言えないんです」

「私の方では、消化不良ですね」

「申し訳ありません」沖田としては頭を下げるしかなかった。消化不良なのは、沖田も同じだった。


夕方、退庁時刻ぎりぎりに追跡捜査係に戻る。沖田は静岡出張の結果を京佳に報告した。

「結局ゼロっていうこと？」

「結論としてはそうなりますね」認めるのは悔《くや》しいが、言い訳もできない。

「だったら、この件は打ち切って下さい」

「手紙は無視でいいんですか」

「調べようがないでしょう。マスコミに漏れないように、それだけは気をつけて下さい。余計な詮索をされたくないから」

「個人的には調べてみるつもりですが……」

「無駄じゃないですか」京佳は淡々としていた。「追跡捜査係にも本来の仕事があります。

それの邪魔になるようだと困りますね」

「本来の仕事は、もちろんきちんとやります。何かあれば、そちらに集中しますよ。今は他に何もないですから、ちょっと調べさせて下さい」

「まあ……それなら、経費がかからない範囲でお願いしますね。無駄足は踏みたくないので」

それだけ言い残し、京佳は荷物をまとめてさっさと引き上げてしまった。沖田は溜息をついて、自席に座った。確かにこれは無駄な動きになる可能性が高いが、放置しておいていいとも思えない。篠崎が人生の最後に力を振り絞って告白したなら、その裏を取ってやるべきではないかと思った。犯罪者の気持ちに応《こた》えるというのも、奇妙な話ではあるが。

「続行でいいんですよね？」今日はずっと留守番《るすばん》をしていた麻衣が訊ねる。

「一応、な。何だよ、やる気満々じゃねえか」

「最近、ずっと暇だったじゃないですか。体が鈍ります」

「仕事をトレーニング代わりにされても困るよ」沖田は苦笑して牛尾に話を振った。「牛尾はどうだ？」

「右に同じくです」

「そうだよな……経費がかからない範囲というだけで、NGを出されたわけじゃないから――よし、やるか」

「はい」麻衣が嬉《うれ》しそうに言った。「どうします？　係長には内緒《ないしょ》で動かないといけないですよね」

「その辺は上手く言い訳を作ってくれ。別件で動いていると言って外回りをしてれば、係長には分からないだろう。篠崎事件のことは、ここでは話さないようにして……週明けから、きっちり動くようにしようぜ。今週末はちゃんと休んでくれ」

自分は明日から伊豆へ旅行……考えてみれば伊豆も静岡県で、行ったり来たりの日々になるわけだ。

まあ、いい。これだってワークライフバランスっていうやつだ。俺もしっかり温泉旅行を楽しめるような人間にならないと。

6

現場のマンションのオーナーは、すぐに割り出せた。南武線宿河原《なんぶせんしゅくがわら》駅から歩いて五分ほどのところにある大きな一戸建てが自宅……応対してくれたのは、七十歳ぐらいの男性で、表情が強張《こわば》っている。警察官が三人もいるので、緊張させてしまったことを申し訳なく思った。本来の捜査なら、二人一組で聞き込みするのだが……三人いれば情報を聞き漏らすことはないだろうが、やはり相手にとっては圧力になってしまうようだった。

家は、一階部分が作業場になっていた。木材加工——おそらく家具などを作るための本格的な道具が揃っている。しかし作りかけの家具などはない。その一角にある大きなテーブルー——作業台というべきか——につくと、西川はこのオーナーの身の上から聞き始めた。まず、軽い話題で緊張を解《ほぐ》さないと。

「失礼ですが、家具の製造とかをやられていたんですか」

「ええ、ちょっと前まではね」オーナーの平良《たいら》がうなずく。「ただ、腰を痛めてしまってね。立ったり座ったりの作業がきつくなって、仕事は畳《たた》みました」

「お元気そうに見えますが」

「今は別に、腰に負担がかかっているわけじゃないからね」平良が苦笑する。「仕事してなければ、平気なんですよ」

雨の音がうるさい……作業場の前のシャッターが全開になっている。外気が入ってほどよい気温になっているのはありがたいが、アスファルトを叩く雨の音が容赦《ようしゃ》なく耳を刺激するのは困る。平良は耳が遠いわけではないようだったが、西川は意識して少し声を大きくした。

「向ケ丘遊園のマンション——ハイツ平良の件でお伺いしたいことがあります」

「ああ、例の事件?」平良が表情を歪《ゆが》める。「もう四年も前でしょう?　まだ調べているんですか?」

「殺人事件には時効がありませんから。ご迷惑かとは思いますが……」

「あの部屋、その後貸してないんですよ。事故物件っていうやつでね。不動産屋は、家賃《やちん》を下げれば借りる人はいるって言うんですけど、縁起が悪くてねえ。私の方で貸さないことに決めたんです」

聞きもしないことまでよく喋ってくれるが、口が重い相手よりも要注意だ、と西川は自戒《じかい》した。やたらと喋りまくって、結局肝心なことは言い忘れてしまったりする。適当なタイミングで的確な質問をぶつけていかないと。

「他の部屋は全部埋まっているんですか？」

「お陰様で。私なんかの感覚だと、別の部屋だからと言っても、事件が起きたマンションには住みたくないけどねえ」

「あの物件は、いつ頃から……」

「ジイさんの頃から、あの辺に何箇所か土地を持っていましてね。あのマンションは十年になりますか。相続対策で、いろいろとね」

「なるほど」西川はうなずいた。隣に座った沙都子は、ただうなずきながら話を聞いている。一方、北山は必死で手帳にペンを走らせていた。この辺、議論が分かれるところではある……沙都子は自分の前のテーブルにスマートフォンを置いて録音していたが、録音されるのを嫌がる人もいる。それに、機械に録音を任せていると、意外に相手の発言を覚えていないものだ。メモを取ると、しばしば質問と答えの間隔《かんかく》が空いてしまうが、会話を確実に記憶できるのは、手書きのメモの方である。

「あのマンション、学生さん向けですか」

「そう。あとは、大学を卒業したばかりの若いサラリーマンの人とか。それは昔から変わらないね」

「今もそうなんですね？」

「ああ」

確かに悪くない物件だと思う。ここへ来る前に一度寄って来たのだが、駅から徒歩十分もかからないし、築十年という割には汚れていない。普段からきちんとメインテナンスしているのだろう。

「亡くなった大学生の女性なんですが……」

「あ、それはね、事件当時にも聴かれたんですけど、私は直接面識がないんだよね。契約《けいやく》に関しては不動産屋に任せていて、入居者に会うことはないんですよ。名簿は常に持っているけど、基本的には会わないですね」

「他の入居者とも会っていない？」

「ないです」

「あの辺、治安は悪くないところですよね？」

「そうね。基本的には静かな住宅街だから。たまに痴漢《ちかん》が出たりすることはあるそうだけど、窃盗《せっとう》事件なんかもないはずですよ。だから、あの事件が起きた時にはたまげたね。あれで腰を悪くしたのかもしれない」

平良が軽く笑ったが、冗談なのか本気なのかは分からなかった。平良が軽く咳払いして、煙草《タバコ》に火を点《つ》けた。腰が悪くても、禁煙しようという気にはならないのか……腰痛と煙草は関係ないかもしれないが。煙はすぐに外へ流れてしまって、気にはならない。

「当時、警察ではマンションの全住人に事情聴取しました」

「そう聞いてるよ」

「当時とは、だいぶ人は入れ替わってるんでしょうね」

「そうね。学生が多いから、長くても四年で引っ越す人が多い。別に社会人お断りってわけじゃないけど、働くとなると、住むところも変わるでしょう」

「この四年間の人の入れ替わりは分かりますか？」

「分かるよ」平良があっさり言った。

「手元に資料はありますか」

「見る必要、ある？」

「お願いできますか？」西川はさっと頭を下げた。

「いいよ。ちょっと待ってて」

平良がテーブルに両手をついて立ち上がり、作業場を出て行った。ドアが閉まったところで沙都子が切り出す。

「ずいぶん協力的ですね」

「平良さんも被害者みたいなものだから。評判は取り戻せないけど、犯人が分かれば、少しは溜飲《りゅういん》が下がるだろう。それに、高齢者の方が警察には協力的なんだ」

「あ、確かにそれはありますね」沙都子がうなずく。「歳を取ると、警察のありがたさが分かるようになるんでしょうか」

「そうかもしれない」

平良はなかなか戻って来なかった。北山が無言で灰皿を睨《にら》んでいる。主《あるじ》のいなくなった煙草は灰が長くなり、煙が細く立ち上がっている。

「消したら怒られますかね」北山がぼそりと言った。

「煙草、苦手なのか?」

「やめたんですよ、怪我した後で」

「吸うと辛いのか?」

「いや……」北山が唇を舐めた。「張り込み中に煙草を吸ってたんです。煙が目に入って、擦っている時に……ちょっと反応が遅れて」

撃たれた。西川は思わず唾《つば》を呑《の》んだ。

「トラウマか」

「そんなものです」

「消してもいいよ。俺が適当に言い訳するから」

「いや——耐えます」

そこまでストイックにならなくても、と言おうとした瞬間、ドアが開いて平良が戻って来た。大型のノートパソコンを抱えている。「よいしょ」と声を上げてパソコンをテーブルに置くと、すっかり短くなった煙草を灰皿に押しつけて消した。「ちょっと、これ見てくれる？　不動産屋からもらった契約書をまとめてデータにしてあるんだけど……」

　表計算ソフトだった。平良が自分でやったのだろうか？　パソコンを使いこなすようなタイプには見えないのだが……西川はまじまじと彼の顔を見てしまった。

「契約日でソートすれば、四年前に入居していた人のデータが分かりやすいんじゃないかね」平良がさらりと指摘する。

「そう、ですね」

　言われた通りにソートして契約日をたどると、四年前の事件当時に入居していた人が概《おおむ》ね分かった。パソコンを北山に向ける。うなずいた北山は、自分の手帳と画面を見比べ始めた。当時の入居者のリストは警察でも把握しており、それと照合しているのだ。

「マンション経営も、いろいろ大変でしょう」北山がチェックしている間、西川は少しだけ横道に逸《そ》れた。

「いやあ、不動産屋さんが全部面倒を見てくれますからね。オーナーは、特にやることもないんですよ。借りてる人だって、持ち主が誰かなんて、気にもしないでしょう」

「昔は、大家さんのところへ家賃を持って行ったりしましたけどね」実際、西川はそうしていた。大学時代、既に元号は平成になっていたが、築三十年ぐらいの古びた物件の大家は、家賃手渡しを条件にしていた。手間がかかって仕方がないと嫌だったが、当時七十歳を超えて一人暮らしだった大家の女性は、そうやって人とのつながりを保《たも》とうとしていたのかもしれない。話し好きで、実際話題が豊富な人だったので、西川も引き止められて話しこむことがよくあった。

「確かに昔は、そういうことがありましたねえ」平良が懐《なつ》かしそうに笑みを浮かべた。「ま、今は大家も店子《たなこ》も、そういうことは面倒だからやらないでしょうがね。だいたい銀行引き落としでしょう」

「そうですね」

「西川さん、ちょっと……」北山が遠慮がちに声を上げた。

「何か分かったか?」

「分かったというか、気になったんですが」

西川は北山にうなずきかけ、発言を促《うなが》した。北山が相変わらず遠慮した様子で、小声で告げる。

「事件発生から二ヶ月後に引っ越している人がいるんです」

「二ヶ月後というと、四年前の六月か」

「ええ」

「名前は?」

「徳島悟《とくしまさとる》さんですね」

「個人情報は?」

「データだと、大学生になっています。事件当時は二十一歳——現役だったら、三年生ですかね」

「徳島という方、ご存じですか？」西川は平良に訊ねた。

「いや、個別の入居者については分かりませんけど」

「何かトラブルがあったという話はありませんか？」

「あの事件以外は特にないですよ。あれば必ず私の耳に入りますから」

「この方の情報を入手するにはどうしたらいいでしょうか」

「不動産屋さんに聞いてもらうしかないでしょうね。ただ、不動産屋さんが持っていたデータは、そこに書いてありますよ」

「……大丈夫です」

北山がぼそりと言った。何かデータを見つけ出したのだろう。例えば実家などの連絡先――後でチェックしよう。いずれにせよ、平良からはこれ以上情報は引き出せないだろう。

平良の家を辞して、最寄《もより》の宿河原駅の方へ歩き出した。どこか内密に話せる場所は……沙都子に訊ねると、「駅の近くに交番があります」という答えが返ってきた。

「そこを借りようか」

交番はパトロールなどで無人になっていることもあるのだが、幸い今日は担当の警官がいた。理由を話して奥の休憩室《きゅうけいしつ》を貸してもらい、打ち合わせを始める。

「北山君、何に気づいた？」

「気づいたとは言えないんですけど……ちょっとした疑問です。大学生が六月に引っ越すでしょうか」

「確かに変な時期ではあるな」西川はうなずいた。「引っ越すにしても、学期や学年の変わり目が普通じゃないかな。上京して家を借りた人の場合、二年で契約が切れるから、三年生の四月、というパターンはあると思うけど。徳島さんって、どこの出身だ?」

「群馬です」

「じゃあ、進学で上京してきたわけだ……連絡先は?」

「実家になってます。それで——事件が起きたのは四月です。捜査本部はそれから、住人に繰り返し話を聴きましたよね?」

「ああ」

「でも二ヶ月も経ったら、事情聴取は一段落したと思います」

重大事件の場合、関係者への事情聴取は何度も繰り返し行われる。相手が話し忘れていた事実を思い出すこともあるし、勘違いを正せることもある。西川の経験だと、事件発生から一ヶ月ぐらいの間に二回か三回事情聴取をするのは極めて普通のやり方だ。この徳島という男性の場合、何か事情があってこのマンションを引き払ったのだろうが……西川は、北山の疑念をすぐに自分のものにした。

「逃げた、か?」

北山が無言でうなずく。沙都子が怪訝《けげん》そうな表情で訊ねた。

「この人が犯人で、警察の追及を逃れて引っ越した、ということですか」

「仮定の話——あくまで想像だけどね」西川は彼女にうなずきかけた。

「いくら何でも、それだけでは弱いんじゃないですか」

「確かに弱いな」西川は認めた。「でも、少しでも疑問に思ったら、潰しておいた方がいい。事件が未解決になるパターンで一番多いのもそれなんだ。大したことはないだろうと思って放置しておいた謎が、実は大きな手がかりになる――気づいた時には時間が経ってしまって、改めて捜査しても何も分からなくなっている、とか」

「そうですか？」沙都子はなおも疑問に感じているようだった。

「怪しいかもしれないと思った人物がいたけど、真面目に調べなかった――後でやはり怪しいと思ったけど、その時にはもう所在不明になっていて接触できなかったこともある」

「今回は、所在は分かってるんじゃないですか」

「そうだな」西川はうなずき、北山に視線を向けた。「戻って、この件を精査しよう。必要なら、もう一度接触して調べる」

「分かりました」自分が疑問に思ったことが取り上げられたためか、北山は満足そうだった。

　こういうパターンはよくあるな、と西川は一人うなずいた。刑事が二人いて、一人が疑念に感じても、もう一人は何とも思わない。自分と沖田の場合でも、そういうことはしばしばある。どちらかが鋭くてどちらかが鈍いというわけではなく、物事を見る角度が違っているせいだ。沙都子と北山の場合はどうだろう……これまでの感じだと、二人には明らかに「やる気」の相違が見られる。これが、細部へのこだわりの違いに表れているとしたら——北山は追跡捜査の仕事をやれるだろう。だが、沙都子は疑問だ。時に、妙に自信満々の態度を見せることがあるのだが、それは虚飾《きょしょく》かもしれない。

署へ戻り、再度資料をチェックする。徳島悟は事件後、二度にわたって入念に事情聴取を受けていた。調書を確認した限りでは、怪しい感じはしない。

事件発生は、四月八日の午前一時頃。被害者の富田愛佳は最上階の五階に住んでいた。徳島の部屋は二階。三階分離れているので、よほど大きな物音がしない限り、怪しいとは思わないだろう。

徳島はこの日、バイトが終わって夜九時頃帰宅し、その後は一歩も外出していないという。夕食は帰宅途中に、駅前の牛丼屋で済ませた。徳島は大学の二年生——留年が決まって二度目の二年生だった——で、趣味はアニメ鑑賞。この夜も帰宅後は、録《と》り溜《た》めていたアニメをずっと観ていたという。話を聴いた刑事は細部にわたってしっかり事情聴取していた。個人的な事情は省《はぶ》いて、事件のことだけ聴きたがる刑事もいるのだが、些細《ささい》な個人情報が後で意外な手がかりにつながったりする。そういう意味で、事情聴取にぬかりはなかった。

「どうかな」西川は二人に問いかけた。

「調書を見た限りでは、アニメが趣味の普通の学生さんという感じですね」沙都子が言った。

「しかし、留年か。親御さんは大変だっただろうな」本来は三年生——もう就活の準備を始める時期だったはずである。西川の息子もそうだった。大学の勉強が中途半端になるのでは、と心配になったが、周りが全部そういう感じだからこれが普通だと、息子は平然としていた。

「実家に戻ったということは、大学はどうしたんでしょう」北山はぼそりと言った。

「それは、俺も気になったんだ」西川はうなずいた。

「学期の途中でいきなり実家に戻ってしまうというのは、何かよほど重要な事情があったんだと思います。大学を辞めざるを得なかったとか」

徳島の実家は群馬県東吾妻町《ひがしあがつままち》——最寄駅はJR吾妻線の群馬原町《ぐんまはらまち》駅である。東京からはるか遠くというわけではないが、毎日大学へ通うには無理がある。

「実家の方で何か事情があったということは考えられるよ」西川は指摘した。「例えば父親が病気になって、急に家業を継がなくてはいけなくなったとか。そういうことは珍しくないだろう」

「はい」北山が素直に言ったが、目には疑念の色が浮かんでいた。

「おかしいと思うか？」

「おかしいかどうかは分かりませんが、説明が欲しいです」

「誰も説明してくれないよ。自分で調べないと」

「群馬まで行っていいんでしょうか」

「それは俺が決めることじゃない――出張の経費を出すのは神奈川県警だから。でも君はどう思う？　行くべきだと思うか？」

「強くは言えませんが……そういう方向に考えは向いています」

「分かった。だったら刑事総務課長に交渉《こうしょう》だな。俺も口添《くちぞ》えはするよ。でもその前に、もう一度捜査本部に話を聴いておこう」

「また坂井係長ですか」沙都子がうんざりした表情を浮かべる。「滅茶苦茶《めちゃくちゃ》言われますよ」

「そういうのには慣れてるから」西川は肩をすくめた。「誰だって、自分のミスを指摘されるのはきついさ。特に優秀な刑事ほど――優秀な人間は、自分は絶対ミスしないと思ってるからな。坂井さんもそういうタイプじゃないか？」

「まあ……綱渡《つなわた》りですけどね」

「綱渡り？」

「今までも強引に捜査して、結構危ないことがあったんです。ミスにならなかったのは、周りがフォローしてくれたからですよ」

「そういう危なっかしい人間は、そのうち周りも気を遣わなくなるもんだけどな」

「一人のミスは、県警全体のミスになるじゃないですか」

そういう考えもある――これが神奈川県警の常識なのだろうか、と西川は訝った。昔から神奈川県警には不祥事《ふしょうじ》が多いが、これは誰かをフォローする――と言えば聞こえはいいが、身内を庇《かば》う体質からくるものかもしれない。実際、小さなミスを隠そうとして、さらに大きなミスを誘発してしまうことはよくあるのだ。

「しかし、坂井さんからは話を聴かないと」本当は、当時聞き込みを担当した刑事と直接話したい。とはいえ、それはかなり難しいだろう。異動――退職してしまっている可能性もあるし。取り敢えず今回は、坂井に話を聴くしかない。

西川は北山だけを伴《ともな》って、署の広い会議室に設置された捜査本部に赴《おもむ》いた。沙都子は危険人物――つい余計なことを言って、相手を怒らせてしまう恐れがある。

坂井は誰かと電話で話していた。すぐに西川たちに気づいたが、すっと目を逸らして無視する。西川は手を後ろで組んで立ったまま、電話が終わるのを待った。やがて通話を終えた坂井が、嫌そうな視線を向けてくる。西川は構わず、近づきながら坂井に向かって頭を下げた。

「またあなたですか」うんざりしたように坂井が言った。

「古い話で、確認したいことがあるんですが」

「もう何か探り当てたんですか？　さすが、警視庁の追跡捜査係は違うな」坂井が皮肉を吐《は》いた。

「いえ、確認したいだけです」実際、何も発見してはいないのだ。「四年前、現場のマンションの住人には、全員事情聴取しましたよね？」

「もちろん」坂井がうなずく。「全員に最低二回は話を聴いてますよ」

「ですよね」言いながら西川は椅子を引いて腰を下ろした。「その後はどうですか？　時間を置いてから再度の事情聴取は？」

「それは、ケースバイケースでしたね」

「係長、当時からずっとこの捜査本部ですか？」

「解決しないもんでね」坂井が皮肉っぽく言った。「中途半端に放り出すわけにはいかない」

実際にはそんなことはない。警察には定期的に人事異動があるので、どんなに重大な事件でも、同じ人間が何十年も続けて捜査していくわけにはいかないのだ。特に坂井のような管理職は、二年か三年で次の職場に移っていくことが多い。彼の場合は、たまたま四年間異動がなかっただけだろう。

「徳島悟という住人を覚えていますか？」

「二〇一号室」

いきなり正解が出たので、西川は一瞬口籠った。稀《まれ》に異様な記憶力を持った人がいるのだが、彼もその手のタイプかもしれない。

「二度、事情聴取した記録が残っています。覚えておられますか」

「大した話は出てこなかったと思う。当時のアリバイが確認できただけですね」

「部屋にいた、ということですよね。それに加えて防犯カメラには映っていなかった、というだけです」そういう意味ではアリバイはない。マンションから出ず、自分の部屋から直接被害者の部屋へ行って犯行に及んでいたら、アリバイは証明しようもない。「部屋を出なかった」という証言だけでは弱いのだが……。

「ただし、証言には矛盾はなかった。現場からも、この徳島という人間に関する材料は見つかっていません」

鑑識《かんしき》は現場を徹底して調べる。そこから血痕や体毛などが発見されれば、DNA鑑定を行って対象者を絞りこむのだ。そういうものはなかったか、あるいは徳島のそれと合致《がっち》しなかったということだろう。それは不思議でも何でもない。

「事件発生から二ヶ月ほどで引っ越しているんですが、その件についてはフォローしていましたか」

「いや」坂井の目つきが一瞬鋭くなった。「それが何か問題でも？」

「別に問題ではありませんが、大学生が引っ越すには不自然な時期だと思いまして」

「それは、人それぞれに事情があるでしょう」坂井が反論した。「別におかしくはない」

「そうですね。ただ、その後のフォローアップは……」

「必要だと思えばやってますよ。この徳島という男には、特にマークはついていなかった」

怪しい人間、という意味での「マーク」。それは曖昧な証拠に拠《よ》る時もあるし、刑事の印象で決まる時もある。そういうことは一切なかったわけか。

「そうですか……」西川は首を捻った。

「何か引っかかりますか」坂井が急に心配そうに言った。

「いや、ちょっとした違和感ですが……引っ越すようなタイミングでもないのに引っ越したというのが気になります」

「それはそちらの単なる印象でしょう。具体的に何かあったわけではないですよね？」坂井はすぐに強気になった。

「もう一度調べるつもりはないですか」

「うちの捜査本部には、そこまで余裕はない」坂井がぴしりと言った。「明確に怪しい状況でもあれば別ですが、今は無理ですね」

「だったら、我々でちょっと調べてみても問題ないですね」

「警視庁さんが？」坂井が目を見開いた。「それは越権行為《こうい》じゃないですか」

「これも追跡捜査の研修ということで――」

「俺には何も言えませんね」

「何か出てきたら、すぐに情報を共有します」

「出てくれれば、ね」坂井が皮肉っぽく言った。

結局まともな会話は成立しないか……西川は早々に引き上げた。資料を調べている部屋へ戻る廊下《ろうか》で、北山と相談する。

「これで一応、仁義は切ったことになる」

「ええ」

「あとは、刑事総務課長と相談だ。俺が電話してみるよ」

「自分が話しますよ」

「俺が言った方が、断りにくいんじゃないかと思うんだ。もしも群馬に出張するとなると……君は、体の方は大丈夫か？」あまり元気がないのが気になっていた。

「大丈夫ですよ」北山が苦笑する。「別に、ちょっと移動するだけですから。車の運転はきついですけど」

「俺も、わざわざ群馬まで車で行く気にはなれないな」

最近は車に乗る機会も減っている。妻の静岡の実家で一人暮らす義母の元を訪ねる時ぐらいだ。義父が亡くなってから、義母は一時西川の家に身を寄せていたのだが、やはり東京暮らしは肌に合わなかったのか――実家の庭の手入れも気になっていたようだ――結局実家に戻ってしまった。近くに義兄が住んでいて、頻繁に顔を出しているのだが、妻の美《み》也《や》子《こ》もやはり気になるようで、二週間に一度は通っている。

「でも、行かないわけにはいきませんよね。直《じか》に話を聞きたいです」

「ああ。電話で、というわけにはいかないからな。行くとしたら週明け――とにかく総務課長と話してみよう」

そこまで自分が首を突っこんでいいかどうかは疑問だ。しかし、乗りかかった船ということもある。沖田が引っかかっている事件も気にならないわけではなかったが、取り敢えず目の前の事件に集中しよう。

7

やはり朝は和食に限る。

沖田は心地よい満腹感を抱えて出勤した。週末の伊豆への一泊旅行で、土産は当然と言うべきか、干物《ひもの》の数々。月曜の朝、響子がそれを焼いてくれて朝飯にした。そして慌ただしく彼女の家から出勤したのだが……当たり前の朝なのに、何故かモヤモヤする。やはり、きちんと籍を入れて同居すべきではないだろうか。実際一度は彼女の実家まで挨拶に行き、結婚の許しを請《こ》う予定になっていたのだ。しかし事件でその予定は吹っ飛び、それ以降もいろいろなことがあった……一番大きかったのは、彼女が流産したことである。そんな状況だからこそ寄り添い、一緒に住むべきではないかとも思うのだが、彼女は「そこまで気を遣ってくれなくていいから」と頑なになってしまった。自分が彼女を傷つけているのではと心配にもなったが、あまり深く突っこんで話をしたことはない。それ故今は、互いの家を行ったり来たり——半同棲《はんどうせい》とでも言うべき状態が続いている。特に仲が険悪になるわけでもなく、二人でいる時は穏やかな時間なのだが、それでも一抹《いちまつ》の不安を感じないではなかった。一度、正面からきちんと話し合うべきだと分かっているのに、その勇気がなかなか出ない。正直、難しい事件と向き合っている方がよほど気が楽だった。

出勤すると、牛尾と麻衣は既に顔を揃えていた。沖田は朝のコーヒーを飲みながら、二人に渡すメモを殴り書きした。十分後、本部の一階に集合。同時に、大竹《おおたけ》宛のメモも作って渡す。

今日は隠密《おんみつ》行動。留守番を頼む。

大竹はうなずくだけだったが、これはいつもと同じだ。とにかく無口な男で、一日に十回も口を開かないのが普通である。

警視庁の一階はロビーになっていて、人の出入りが多くざわついている。沖田は素早く周囲を見回し、新聞記者らしき人間がいないかどうか、確認した。連中は見た目も刑事とは違うので、何となく分かるのだ。警視庁本部内には、常に百人以上の記者が常駐しており、何かおかしな動きをしていると嗅ぎつけられてしまう。特に追跡捜査係は、通常の捜査部署とは異なった動きをしているので、「要注意」になっているらしい。

「まず、篠崎の東京での生活を丸裸《まるはだか》にしようと思うんだ」

二人が揃ってうなずく。やる気に満ちている感じだった。

「静岡で入院して亡くなっているけど、それまでは基本的に東京で暮らしていた。何らかの痕跡が残っているはずなんだよ」

「ですね」麻衣が言った。「銀行の口座なんかは調べられないでしょうか？　金の出入りがはっきりすれば、普段の生活の様子も分かるかと思います」

「それはなあ……」沖田は頭を掻《か》いた。「難しいんじゃねえかな。これはあくまで捜査じゃないから、銀行に頼んでも向こうは簡単にイエスとは言わねえだろう。取り敢えずできる範囲でやっていくしかないな」

「だったらまずは、近所の聞き込みですね」と牛尾。

「ああ」

牛尾が早速手帳を取り出し、挟んであったメモを麻衣に渡した。

「これ、篠崎さんの住所。念の為」

「ありがとうございます」さっと頭を下げて麻衣が受け取る。

「相変わらず準備がいいな」沖田は嬉しくなった。牛尾は気が回るというか、痒《かゆ》いところに手が届くタイプなのだ。参謀役として、常に側《そば》に置いておきたい。

「すぐ出かけますか？」麻衣がメモを見ながら言った。

「時間差でいこう。三人揃って出かけると、係長も怪しむからさ。現地で落ち合って、それから聞き込みにしようぜ」

「了解です」手帳を背広の内ポケットに落としこみながら、牛尾が言った。「あの、今、練馬《ねりま》の強盗事件を調べているんですが……」

「八年前の事件だな？」このところ、牛尾が一人でこの事件に取りかかっていることは沖田も知っていた。「それはマジで動きがあるのか？」

「いや、申し訳ないですけど、それはないです」牛尾が残念そうに首を横に振った。「でも、その件で林と一緒に動く、ということにすれば怪しまれないと思います」

「私もそれでいいと思います。そもそも、篠崎さんの家も練馬ですし」

「まあ、どこへ行ってるかまではチェックされないだろうから、大丈夫だろう」

「俺たちが先に出ましょうか？」

「そうしてくれ。一度戻ろうか」

エレベーターを待ちながら沖田は、二人はいいコンビになりそうだな、とニンマリした。この二人は、以前追跡捜査係にいた庄田基樹《しょうだもとき》と三井《みつい》さやかの後釜《あとがま》である。あの二人は喧嘩ばかりしていて、仕事のコンビネーションは最悪だった。それが結婚すると聞いた時の驚きは、沖田の警察官生活で——いや、人生で最大のものだったと思う。結婚して二人とも追跡捜査係を出てしまったが、結婚生活は上手く行っているようだ。仕事とプライベートは別という、いい見本かもしれない。

牛尾と麻衣は、自席に座る間もなく出て行った。沖田は少し冷めたコーヒーを飲みながら、新聞全紙の社会面に目を通していく。係長の京佳は、誰かと電話で話していたが、通話を終えると立ち上がってすぐに出て行った。いいタイミングだと、沖田も立ち上がる。

「後、頼むぜ」大竹に声をかける。当然返事はなく、大竹は無言のうなずきで応えるだけだった。

二人から二十分ほど遅れたスタートになる。東京メトロ桜田門《さくらだもん》駅から有楽町《ゆうらくちょう》線に乗り、小竹向原《こたけむかいはら》まで——そこで西武《せいぶ》有楽町線に乗り換《か》えて一駅の新桜台《しんさくらだい》駅が、篠崎のマンションの最寄駅だ。

地下鉄の車内は、ちょうどシートが埋まるぐらいの混み具合だった。立ったままだと資料を広げるわけにもいかず、沖田はスマートフォンで再度ニュースをチェックしながら時間を潰した。

新桜台駅から地上に出ると、目の前が環七《かんなな》だ。ただし篠崎のマンションはそこからは外れた住宅街の中にある。ささやかな商店街を抜けると、一戸建ての民家や小さなマンションが目立つようになる。歩いて五分ほどで、篠崎のマンションに到着した。白いタイル張りの四階建てで、外見はかなり汚れて古びている。ベランダの様子を見た限りでは、1LDKという感じだ。五十代後半、一度全てを失った男が一人で住むには十分過ぎる広さだっただろう。

マンションの出入り口の前に、麻衣が一人立っていた。

「牛尾は？」

「もう聞き込みに行きました」

「何だ、待てねえのかよ。気が短い男だな」

「隣の小学校から、駅の方向へ向かって聞き込みを始めてます」牛尾はやはりしっかりしている。というより、捜査一課できっちり教育されたのだろう。いつも動きに無駄がなく効率的だ。

「了解。じゃあ、俺たちは駅を背中にして行くか」

「牛尾さん、美味しい方を取りましたよね」麻衣が不満そうに言った。

「ああ？」

「駅から遠ざかると、聞き込みできるところが減りますよ。近い方が、絶対いいじゃないですか」

「そりゃそうだ」沖田は声を上げて笑った。「ま、取り敢えず牛尾には単独で頑張ってもらおう。俺たちはマイペースでいこうぜ」

とはいえ、麻衣の不満も当然だとすぐに思い知ることになった。マンションから離れると、基本的には民家しかない。すぐ近くに郵便局があったのでまず顔を出してみたのだが、ピンとこない聞き込みになってしまった。さらに駅から離れて、コンビニエンスストア……店員がたまたま外国の人で、複雑な話はまったく通じなかった。

柳の情報によると、篠崎は東京では働いていなかったはずだ、という。働こうとはしていたようだが、やはり条件が悪かったのだろう。一度殺人容疑で逮捕された人間は、無罪と決まった後でも、世間から白い目で見られる。履歴書《りれきしょ》を出せば、数年間の空白を説明せざるを得なくなり、そこで話は止まってしまうはずだ。

「五十代後半の、一人暮らしのオッサンの生態はどんなものかね」

「それ、私に聴きます？　沖田さんの方が近いじゃないですか」

「俺は篠崎さんとは立場が違うよ」

「働いていなくて、世間にも出づらいですよね」

「だろうな」

「酒しか楽しみがなくて、毎晩呑んだくれて昼まで寝て……それぐらいしかイメージが浮かびません」

「そうだな」わびしい人生が脳裏《のうり》に浮かんだものの、本当にそうだったかどうかは分からない。篠崎の社会的なつながりを明るみに出すためには、駅に近い方の飲食店などで聞き込みをする方が効果的だろう。

その時ふと、篠崎の「社会的つながり」に思い至った。細い糸が完全に切れてしまっているかどうかは分からない。

「この現場、君たちに任せておいて大丈夫か？」

「もちろん大丈夫ですけど、沖田さん、何かあるんですか」

「ちょっと思いついたことがあるんだ。大人数で行くような話でもないから、俺一人で調べてみる」

「いいですけど……秘密主義ですか？」

「違う、違う。篠崎さんが以前勤めていた会社だよ」

「東花フーズですね」

「ああ。池袋じゃなかったか？」

バッグから手帳を取り出した麻衣が、すぐに確認して「そうですね」と言った。

「じゃあ、悪いけど、一度離脱する。牛尾にも言っておいてくれ。話ができたら、また戻ってくるよ」

「じゃあ、こっちで合流でいいですね？」

「頼む」

理解が早い若手と仕事をしていると楽だ。そういう意味で今、追跡捜査係の戦力は充実していると言っていいだろう。係長は……まあ、係長が自分で捜査に出るわけではないから、そこは考えないでおこう。


東花フーズは元々、大正《たいしょう》時代創設の菓子メーカーだったが、その後様々な分野に手を広げて、今は総合食品メーカーに成長している。現在はサプリメントや健康食品などが主力製品になっているようだ。本社ビルの一階にはショーケースがあり、最新の製品が展示されている。血圧を下げるという触れ込みのお茶がふと目に入った。この前の健康診断で、血圧が少し高いと指摘され、それが気になっている。しかし自宅に血圧計を置くわけでもなく、特に何もしないで放置……せめて、この特保のお茶でも飲むようにしようか。普段からカッカすることが多いから、血圧が高くなってもおかしくないのだ。

受付で名乗り、人事課長を紹介してもらった。課長ということは、おそらく篠崎よりも年下だろう。事件が起きた十年前は、何をしていたのか……篠崎と個人的な知り合いである可能性は低いと考えた方がいいだろう。

沖田はしばらくロビーで待っていた。五分ほどすると、度の強い眼鏡をかけた細身の男が、エレベーターを降りてこちらに向かって来るのが見えた。たぶんこの男だろうと見当をつけて立ち上がり、一礼する。

「沖田さんですか?」

「アポなしですみません」沖田はバッジを見せた。「警視庁追跡捜査係の沖田です」

「何かあったんですか?」人事課長が心配そうに訊ねる。

「いえ、今何かあったわけじゃないんですよ。ちょっと情報収集しているだけで。少し時間をもらってもいいですか?」

「では、こちらで」

人事課長はすぐに、ロビーの片隅にある打ち合わせ用のスペースに沖田を案内した。小さく区切られたブースで、完全には個室になっていない。他のブースにも打ち合わせをしている人たちがいるが、大声を出さなければこちらの会話は聞かれないだろう。

ブースに入ると、人事課長が名刺を渡してくれた。服部武一《はっとりたけかず》という名前を頭に叩きこんで、沖田は自分の名刺入れにしまった。向かい合って座ると、すぐに用件を切り出す。

「十年前のことですが……こちらに在籍していた篠崎光雄さんの件です」

「ああ」服部が急に声のトーンを落とした。「例の事件ですか?」

「ええ」

「今になって何かあったんですか?　あの件では、篠崎さんは無罪になってますよね」

「そうです」

「それでも調べることがあるんですか？」服部が訝しげに訊ねる。

「事件自体は解決していませんから、継続捜査になっています」それでは篠崎を調べていることの説明にならないのだが、沖田は抽象《ちゅうしょう》的な説明で乗り切ることにした。

「そうですか……」

「十年前のことを教えて欲しいんです。篠崎さんは会社を解雇《かいこ》されたと思いますが……」

「いえ、辞職です」

「自分で申し出た？」

「ええ」

「間違いないですか？」

「私、十年前も人事にいましたから。あの件では社内も大揺れになりましたし、よく覚えていますよ」

「大変だったと思います。でも、馘《くび》ではなかったんですね？」

「うちの社の規定ですと、犯罪を犯した社員の正式な処分は、起訴されてからとなっています」

そういう風に決めているところは少なくないはずだ。逮捕でも十分問題だが、起訴となると、犯罪事実がほぼ確定したということになるからだろう。身柄を拘束《こうそく》されていて、しかもその後は裁判で仕事もままならないとなると、会社としては通常の雇用形態を守れないのは当然だ。もちろん、会社の社会的な責任もある。犯罪者に給料を払い続けるのはおかしいではないか、と非難を浴びる可能性もあるのだ。

「そういうこと、よくあるんですか？」

「いや、滅多にないですよ。せいぜい交通事故で相手を怪我させたとか、それぐらいです」

「御社、かなり大きい会社ですよね？　何人ぐらいいるんですか？」

「本社で千人弱、関連会社を含めると千五百人ぐらいです」

それだけ社員がいれば、犯罪にかかわる人間もある程度はいそうだが……いや、それは警察官的な考えか。

「篠崎さんの件は、会社にとっても大変だったでしょうね」

「マスコミやＳＮＳが……新聞やテレビはともかく、週刊誌なんかがしつこくて困りました。会社とは全然関係ないんですけどね。ＳＮＳでもだいぶ叩かれて」

「影響、ありましたか？」

「幸い、不買運動が起きるようなことはなかったです」

「どうやって炎上を鎮《しず》めたんですか？」

「何もしませんでした」

「はい？」

「会社は関係ないと宣言《せんげん》する手もあったと思いますけど、当時の広報部長の意向で、ＳＮＳで炎上していることについては一切触れないことにしたんです。会社のアカウントにＤ

Mを送ってくる人もいましたけど、誹謗中傷《ひぼうちゅうしょう》的な内容は一切無視しました。こっちが乗ってこなければ、攻撃してくる方も飽《あ》きるんでしょうね」

「勉強になります」炎上対策として、これは一つの見識だと思う。「……それで、篠崎さんの辞職のことなんですが」

「逮捕されてから何日かして、弁護士経由で辞表が届きました」

「それは正式なものなんですか？」

「辞表にフォーマットはないんですよ」服部が苦笑する。「辞めると書いてあって、本人の署名があれば問題ありません。あの時は弁護士経由で出されるという特殊な状況でしたけど、事態が事態なので、受理しました」

「その後、篠崎さんは無罪になっています」

「それは承知していますが、会社としては何とも……一度お辞めになられて、しかも何年も経っていましたから、再雇用というわけにもいかないでしょう」

「篠崎さんの方から、そういう申しこみはなかったんですか」

「ないですけど……」服部が言い淀《よど》んだ。

「何かありましたか？」

「実は篠崎さん、一度会社に来たんです。きちんと謝罪したいと」

「会社に対してですか？」律儀で真面目だったという篠崎の評判が、脳裏に蘇《よみがえ》る。

「会社にというか、弊社《へいしゃ》の社長に」

「社長？」

「実は、現在の社長の天野《あまの》が、篠崎さんの同期なんですよ。昔から仲が良かったらしいです。それで篠崎さんは、会社に謝ろうと思った時に、まず天野を思い浮かべたようで」

「社長、会われたんですか？」

「ええ」

「いつ頃ですか？」

「二年ぐらい前だったかな？　無罪判決が確定して、しばらく経ってからでした。ちょうど天野が社長に就任した直後でもあったんですけど」

「社長に就任するには、まだお若いんじゃないですか」篠崎と同期ということは、その頃天野は五十六歳前後だろう。大手食品メーカーの社長としては若い感じがする。

「前社長が、急に体調を崩しましてね。当時もう七十二歳で、色々あったんですが……それで一気に若返り人事で、天野が十人抜きで社長になったんです」

「すみません、経済紙は読んでいないもので」沖田は素直に謝った。たまには経済紙の東《とう》経《けい》新聞も読まねばならないと思いつつも、実際には滅多に開くことはない。東経を読んでも、仕事の参考にはならないから……。

「いえいえ」服部が苦笑した。

「それで、社長と篠崎さんとはどんな話を？」

「二人だけの話し合いだったので、内容は分からないんです」

「まったく？」既に辞めた人間との会談とはいえ、社長にとっては半ば「社業」のようなものではないか。誰も立ち会わないのは、むしろ不自然な感じもする。

「ええ。社長の判断です」

「そうですか……」沖田は顎《あご》を撫《な》でながら天を仰《あお》いだ。社長に面会するのは、あまりにもハードルが高いだろうか？　最近の篠崎に会った人間として、どうしても話を聞いておきたいのだが――しかしこの件は、ひとまずおいておくことにした。「篠崎さんがこちらにおられた時、親しかった社員の方、分かりますか？　これだけ大きい会社だと、同期も何十人もいたでしょう」

「それは調べてみないと分かりません。だいたい、調べきれるかどうか、ちょっと自信はないですね。異動も多いし、退職した人もいるはずです」服部は及《およ》び腰だった。

「篠崎さん、こちらではどんな仕事を？」

「主にマーケティングでした。事件の直前も、マーケティング第一課で、国内の市場動向の調査などをしていました」

「会社では主流の仕事と言っていいんでしょうね」

「ええ。ＩＴ関係にも詳しくて、頼りになる人でした」

「当時の部下や上司の人に会えれば……」

「かなり難しいですね」服部は先ほどよりもさらに腰が引けていた。「うちも大きい会社ですから、私も社員全員の事情を把握しているわけじゃないです。名簿を調べて、当時篠崎さんの近くにいた社員に話を聞いて、それから——となると、警察に話ができる人を簡単に探し出せるとは思えません」

「服部さんは、篠崎さんとは親しくなかったんですか？」

「個人的に話したことは一度もないです」服部があっさり言った。「査定《さてい》の話で一、二回というところじゃないでしょうか。個人的にはまったく知らない人と言っていいと思います」

「そうですか……じゃあ、社長だな」

「社長？」服部が目を細める。「それは、どういう意味で……」

「社長と会わせて下さい。社長と話をするのが一番早そうだ」

「いや、それはちょっと……」服部が椅子に背中を押しつけるようにして、沖田から距離を置いた。

「できませんか？」

「社長は分刻《ふんきざ》みのスケジュールで動いているんですよ」

「でも、起きてから寝るまで、常に予定が入っているわけじゃないでしょう。何もない時間も細切れにあるはずだ。それを何とかまとめてもらえれば、三十分や一時間は話ができるんじゃないですか？　難しい内容じゃないですよ。同期との昔話を聴きたいだけですから」

「それも難しいかと思いますが」

「だったら、直接社長のお宅にうかがいますか。お戻りになるまで張り込むということで

——そういうのには慣れていますから」

「そんなに大事なことなんですか？」

「公務です」沖田は真顔でうなずいた。正式な捜査ではないから、これは「公務」とは言い難《がた》いのだが。

8

刑事総務課長は、あっさり出張を許可してくれた。「これも研修ですから」と、まったく問題なし、の様子である。それで西川は、かえって心配になってしまった。

「捜査本部の坂井係長は、ご機嫌ではありませんでしたよ」

そう指摘すると、総務課長は声を上げて笑った。それから一瞬で真顔になり、「坂井のことは気にしないで下さい」と告げた。

「どういう意味ですか？」

「坂井はやり方が強引で、色々問題がある人間なんです。その割に結果は出していない

——少なくともこの捜査本部に関しては、何の結果も出ていませんからね。カリカリするのも当然でしょう」

「事件が解明されたら、さらにカリカリすると思いますが」何かを「滑《すべ》らせて」いたこと

が証明されてしまうのだから。

「そうなっても、坂井の責任ですよ」

「厳しいですね」西川は思わず苦笑した。

「こういうのは――追跡捜査班が仕事に入るということは、自分のミスを指摘されるようなものでしょう？　それを我慢できないような傲慢《ごうまん》な人間は、警察官には向きません」

「刑事にはプライドも必要だと思いますが」

「プライドが高いのと傲慢なのは、微妙に違いますよ。プライドを誇っていいのは、きちんと実績を挙《あ》げている人間だけです」

「追跡捜査班ができると、傲慢な刑事たちのやっかみを買う恐れがありますけどね」

「解決策は考えてあります」総務課長がニヤリと笑った。「そういう傲慢な刑事ばかりを集めて追跡捜査班を作る。キャップは坂井でいいでしょう」

本気だろうか。自分は神奈川県警の人事に口出しはできないが、それはあまりにも極端なやり方に思える。特に坂井は、「今回の事件が解決できなかったから飛ばされた」と、懲罰《ちょうばつ》人事だと判断するかもしれない。

「まあ、それはともかく……予算の関係で、行くのは二人にして下さい」

「分かりました」刑事総務課は刑事部全体の予算を差配するが、自分たちが使える予算は限られている――基本的に捜査部署でないから仕方がない。「場合によっては、泊まりになるかもしれません」

「それを見越して、二人で」総務課長が右手でVサインを作った。

「承知しました」

「それで……どうですか？　あの二人は追跡捜査班に向いていると思いますか」

「今は通常の捜査に近いですから、二人とも慣れた仕事をやっている感覚だと思いますよ。ただし、再捜査でこういう状況になるのは、かなり捜査が進んでからです。何度も申し上げますが、追跡捜査の基本は書類の精査です。ですから、忍耐力《にんたいりょく》が一番必要ですね。あとは視力のよさというか目の強さ」

その割に沖田はよくやっているのだが……あの男は基本的に飽きっぽく、忍耐力とは縁遠い存在だ。書類を読むのも好きではない。

「まあ、何事も経験ですかね。しかしあなたは、今回いきなり手がかりを摑んだ」

「手がかりになるかどうかは分かりませんよ。今のところは小さな違和感です。それに、これに気づいたのは北山刑事ですから。彼は向いているかもしれませんね」

「優秀な男なのは間違いない。暴対でも、復帰を待望してますよ」

「ああいう鋭い人は、どんな部署でもやれると思います」

「そうですか……それで、出張はいつ？」

「明後日《あさって》、日曜日にしようと思います。いろいろスケジュールを考えて、休みですがこの日に……。向こうに通告しないで行きますし、本当に泊まりこみになる可能性もあります」

「それは構いません。成果が出るといいんですが……と期待するのは、坂井に申し訳ないですかね」
申し訳ない――そうだろう。そうやって自分たちは、多くの刑事の恨みを買ってきたのだ。

自宅へ戻り、出張の用意を整えた。泊まりになる可能性があるから、一応着替えも準備する。北山は体力的に不安があるから、沙都子を同行させることにしていた。出張は慣れたもの……少し大きめのバッグに荷物を詰め終えてから、夕食に取りかかる。

「どうですか、神奈川県警は」食卓で美也子が切り出した。

「早くも恨みを買ってる」

「あらあら」美也子が軽く笑った。結婚するまでは彼女も警察官だったので、警察内部の複雑な事情はある程度は分かっているのだ。「じゃあ、沖田さんを行かせなくてよかったわね」

「あいつが行ったら、今頃は全面戦争になってるよ」怒りっぽい男なので、ちょっとしたことで大騒ぎになっていただろう。

西川は黙々と食事を続けた。最近の自宅での食事は、基本的に一汁二菜である。「菜」の二つは煮物とメインだ。今日のメインは鮭《さけ》の幽庵《ゆうあん》焼き。息子が家にいた頃は揚《あ》げ物が食卓に上がることも多かったが、今は魚中心である。

「しかし……うちの食事も脂《あぶら》分がなくなったな」

「そろそろ食生活を見直さないといけないでしょう」

「五十だから？」

「ここが分岐点《ぶんきてん》なんですって。定年後も元気でいられるかどうか、分かれ目は五十歳」

「どこで手に入れた情報だ？」

「最近、どこの週刊誌もそういう健康特集ばかりやってるでしょう」

「わざわざ週刊誌なんか買って読んでるのか？」

「今は電子よ」美也子がテーブルに置いたタブレットを指差した。

「週刊誌によって、言ってることが全然違うだろう。混乱しないか？」

「最後に何を信じるかは、自己責任ということね」美也子がうなずく。「それより最近、沖田さん、どう？」

「どうって、相変わらずだけど」

「響子さんとはどうかしら」

「いつも通りじゃないかな。何かあったのか？」

「響子さん、体調がいま一つよくないようだから。ちょっと心配」

「何か病気なのか？」西川は茶を啜った。響子も、もう若いとは言えない年齢だ。

「それは、女性特有でいろいろあるわよ。私も最近、母のことがあるからそれなりに忙しいでしょう？　以前みたいに気軽に会う機会が少なくなってるから、よく分からないのよ」

　響子は、ある事件の関係者だった。事件が解決した後で沖田とつき合い始めたのだが、西川家ともつながりがある。特に美也子とは気が合うようで、よくメールをやりとりしたり、ランチに行ったりしていた。シングルマザーで、一人で子育てしていたから、母親の少し「先輩《せんぱい》」である美也子を頼ることも多かっただろう。そもそも美也子は面倒見がいいし。

「沖田は気が利《き》かないからな」

「そうねえ」美也子が苦笑する。

「君も、時間を作ってまた会ってやってくれよ。響子さんだって頼りにしていると思う」

「何とかするわ。あなたも、沖田さんに言っておいてね」

「体調の話だと、言いにくいけどなあ」

「それで出張は？　一人？」

「いや、これは神奈川県警の仕事だから、向こうの若い女性刑事を連れていく――若いと言ってももう子持ちだけど。子どもはまだ一歳だ」

「産後で、職場に復帰したのね。今はそういうのも普通なんですね」

「君も、本当は復帰したかったんじゃないか？」

「私たちの頃はまだ、結婚したら専業主婦になるのが普通でしたからね。特に警察は」

「警察は、一般社会より十年以上遅れてるからな。いや、もっとか」

もしも美也子がずっと警察官を続けていたらどうなっていただろう。今とはまったく違う家庭になっていたのは間違いないが、それがどういう風なのかは想像もつかない。西川としては、今の生活が安定していて心地好《ここちよ》いのだが。

「最近、若い人と仕事する機会が多いわね」

「そもそも、同僚や先輩より、後輩が多くなってるわけだから……年齢的に」

「そろそろ、色々なものを譲《ゆず》り渡していく年齢なんでしょうね」

「おいおい、俺はまだ引退しないよ。定年まで十年もあるんだ。その定年も、さらに五年延びるだろうし」

「まあ、そうよね。六十歳で辞めても、暇でしょうがないでしょう」

「結局、仕事は続けられるだけ続けるのがいいんだろうな」若い人のチャンスを奪わなければ……そういうことを考えてしまうこと自体、自分が歳を取った証拠なのだろうが。

群馬原町駅――それほど遠くないな、というのが出かける前の印象だった。少なくとも高崎《たかさき》駅に着くまでは想像の通り……東京から高崎駅までは、上越《じょうえつ》新幹線で一時間弱しかからないのだ。しかし高崎駅で吾妻線に乗り換えてからの一時間は妙《みょう》に長かった。ローカル線で各停、新幹線から乗り換えたせいでスピード感も狂ってしまう。
駅の南口に出る。田舎は田舎だが、そこまで山の中という感じでもない。沙都子が一つ伸びをしてから、タブレット端末を取り出した。

「徒歩十五分ぐらいですけど、どうしましょうか」

駅前にはタクシーも待機していない。呼べばくるだろうが、その時間がもったいない。

「歩こうか。ずっと座りっぱなしで疲れたよ。少し腰を伸ばしたい」

「ですね」うなずき、沙都子がタブレット端末の画面に視線を落としたまま歩き始める。

「ちょっと行くと吾妻川があって、そこを越えてすぐだと思います」

「道案内は任せるよ」

すぐに橋にたどり着いた。「吾妻ふるさと大橋」……かなり立派な橋で、徒歩で渡り切るにはかなり時間がかかりそうだった。

今日は梅雨の晴れ間で、空には雲一つない。東京よりも、陽射しが強い感じがした。西川はワイシャツ一枚だが、早くも汗が背中を伝うのを感じ始めている。

「今日、泊まりになっても大丈夫か?」

「子どものことですか？　旦那の実家に預けてきました」

「大変だ」

「でも、旦那のお父さんも警察官なんです。事情はよく分かってくれてるので」

「まだ現役?」

「今、本部の地域指導課長です」

「おっと、偉い人なんだ」彼女の義父なら、五十代後半というところだろうか。西川と数歳しか違わないのに、ずいぶんな御出世で——しかし西川は、そもそも出世に興味がなかった。やはり、過去の事件とじっくりつき合っていくのが性に合っている。

「まあ、そうですね」

「義理のお父さんがそういう人だと、何かとやりにくくないか？」

「いやあ……でも、うちの息子を抱いてると、本当にいいおじいちゃんっていう感じですよ」

「面倒を見てもらえるなら、まず安心だな」

「そういうバックアップがないと、仕事を続けていくのは難しいです」沙都子が正直に打ち明ける。

「警察も、まだまだ働きにくい組織だな」

「警察だけじゃないですよ。どこの会社でも……社会全体が、女性が働きやすいようにはなっていませんから」

この話題を続けていくと、話はすぐに行き詰まりそうだ。西川は黙りこんで、下を流れる川の景色に目をやった。今日は体が干上がりそうなほどの晴天だが、最近の雨で、川の流量は多い。橋は高い場所にかかっているので、豪快な流れがよく見えた。普段、こんな風に川を見ることはないので、新鮮な感じがする。

橋を渡り終えると、すぐに巨大な工場が見えてくる。昨日調べたのだが、広い敷地が確保できるためか、この辺には工場などが多いようだった。しかしこの工場の先は山、そして民家が点在しているだけだ。徳島の実家は、そういう家の一軒だった。周囲には古い、大きな家が大きいのだが、こちらはこぢんまりとしている。畑や田んぼが広がっているので農家が多いと思うが、この家はそういう感じではなかった。しかし実態は分からない。捜査本部は、徳島の実家の様子までは調べていなかったのだ。まあ、そこまでやると期待する方が間違っているか……四年前の段階では、徳島はあくまで「事件現場と同じマンションに住んでいた人」に過ぎなかったのだ。

インタフォンを鳴らしたが、反応なし。カーポートに車がないので、出かけているのかもしれない。この辺だと車がないと仕事にも行けないだろうから……車がないということは、家に人がいない証拠だ。

「どうします？　留守ですよね」

「仕事に出かけていたら、夜まで戻らないかもしれないな」

踵《きびす》を返した途端、歩道をゆっくりと歩いている老人の姿を見つけた。急いで駆け寄り、声をかける。

「すみません」

「はいはい」

老人が立ち止まる。七十歳……いや、八十歳に近いだろうか。少し腰が曲がり、髪はほとんどなくなっている。しかしTシャツに短パン、分厚いクッションが効《き》いたランニングシューズという格好で、かなり本気でウォーキングしているのが分かる。西川はゆっくりとバッジを提示した。

「警察です。東京――神奈川県から来ました」

「ああ、ご苦労様」

老人が敵意も疑念も見せなかったのでほっとする。高齢者の方が警察に対しては好意的、とよく言われるが、それを実感した。

「こちらの家――徳島悟さんに会いに来たんですが」

「ああ、息子の方ね」

「ご存じですか」

「この辺は皆知り合いですよ。だけど、最近見ないな」

「こちらで何をやってるかは……」

「さあ」老人が首を傾げる。皆知り合いという割には、あまりこの家の事情を知らないようだ。

「ご家族の方は？　お勤めですか」

「ああ、いないの？」

「ええ」

「だったら店の方じゃないかな」

「店、ですか」駅の近くはともかく、この辺りには店舗はなかったはずだ。

「駅の北口で、喫茶店《きっさてん》をやってるよ」

「お店の名前は？」

「さあて、何だったかな」老人が首を捻った。「あの辺には喫茶店なんか他にないから。近くまで行って聞けば分かりますよ」

「そうですか……ありがとうございます」

「いえいえ」

老人はさっさと歩き出した。腰が曲がりかけているのに結構なスピードで、歩くのを日課にしているのが分かる。

「どうします？」沙都子が訊ねる。

「戻るしかないだろうな。無駄足だったけど」

また十五分歩くことを考えるとげんなりしたが、仕方がない。西川はハンカチで額《ひたい》の汗を拭《ぬぐ》うと、大股で歩き出した。この暑さの中、先ほどの老人もしっかり歩いているではないか。

十五分かけて駅の南口まで戻る。その間、沙都子がタブレット端末を使って喫茶店の場所を調べた。

「確かに、北口に一軒だけ喫茶店があります」

「そこかな。どの辺だ？」

「ここから歩いて五分ほどだと思いますけど、その前に、あれが面倒臭いですね」沙都子が目の前の跨線橋《こせんきよう》を指差した。

「ああ……階段はきついな」遮《さえぎ》るものが何もない中、階段を上がって降りて——それを想像しただけで、また汗が噴き出てくる。まだ梅雨も明けていないのにこれだと、真夏にはどうなるのだろうとうんざりしてしまった。

駅前には国道が走っている。そこを渡って少し歩くと、車が十台ほど停められそうな広い駐車場のある喫茶店に辿り着いた。普通の一戸建てのように見える。こんな風に店をやるなら、ここに住めばいいのにと思ったが、何か事情があるのだろう。

西川はもう一度汗を拭い、店のドアを押し開けた。カラン、と軽いベルの音に続き「いらっしゃいませ」の声が響く。エアコンの冷気が押し寄せてきてほっとしたが、まだ体から熱が抜けない。アイスコーヒーをブラックのままたっぷり飲んで、喉の渇《かわ》きを癒《いや》したかった。

間もなく十二時という時間帯で、店は既にほぼ満員になっていた。

「まずいな」西川は舌打ちした。この混み具合だと、とても店主に話は聴けないだろう。出直すか……しかしこの辺には、時間を潰せそうな場所もない。すぐ近くに大型の家電量販店があるが、そこで冷房を浴びながら最新家電を見て回るのも馬鹿馬鹿しい。

「飯にしよう」

「いいんですか」沙都子が目を見開く。

「これだけ混んでたら話は聴けないよ。ちょっとエネルギー補給して、客が少なくなるのを待とう」

二人は空いていた窓際の席に腰を下ろした。メニューはいかにも喫茶店らしい……サンドウィッチが充実していて、他にはカレーやスパゲティなどが揃っている。今日のランチは、豚の生姜《しょうが》焼き。西川はそれにして、先にアイスコーヒーを持ってきてもらうように頼んだ。沙都子はピザトースト。

「気温三十度の日にピザトーストはチャレンジだな」

「好きなんですよ。メニューにあると、だいたい頼みます」

二人の飲み物はすぐに運ばれてきた。西川はアイスコーヒーをブラックのまま一気に半分ほど飲み、喉と気持ちを落ち着けた。氷が少なく、アイスコーヒーの量がたっぷりなので、西川はこの喫茶店の評価に星を一つプラスした。氷ばかりで、中身が少ない店も多いんだよな……。

客は続々と入ってきて、すぐに満員になってしまった。この辺には食事ができる店が少ないとはいえ、人気店舗だということが分かる。客のざわざわした会話の中に、ジャズのBGMがかすかに混じる。店内を見回すと、一番奥にドラムセットとギターアンプ、それにウッドベースが置いてある。夜になると、地元のジャズ好きが集まって演奏《えんそう》を楽しむような店なのかもしれない。

さて、取り敢えず食事だ……運ばれてきた生姜焼きは肉、野菜とも量たっぷりだった。生姜焼きには粗《あら》く下ろした生姜がたっぷりまとわりつき、かなり刺激的な味であることは想像がつく。食べてみると、実際、スパイシーな味だった。今は汗が引いているからいいが、体が冷えていない状態で食べたら大汗をかくだろう。とにかく味つけがしっかりしていて、米がどんどん減る。一方、沙都子はチーズトーストに四苦八苦していた。分厚いトーストを一枚、四つ切りにしてあるのだが、一つ一つがかなり大きい。熱々の状態で運ばれてきたので、一気に食べるのは難しそうだった。西川は自分の食事に専念……嬉しいのは、千切りキャベツが肉の下に敷いてあることだった。タレの味がしっかりキャベツに移り、しかも熱で少ししんなりしている。こういうキャベツの料理があってもいいな、と思えるほどだった。生キャベツと少しだけ熱が入ったキャベツでは、味も歯触りもまったく異なる。

できるだけゆっくり食べたつもりだが、警察官というのは基本的に早飯である。食べ終えて壁の時計を見ると、まだ十二時二十分だった。煙草を吸う人間なら、ここで一服して時間潰しをするところだが、西川は煙草を吸わない。テーブルには灰皿が置いてあり、今時全面喫煙《きつえん》可の店のようだが。実際、あちこちのテーブルで、食事を終えた人が煙草をくゆらせている。

十二時半。食べ終えた人たちが次々と店を出て行き、テーブルに空きができた。これからまた埋まる気配はない。人気店とはいえ田舎だから、昼時に客席が二回転するほどではないようだ。中年の女性が料理の皿を下げに来た時、西川はタイミングだと思って声をかけた。

「すみません、ここ、徳島さんの店ですよね？」

「はい、そうですが」

「徳島さんは？」

「厨房《ちゅうぼう》です。何かありましたか？」女性が不安そうに訊ねる。

「警察です」西川は声をひそめて告げた。「ちょっとお話しさせていただくことはできますか？」

「何事ですか」女性の不安は消えない。

「それはご主人――徳島さんに直接お話しします」

「徳島はうちの主人ですが」

「奥さんですか」西川はうなずいた。「でしたらお二人一緒に話を聴いてもいいんですけど……お仕事の邪魔にならなければ」

西川は名刺を差し出そうと思ったが、やめておいた。自分は警視庁の人間で、これは神奈川県警の事件。普通の人は警察がやってきたら、そんなにしっかり名刺を見ないかもしれないが、事情を説明するのがややこしい。

「――ちょっとお待ちいただけますか」

女性がカウンターの奥に引っこんだ。すぐに中年の男性が姿を現す。長身痩軀《そうく》。白髪《しらが》が混じった長髪を後ろで一本に結んでいる。ジーンズに色褪《いろあ》せたダンガリーのシャツ、それにオフホワイトのベストを合わせていた。テーブルに早足で歩み寄って来たので、西川は立ち上がってバッジを示した。

「お仕事中、申し訳ありません。徳島さんですね？」

「何事ですか」徳島は眉を寄せて不快感を示した。

「息子さんの件で、ちょっとお話を聴かせて下さい」

「悟が何か？」

「息子さんに話を聴きたいんですが……昔の事件の参考です」

「ちょっと、外でいいですか？　他のお客さんもいますし」

「構いませんよ」

　徳島に誘導されて店の外に出る。駐車場の片隅が建物の影になっているのでそこに入ったが、エアコンの室外機が置いてあり、熱風がもろに吹きつけてくる。西川は立ち位置を変え、何とか直接熱風を浴びないようにした。しかしやはり影響があるのか、ここは他の場所より気温が高い感じがする。とはいえ、快適な場所を探しているのも時間の無駄だ。

「悟がどうかしたんですか？」

「今、こちらにお住まい――実家に帰ってきたと聴いていますが」

「いや、もういないんですよ」

「いない？」

「東京へ戻りました――でも、何の話なんですか」

「四年前に、息子さんが住んでいたマンションで殺人事件が起きました」

「ああ」徳島の顔が一気に暗くなる。

「その件を、もう一度洗い直しています。当時マンションに住んでいた方全員に話を聴き直しているんですが、息子さんが摑まらなくて」

「それでわざわざこんなところまで?」

「仕事ですので」西川はうなずいた。「それで……東京へ戻られたのはいつですか?」

「三ヶ月ほど前ですね。この春です」

「確認させて下さい。息子さんはちょうど四年前の六月に、神奈川県のマンションを引き払ってこちらに戻ってこられたんですよね?」

「ええ」徳島がうなずく。

「大学はどうされたんですか?」

「中退しました」徳島の表情が歪んだ。「二年生の時に単位を取り損ねて留年したんです。二度目の二年生だったんですよ」

「留年は、そんなに珍しくないと思いますが」事件当時彼に事情聴取した刑事も、この件は聴き出していた。

「大学も何となく行っていただけでしたから、思い切ったんだと思います。まあ、留年までされて、高い学費を払わされるのもたまったもんじゃないですからね」徳島が不満をぶちまけた。「だいたい、特に何の目的もないのに大学へ行くなんて、金の無駄遣いなんですよ」

「辞めてこちらへ戻って、何をしていたんですか?」

「近くにある家電の製造工場で働いていました。この辺だと、高校を卒業した子の就職先としては大手ですよ」

「でも、戻られた――東京へ行ったんですか？」

「こっちのバイトで貯《た》めた金を持ってね。今度は専門学校だそうです。東京の水は合わないだろうに」徳島が嫌そうに言った。

「大学ではなく……」

「声優の専門学校だそうですよ。声優になりたいって言って……昔からアニメ好きでしたけど、そんなに簡単になれるものなんですかね」

「どうでしょう」西川も首を傾げざるを得なかった。「私もそっちの業界については詳しくないので」

「自分で貯めた金で通うっていうから許したんですけど、何だか心配ですよ」

　とはいえ、喫茶店も水商売である。安定した仕事とは言えないわけで、息子を批判するいわれはないのでは、と西川は思った。

「連絡先を教えていただけますか？」

「構いませんが」徳島がジーンズの尻《しり》ポケットからスマートフォンを取り出した。彼が告げる住所と携帯の番号――携帯は契約し直したのか、警察が把握している番号とは違っていた――を告げる。

　情報をメモし終え、西川はさらに確認した。

「四年前の事件について、息子さんから何か聞いていますか？」

「いや、あまり話したがらなかったね。気持ち悪いとは言ってましたけど。自分が住んでるところであんな事件が起きたら、それはさすがにいい気分じゃいられないでしょうね」

「向こうを引き払う原因もそれじゃなかったんですか？」

「多少のきっかけにはなったかもしれませんけど……そうね、そうかもしれない。いきなりこっちへ戻って来るって言い出したんで、怒鳴りつけたんですけどね。せっかく大学へ行ったのに、結局放り出すのかって」

「それで、こちらに戻られた……」

「昔から飽きっぽくてね」徳島が呆れたように首を横に振った。「まあ、少し甘やかし過ぎたかもしれません。今の若い子は、基本的に好きにさせないと、すぐにいじけるから。好きなことだけやって生きていくなんて、無理なのにね」

「そうですね」徳島は自分と同年代——あるいは少し年下だろうか。いずれにせよ、彼の言うことには同意できた。息子は進学や就職でそれほどわがままを言ったわけではなかったが、西川は基本的に好きにさせていた。結果的には、まともな大学に入り、まともに就職して結婚も間近になっているのだが。

「息子さん、どんな方ですか？」

「まあ、腰が定まらなくてね。大学も適当に選んで、辞めてこっちで真面目に働くかと思ったら、声優の専門学校でしょう？　あいつも、もう二十五歳なんだから、そろそろ腰を落ち着けて欲しいんだけどね。二十五歳から声優を目指すっていうのは、どうなんですかねえ」徳島はあくまで、声優の仕事に偏見――不安を持っているようだった。

「それは個人の自由ですから……念の為ですけど、息子さんと親しい人の名前、教えてもらえますか？　高校までの同級生とか」

「構いませんけど、息子が何か事件に関係しているとでも言うんですか？」

「そういうわけじゃありません」今のところは。

　徳島と別れて、駅の方へ歩き出す。

「空振りでしたね」と沙都子が残念そうに言った。

「いや、まだやれることはある。彼の友だちに当たってみよう。一応、こちらでの様子も確認しておきたい」

「うちの事件の関係、誰かに話してるかもしれませんね」沙都子が手帳を広げた。徳島が「息子の友人」として紹介してくれた人間のリストは三人。しかし徳島は携帯電話の番号までは知らなかった。分かっているのは勤務先のみ。それぞれ連絡をとって呼び出してもらうとなるとかなり面倒臭い。

「まあ、あまり期待しないで話を聴きに行こうか」

　炎天下、聞き込みの日々……慣れてはいるが、最近こういうことが少ししんどく感じられるようになった。年齢のせいではなく、平均気温が高くなったせい――地球温暖化の影響だと考えるようにしているのだが、それは強弁というものだろうか。

第二章　逮捕《たいほ》

1

まさか、一部上場企業の社長と会うことになるとは——沖田もさすがに緊張した。東花フーズの人事課長・服部が尽力《じんりょく》してくれたのだが、まさかその日の夜に面会が叶《かな》うとは思っておらず、心の準備が整《ととの》わない。とはいえ、こちらから頼んだことだ。

面会場所に指定されたのは、会員制の高級なスポーツジムだった。社長の天野はここで週二回、汗を流すのが習慣になっているのだという。その予定は何があっても絶対に崩さず、トレーニングが終わった後は必ず直帰、になっている。これが、彼が心身を整える方法なのだろう。六時前からスタートして七時には終了と聞いたので、午後七時前にジムに着いておいた。受付の人に事情を話すと、休憩《きゅうけい》スペースに案内される。さすがに高級ジムだけあって、ソファの座り心地もいい。ジムの受付スタッフが「コーヒーをお持ちしましょうか？」と勧《すす》めてくれたのだが、断る。

今回は、麻衣を連れてきていた。多少なりとも柔らかい雰囲気《ふんいき》を出そうとしたのだが、こういう考えが既《すで》に時代遅れかもしれない。女性刑事の使い方としては間違っているのではないか？

待つ間、沖田は手帳を見返した。ここへ来るまでに天野のデータを集めておいたのだ。さすがに東証一部企業の社長ともなれば、あちこちでインタビューを受けているので、話はいくらでも拾える。それ以外に、服部が簡単な経歴も教えてくれていた。

七時を五分過ぎたところで、天野が姿を現した。背が高い――百八十センチぐらいありそうで、贅肉《ぜいにく》はまったくついていない。六十歳近いというのに、若々しい雰囲気を振りまいていた。ノーネクタイだが、スーツはぴたりと体に合っている。さすがに、健康食品をメーンにする会社の社長は、自分の体に気を遣っているのだろう。

「お待たせしまして」言葉遣いは丁寧《ていねい》で腰も低い。

「とんでもない」沖田は腰を浮かせて頭を下げた。「こちらこそ、お忙しいところ無理言って、申し訳ありません」

「どうぞ、おかけ下さい」

促《うなが》されるまま、一人がけのソファにまた腰を下ろす。ソファの座り心地はいいが、肘《ひじ》かけの高さがよくない……肘を載《の》せると脇《わき》の下近くまで上がってしまうのだ。これではメモが取れないし、第一偉そうに見えて反発を喰《く》らうのではないだろうか。沖田は隣に座る麻衣に目配せしてメモ取りを任せた。彼女の体格だとソファにすっぽり入ってしまうので、メモを取るにも苦労しないで済みそうだ。

「週二回もジムに通われているそうですね。熱心ですね」

「うちのようなメーカーの人間が健康でなかったら、洒落《しやれ》になりませんから。本当は、社員にBMI基準を設《もう》けようかとも思ったんですけど、それはやり過ぎだと社内の反発を喰らいましてね……これ、どうぞ」

天野が大きなジムバッグの中から小さなペットボトルを三本取り出した。そのうち二本を沖田たちの前に置く。取り上げて確認すると、エナジー系のドリンクのようだった。

「これは？」

「うちの新製品です。運動後のリカバリになるのが売りで、タンパク質の補給もできます。グレープフルーツ味ですから、暑い時にもさっぱりしていいですよ。私も最近は、運動後はいつもこれです」

「ありがとうございます」言ったものの、沖田はボトルをそっとテーブルに置いた。こういう場合は受け取らないのは無礼だが、実際に飲み始めたら、話がすぐには始まらないだろう。天野はキャップを捻《ひね》り取って、すぐに口をつけたが。

「それで……篠崎のことですか」

「社長にわざわざお話を聴くのは図々《ずうずう》しいかとも思いましたけど、篠崎さんとは同期なんですよね？」

「そうです」

「無罪判決を受けた後、篠崎さんがわざわざ会いに来られたとか」

「ええ」

「どうして社長を選ばれたんでしょうか」

「一応、会社の代表だからということでしょう。会社に対して謝罪するのは、結構難しいですからね。それに、文書で謝罪するのは筋が違うと思ったんじゃないでしょうか」

「よく会う気になりましたね」

「まあ……同期ですからね」天野の言葉は、急に歯切れが悪くなった。「あの事件に関しては、私も忸怩《じくじ》たる思いがあったんですよ」

「そうなんですか？」

「逮捕されたと聞いた時はショックでしたけど、その後あいつが無罪を主張していると聞いて、何と言っていいのか……警察の方の前でこういうことは言うべきじゃないかもしれませんけど、無実を主張している人間をいつまでも勾留《こうりゅう》して苦しめるのはどうかと思いましたよ」

「法的にそういう決まりなので……無罪判決が出た時は安心されたんじゃないですか」

「そもそも篠崎が人を殺すなんて、信じられませんでした。真面目《まじめ》で大人しい男だったんですよ。それは、入社した時からずっと変わっていなかった」

「同期というか、友人と言っていい関係ですか？」

「私はそう思ってました。無実を信じてましたよ。何かの間違いだろうと」

「それでも、篠崎さんは辞表を提出しました」

「潔《いさぎよ》かった、ということです。辞表、ご覧になってませんよね？」

「ええ」

「私は見ました。『これ以上会社にご迷惑をおかけするわけにはいかない』とはっきり書いてありました。そういう男なんです。自分のことではなく、まず周りのことを考える」

「たとえ無実でも」

「律儀《りちぎ》で真面目な男ですから、けじめのようなつもりだったかもしれません。長く仕事に戻れないのは間違いなかったわけですから、そこで一区切りつけておかないと、会社も困るだろうと判断したんじゃないですか」

「なるほど……無罪判決が出てから会った時はどうでしたか？」

「それは、もう……すっかりへばってしまっていて」天野の顔が曇《くも》った。「何年も自由を奪われると、人は老《ふ》けるものですね。私が知っている篠崎ではなかった。七十歳ぐらいの人が来たかと思ったほどですから」

「そんなに、ですか」そう言えば沖田は「現在の」篠崎の顔を知らない。手元にあるのは、十年前に逮捕された時の写真だ。四十代後半からの十年間で、人の顔はだいぶ変わるものだろう。篠崎の場合は、さらに大きな変化の波に洗われたはずだ。

「心身ともに参っている感じでした」

「どんな話をしたんですか？」

「基本的には、篠崎が謝罪しました。謝る必要なんかないと言ったんですが、彼の方で気が済まなかったようで」

「例えば……無罪が確定したから仕事に復帰したいと、頼んできたのではないですか？」

「それはないです」天野が即座に断言した。「実は、私の方では聞いたんですけどね。仕事もない状態で、これからどうやって生活していくか決まっていないようだったので、うちで働く気なのかと確認しました」

互いに嫌な気分での会話だったのでは、と沖田には想像できた。そもそも社長の一存で、一度辞めた人を再雇用《さいこよう》したりしたら、社内でも問題になるだろう。篠崎が「たかった」と噂《うわさ》になったかもしれない。

「篠崎さんは、何と？」

「迷惑をかけた会社のお世話にはなれない、と。その時も、あくまで謝罪に来ただけ、ということでした。だいたい、会社に復帰しても自分には仕事はないだろうと言ってましたしね」

篠崎の仕事はマーケティング――数年現場を離れていても、仕事のノウハウなどがそれほど変わるとは思えない。もちろん、IT化は進むだろうが、そもそも篠崎はそちら関係にもかなり詳しかったはずだ。実際、益岡仁美がサーバーの構築作業をした時も、東花フーズ側の責任者は篠崎だったのだから。

「引き止めなかったんですね」

「まあ……実際には、篠崎が会社に復帰するというのは、あまり現実的なシナリオではなかった」

「儀礼的な誘いだった、ということですか」

「私の一存で勝手なことはできないですからね。そんなことをしていたら人事は混乱するばかりだし、そういう会社は潰《つぶ》れますよ」

「そうですか……」

「この会話は、どういう意味なんでしょう」天野が訊《たず》ねる。「篠崎は無罪判決を受けました。それなのに、また警察が調べているんですか？　それは問題かと思いますが」

「捜査しているわけではありません」

「一事不再理《いちじふさいり》――捜査はできないでしょう」

「よくご存じですね」

「大学は法学部で、専門は刑訴法《けいそ》でした。今の仕事には何の関係もありませんが」天野がどこか皮肉っぽく言った。「あの事件は、結局未解決のままじゃないですか」

「ええ。それを調べるのが我々の仕事です」

天野が沖田の名刺を取り上げた。普段はあまり名刺は出さないのだが、相手が社長ということで、今回は最初に渡しておいた。

「追跡捜査係……なるほど。それでも、篠崎を調べることはできないでしょう」

「ここだけの話にしてもらえますか」沖田は身を乗り出した。肘かけが邪魔になって、何とも格好がつかないのだが。

「何事ですか」天野が身構える。

「実は篠崎さん、亡くなったんです」

「亡くなった？」天野が目を見開く。「いつですか？　どうしてまた？」

「先月、病気で亡くなったんです。実家のある静岡で」

「先月？　初耳だ」

「詳しいことはお話しできませんが、かなり体にダメージが溜《た》まっていたようです」

「そうですか……」

「最後は、昔から馴染《なじ》みの近所の人が看取《みと》ってくれたという話です」

「残念です。あいつの人生はすっかり狂ってしまった。逮捕されなければ、死ぬようなことはなかったかもしれない」

「我々も残念ですが……」

「亡くなったのにまだ調べているんですか？」

「再調査する必要が生じまして」

「捜査はできないでしょう」天野が繰り返した。

「捜査ではなく調査、なんです。そもそもあの事件は解決していない、という事情があります」

「しかし篠崎は調べられない」

「そうですね」仮にあの告白が本物だったとしても。「会われた時、他にどんな話をしましたか？」

「これからどうしていくか、とかですね。働くつもりだとは言ってましたけど、どんな感じになるかは、想像もできませんでしたね」

「田舎《いなか》へ戻るような話はしてませんでしたか？」

「何も決まっていないと言ってました」

「取《と》り敢《あ》えず、本当に謝罪だったんですね」

「私に謝罪されてもねえ……本当は、同期の人間に会いたかっただけかもしれません。長い間自由を失っていたら、人間関係も完全に切れてしまうでしょう。私も、仕事はともかくプライベートではその後も会おうと思ったんですが、携帯も持っていないからということで、連絡先も交換できなかったんです」

「そうですか……ちなみに社長は、篠崎さんはやっていなかったと、最初から思っていましたか？」

「そもそも乱暴なことができるとは思ってませんでしたよ。真面目で大人しい人間ですから。仕事は堅実《けんじつ》だし」

「ずっと独身だったんですよね」

「それはねえ」天野が苦笑した。「今だから言いますけど、二十代の終わり頃《ごろ》に、結婚する話が出てたんですよ」

「そうなんですか？」柳たちから曖昧《あいまい》には聞いていたが、ここで真相が分かりそうだ。

「同期の子と婚約したんですけど、その子が別の男に走ってしまって」

「裏切られたんですね？」

「当然婚約破棄《はき》になって、『もう結婚はいい』ってうんざりしてました。これからは仕事だけ、金を貯《た》めてさっさとリタイヤしようって」

「そうですか」そういう人が、四十代も後半になって新しい恋人と出会い、人生が変わった——人間は何歳になっても変われるものである。自分も響子と出会って、人生が一変したと思う。

「何であういうことになるのか……私には何も言う権利はないですけど、警察のミスですよね」

「あの件については、確かにその通りです」

「そういうミスが、一人の人間の人生を変えてしまう」

「残念ですが、そういうことはあります。我々は、ミスをしないように徹底的に注意していますが」

「私も友人を一人、本当に失ったことになります」

この事情聴取は失敗だった、と沖田は悟《さと》った。天野という人間に、警察に対する不信感を根づかせてしまっただけである。

翌日、沖田たちはまた篠崎のマンションに来ていた。前日の夜——まさに天野と会っている時間だった――柳がわざわざ電話してくれたのである。不動産屋から連絡があり、部屋の契約を解除するから荷物を何とかして欲しいと頼まれた、ということだった。それは家族の仕事なのだが、死んでもなお、篠崎とは関《かか》わり合いになりたくないということなのだろう。それを言えば、篠崎の遺骨も宙に浮いてしまっている。実家は、墓に入れることを拒否。かといって、柳が新しく墓を用意するのも筋が違う。仕方なく、遺骨はずっと柳の家に置いたままだという。彼曰《いわ》く、「いずれは実家の方も折れるでしょう」。そうすれば実家の墓に入れてもらえるはず、という読みだった。しかし、年老いて頑固《がんこ》になった両親が、そう簡単に考えを変えるとは思えない。

いずれにせよ、部屋に入れるチャンスということで、柳と落ち合うことにしたのだった。柳は若者を一人、連れてきていた。聞くと、会社の若手――柳の甥《おい》だという。親戚《しんせき》に個人的な用事を手伝わせるのは問題ないわけか……。

「鍵《かぎ》は、預かっていたんですか」沖田は訊ねた。

「入院してから、何かあったら……と。自分がもう長くないことを悟っていたんでしょうねえ」

柳がオートロックを解除し、すぐに三階にある篠崎の部屋に向かう。一人暮らしの五十八歳の部屋はどんなものかと思ったが、予想よりもはるかに片づいていた。というより、物がない。物に執着《しゅうちゃく》しないタイプだったのか、あるいはもう、家具を揃《そろ》える気力もなくなっていたのか。

１ＬＤＫのリビングルームには、小さなローテーブルとクッションがいくつか、そしてテレビが置いてあるだけだった。キッチンはほとんど使った形跡《けいせき》がない。唯一《ゆいいつ》、ガス台に載った薬缶《やかん》の底が焼けている。流しの下を開けると、様々な種類のカップ麺《めん》が出てきた。これが主食なのかと考えると、惨《みじ》めな気分になってくる。冷蔵庫の中にはミネラルウォーター、牛乳、野菜ジュースと、水物しか入っていない。冷凍庫には、冷凍食品がいくつか……電子レンジを使っていた形跡はあるので、基本的にはインスタント食品頼りの生活だったようだ。天野と違い、健康には全く縁遠い生活を送っていたわけだ。それが膵臓《すいぞう》がんの遠因になったのかどうか。

ベッドルームも素気《そっけ》なかった。ベッドはなく、布団《ふとん》が丸めて置かれているだけ。クローゼットにも服は少ない。服装にもまったく気を遣っていないようだった。洗濯機《せんたくき》もないから、近くのコインランドリーを使っていたのだろう。

沖田は一応、家の中で見つけた全《すべ》てのものを手帳にメモした。何かの役に立つとは思えないが……。

「これならすぐに片づきそうだな」柳がホッとした様子で結論を出した。ゴミ屋敷になっていたらどうしよう、と心配していたに違いない。

「荷物はどうするんですか？」沖田は訊ねた。

「家族に話したんですけど、全部捨ててくれと言われました」

「引き上げるものはないですか」

「もうちょっと調べないと分からないけど、捨てて困るようなものはないでしょうね。明日にでも業者を頼んで、引き上げてもらいますよ」

「金も手間もかかって大変ですね」沖田は本心から同情して言った。いかに幼馴染《おさななじ》みであっても、死後の面倒まで見るというのはよほどのことだ。

沖田も、さらに部屋の中を調べた。しかし、見るべきものはほとんどない……次第《しだい》に違和感を抱き始めていた。何かがおかしい——すぐに、違和感の源泉に気づく。

「パソコンもプリンターもないよな」一緒に来ていた麻衣に訊ねる。

「ないですね」

「だったら、あの告白文はどこで用意したんだろう」沖田は小声で言った。

「確かに……そうですね」困惑した表情を浮かべて、麻衣が同意する。

告白文は、パソコンで作られていた。しかしここにはパソコンの類《たぐい》がない。沖田は柳に確認した。

「篠崎さんは、柳さんのパソコンを借りたりしませんでしたか?」

「いや、そういうことはなかったですよ」

「病室にパソコンを持ちこんだりは……」

「そういうものはなかったですね」柳が首を捻る。

しかしあの手紙は、比較的新しく書かれたもののはずだ。ずっと持ち歩いていたら、もっと皺《しわ》が寄ったりしているはずである。

「どこかでパソコンを借りることはできたんですかね」

「どうだろう。そういうのを貸してくれるところもあるとは思いますけどね」柳が言った。

確かに……しかしそういうところでは、持ちこんだファイルを出力するためにパソコンが置いてあるだけではないだろうか。そこで文書を作って印刷、ということはあまり考えられない。しかしこれは、潰しておいてもいい。そういうサービスをやっているところがどれぐらいあるかは分からないが、潰し切れないほどの数ではないはずだ。

パソコンとプリンターのことは取り敢えず棚上《たなあ》げしておいて、部屋の捜索を再開する。しかしやはり、目立ったものはない。どうもここは仮住まいという感じがする。寝て食べてはいたが、それだけの話——彼は、既に生活を諦《あきら》めていたのかもしれない。

一時間ほど部屋を捜索して、有力な情報はない、と沖田は判断した。柳は既に全部チェックを終えており、メモを片手に甥と片づけの相談をしている。

「こちらは終わりました」沖田は告《つ》げた。

「じゃあ、本格的に片づけにかかりますけど、いいですか」

「もちろんです。お邪魔《じゃま》しまして申し訳ないです」

「いいえ……」

沖田は、ヴァルカンの腕時計を見た。既に午後一時近く。このままだと昼飯を食べ損《そこ》ねてしまう。

「柳さん、片づけを始める前に食事にしませんか？」

「ああ？　そうですね」柳も自分の腕時計に視線を落とした。「そんな時間だ」

「この辺、住宅地であまり食事ができる店もないですけど」

沖田は麻衣に視線を向けた。麻衣が嫌そうな表情を浮かべて首を横に振り、断言した。

「本当に何もないですよ。環七の向こうはチェックしていないんで、分かりませんけど」

「蕎麦屋《そばや》ぐらいはあるだろう」言いながら、沖田も確かにここへ来るまでには何もなかったなと思い出した。

「喫茶店《きっさてん》が一軒あった……かもしれません」自信なげに麻衣が言った。

「喫茶店なら飯ぐらい食えるんじゃないか？　取り敢えず行ってみようか」

麻衣に先導させ、一行は駅の方へ向かった。幸い、マンションから歩いて三分ほどのところにある喫茶店は営業していた。店先には黒板に手書きのメニュー。ナポリタンやカレー、ピラフなどの喫茶店らしいメニューが揃っている。

ちょうど昼飯時を過ぎたせいか、店内は空《す》いていた。相当昔からやっている店のようで、全体に年季が入っている。しかし店内は清潔で、落ち着く雰囲気だった。四人がけのテーブルにつき、すぐにランチを注文する。申し合わせたわけでもないのに、全員がカレー。

「柳さんも、本当に面倒見がいいですね」沖田は心底感心して言った。

「さすがに、可哀想《かわいそう》じゃないですか。光雄本人は全然悪くないのに、家族からも縁切りされて……だいたい、あそこの親父《おやじ》さんは昔から意固地な人なんですよ。歳《とし》を取って、ますますひどくなったみたいだ」

「こういうことがあると、仕方ないかもしれませんが」

「だけど、亡くなってるんですよ？　もういい加減、折れたらいいのに」

「お墓の方、目処《めど》は立たないんですか」

「向こうの親戚筋に、説得を頼んでます。いくらなんでも、いつまでもうちにお骨を置いておくわけにもいかないし。光雄も成仏《じょうぶつ》できないでしょう」

「そうですよねえ」

篠崎の両親は、どうしてここまで意固地になっているのだろう。事件を起こしたら——それが本当なら、「勘当する」と言い出してもおかしくはない。しかし実際には、篠崎は無実を証明された身である。「苦労したな」と労《ねぎら》って家に迎え入れるのが、普通の親の感覚ではないだろうか。あるいはそれ以前から、何らかの確執があったのか。

「ご両親に、改めて話を聴くことはできませんかね」叩《たた》き出された記憶を噛《か》み締めながら沖田は訊ねた。

「いやあ、どうかな」柳が頭を掻《か》いた。「警察の人とはいえ、あまりお勧めできませんね。痛い目に遭《あ》うのがオチですよ」

「そういうのも慣れてますけどね」何かいい手土産《てみやげ》でもあれば……いや、そんなことでは篠崎の両親の心は氷解しないだろう。

カレーが運ばれてきて、シビアな会話は中断した。喫茶店のカレーは美味《うま》くも不味《まず》くもない。こういう味だろうなと想像した通りの味だった。千切りキャベツのサラダで時折舌をリフレッシュさせながら食べ進める。柳は六十歳を過ぎているはずだが、食欲に衰《おとろ》えはなかった。沖田以上のスピードで食べ進め、さっさと皿を空にしてしまう。

さて、ここは自分が奢《おご》ろう。柳にはすっかり迷惑をかけてしまったから、そのお礼だ。経費では落ちないが、少しは太っ腹なところを見せておかないと。

「ここは私が」沖田は財布を取り出した。

「いやいや、申し訳ないですから」柳が慌てた口調で言った。

「大丈夫です。警視庁の奢りです」

「いや、しかし――」

沖田のスマートフォンが鳴った。左手に財布を持ったままスマートフォンを確認すると、聞き込みを続行している牛尾の名前が浮かんでいる。

「ちょっとすみません、電話です」柳に声をかけてスマートフォンを振って見せてから、麻衣に財布を渡した。「払っておいてくれ」

「ご馳走様《ちそうさま》です」と麻衣は屈託《くったく》がない。

店の外へ出て、電話に出る。牛尾の声は弾《はず》んでいた。

「やっと見つけましたよ、篠崎さんの行きつけの店」

「どこだ？　環七の反対側か？」

「そうです。居酒屋で、週に二回ぐらい通っていたみたいです」

「話は聴けたか？」

「ええ」

「でかした……今は？　この時間だと、ランチの営業中か？」

「そうです。どうしますか？」

「駅の近くにいるから、すぐに向かうよ。何を目指していけばいい？」

「環七沿いにスーパーがあるんですが、その向かいの店です」

「分かった。探していくよ」

これで手がかりが摑《つか》めるだろうか？　この街で、初めて篠崎の足跡らしきものが摑めたことになるのだが……。

2

実に馬鹿馬鹿しい——西川は不機嫌《ふきげん》に目覚《めざ》めた。昨日徳島の父親に教えてもらった三人の友人のうち、一人にだけ会えなかったのだ。職業、消防士。昨夜は二交代制の勤務に入っており、どうしても抜け出せないという話だった。出直すのも馬鹿らしいので、泊まり明けに会おうと決め、こちらも泊まることにしたのだ。しかし彼が勤務する消防署の近くには宿もなく、結局渋川《しぶかわ》駅まで戻ってホテルを探すことになった。しかも吾妻線は一時間に一本ペースでしか運行していないので、午前七時五十二分を乗り過ごすと時間が無駄になってしまう。ホテルで確実に朝食を済ませるために、六時半起きになってしまった。

着替えてレストランに行くと、既に沙都子が朝食を摂《と》っていた。

「おはようございます」沙都子が慌てて口元を押さえ、ひょいと頭を下げる。

「眠れたか？」

「いえ、あまり……エアコンの調子、おかしくなかったですか？」

「俺《おれ》の方は平気だったけど……飯を取ってくるよ」

朝食はビュッフェスタイルだった。普段の朝食は和食なので、出張の時ぐらいはと洋食で揃える。料理はかなり充実していたが、結局工夫《くふう》のない取り合わせになってしまった。スクランブルエッグにソーセージ、サラダとヨーグルト。コーヒーでそそくさと朝食を流しこみながら、今日の予定を確認する。

「当直の交代は八時半だったっけ？」

「そうですね」既に食べ終えた沙都子が、手帳を広げる。

「家は消防署の近くか……大変だな。気が休まる暇《ひま》もないだろう」

「でも、消防の人は、休みで家にいても呼び出されることがありますよね？　近くに住まざるを得ないんじゃないですか」

「警察官よりもよほどシビアだね」

「そうですね。待ち合わせ場所は喫茶店ですか……あの辺にも喫茶店、あるんですね」

「喫茶店ぐらい、どこにでもあるだろう」

「ちゃんと話、聴けますかね。泊まり明けだと、寝不足で大変じゃないですか」

「出動がなければ、ちゃんと仮眠を取ってるはずだよ。警察の宿直だって同じだろう」

「じゃあ、昨日は火事がなかったことを祈りましょう」

沙都子はどこか気楽な様子だった。気が抜けているわけではなく、穏《おだ》やかな雰囲気。彼女は、妙な自信と緩《ゆる》さが同居する不思議なタイプのようだ。

「泊まりこみにして、大丈夫だったか？」

「むしろ、久しぶりにのんびりしちゃいました。やっぱり向こうにいると、やることが一杯なので」

「仕事も子育ても同時に、となると半端《はんぱ》じゃないよな。旦那《だんな》は、ちゃんと協力してくれてるか？」

「やる気はあるんですけど、機動隊員というのは基本的にガサツで」沙都子が笑った。

「機動隊員がガサツというのは、何となく分かる」基本、警察官の中でも特に体力自慢が回される部署だ。訓練から現場まで、とにかく体を使った仕事になるので「筋肉馬鹿」と揶揄《やゆ》されることも多い。ただし隊員たちは、そう言われても悪い気はしないようだ。西川も、同期で仲のいい男が機動隊一筋なのだが、第四機動隊の副隊長になった今も「筋肉は裏切らない」と言って自主トレを重ね、会う度《たび》に力瘤《ちからこぶ》を作って見せる。実際、年齢を重ねてもどんどん腕が太くなっているようだった。指揮官の副隊長が筋トレばかりしていても、意味がないような感じがするが。

コーヒーを飲み干《ほ》し、準備完了。ホテルが駅のすぐ側《そば》だが、もう出かけよう。一時間に一本と考えると、遅れたら大変だ、とやはり気持ちが急《せ》く。

ローカル線で揺られているうちに、眠気が襲ってくる。車内はがらがら。沙都子は時々窓に顔を向けて外の光景を眺めている。同じような田園風景が続いているだけなのだが……。

「何か気になるか？」

「いえ、何だか懐《なつ》かしいなと思って」

「この辺の出身じゃないだろう？」

「県内——山北町《やまきたまち》です」

「山北町って、どの辺だっけ？」

「小田原《おだわら》の上の方、としか言いようがないです。高校の時、御殿場《ごてんば》線で電車通学だったんですけど、沿線はだいたいこんな感じでした」

「のんびりしてていいじゃないか」

「三年間通ってると、飽き飽きしますよ」

「神奈川県警は、十分都会にあるじゃないか」少なくとも本部は、横浜市の中心部だ。

「でも、やっぱり東京とは違うじゃないですか」

「それぞれ、いいところがあると思うけどね」こういう会話は噛み合わないまま終わるものだ。西川は適当に応じながら時間を潰した。

中之条《なかのじょう》駅周辺の方が、昨日訪れた群馬原町駅よりも多少は賑《にぎ》わっているようだった。間もなく八時半……駅から歩いて五分ほどのところにある喫茶店に腰を落ち着けたが、約束の相手はまだ来ていない。昨日調べたところでは、消防署は中之条駅の南の方──市街地からはかなり外れた田園地帯にあるので、駅の近くまで来るには時間がかかるのだろう。

窓際の席に陣取り、コーヒーを頼む。昨日から美也子のコーヒーを飲んでいないので少し落ち着かないが……この店のコーヒーはそれなりに美味かった。ただしかなり濃いので、少量の砂糖とミルクを加える。

九時前、バイクの音がした。音からして、かなり大排気量のバイクのようである。窓から外を覗《のぞ》くと、ちょうど男がバイクから降りるところだった。

「来たみたいだな」

「バイク通勤なんですかね」沙都子が首を傾《かし》げる。

「そうかもしれない」

「うちは原則、車通勤禁止ですけどね」

「警視庁もだよ。でも、この辺だと車がないと通勤にも困るんじゃないか？」ただ、冬はどうするのだろう。結構雪が降るイメージがあるから、バイクでは走れない日があると思うが。

カラン、とベルが鳴る音がして、若い男が入って来た。小脇にヘルメットを抱えている。夏本番が間近なのに長袖《ながそで》のブルゾンを着ているのは、バイク乗りの基本だろう。すぐに西川たちに気づくと──他に客はいなかったが──一礼してテーブルに近づいて来る。

「お待たせしまして」

「泊まり明けに申し訳ありません」西川は腰を浮かして頭を下げた。「警視庁の西川です」

「神奈川県警の滝田です」沙都子も立ち上がって一礼した。

「岩田《いわた》拓《たく》です」爽《さわ》やかな風貌《ふうぼう》の青年だった。身長は百七十五センチぐらい。ブルゾンを脱《ぬ》ぐとTシャツ一枚で、よく鍛《きた》え上げているのが分かる。

「バイク通勤なんですか？」窓の外を見ながら西川は言った。ここからだとバイクの前部が見えるだけだが、フルカウルの大型バイクだということは分かる。

「あ、いや……今日は一度家に戻って、バイクで来ました」

「それは申し訳ない。大変だったでしょう」

「いえ、家は消防署のすぐ近くなので。いつ呼び出しがあるか分かりませんから」

「消防も大変だね」

「でも、この辺だとそんなに忙しくもないですよ。火事も滅多《めった》に起きませんから」

「いざという時は大変でしょう」

「そのために訓練してますから」

「……何にしますか？」

「じゃあ、アイスコーヒーを」

麻衣がすかさず手を挙《あ》げて店員を呼び、アイスコーヒーを注文した。岩田の飲み物が出てくるまで、しばらく雑談でつなぐ。

「警視庁の人と神奈川県警の人が……合同捜査か何かなんですか」

「まあ、そんなところです」西川は曖昧に答えた。詳しく説明するのは面倒臭いし、捜査の秘密を明かすのもまずい。

岩田のアイスコーヒーが運ばれてきて、西川はすぐに本題に入った。

「徳島さんのことなんですけどね」

「ええ」

「あなたは親しかった、と聞いています」

「小学校から高校まで一緒ですから。幼馴染みですね」

「どんな感じの人なんですか？」

「うーん……」岩田が天井《てんじょう》を見上げる。すぐに西川に視線を戻すと「あいつ、何か疑われてるんですか？」と訊ねた。

「そういうわけではありません。これは一般的な情報収集です」

「そうですか……あまり友だちの悪口は言いたくないんですけど」

「悪いことがあるんですか？」

「いや、別に悪いことをしてるとか、そういう意味じゃなくて」岩田が慌てて言い訳した。

「あまり真面目じゃないという意味です。ちょっといい加減なところがありましてね」

「そうなんですか？」

「昔からアニメ好きだったんですけど、声優になろうとしたら、もっと早くから準備を始めるんじゃないかな。取り敢えず大学に行ったけど、留年したから辞めて、また一からやり直しでしょう？　そういうことをしているうちに、どんどん歳を取って可能性が少なくなっちゃうんですけどね」

「でも、自分で働いて金を貯めて、専門学校に入ったんだから——誰《だれ》かに迷惑をかけてるわけじゃないでしょう」

「声優って、そんなに簡単になれるものじゃないですよ。専門学校はあるけど、そこを卒業した人が全員声優になれるとは限らないでしょう？」

「まあ、それはそうでしょうね」そんなに人材不足なわけでもないだろうし。

「結局、いつまでも夢を追ってるから……仲間内で、まだフラフラしているのはあいつぐらいですよ」

「皆さんが真面目過ぎるんじゃないですか」

「二十五にもなれば、ちゃんと生活して家族を養《やしな》っていかないと駄目でしょう。仲間内では『あいつ何やってるんだ』って笑う奴《やつ》も多いんですよ」

「地元に残っている方が多いんですか？」

「そうですね。大学は東京へ出たけど、就職はこっちへ戻って、という奴もたくさんいます。地元が好きな人間が多いんですよ」

そんなものだろうか。地元を大事にする気持ちは尊《とうと》いと思うが、若い頃は東京へ出て夢を追うのも普通ではないだろうか。少なくとも西川の時代には、そういう人間は珍《めずら》しくなかった。時代が違うといえばそれまでだし、地域によっても感覚は違うのだろうが。

「四月から、東京の専門学校に通っているんですよね」

「ええ」

「大学を辞めた理由は聞いてますか？」

「留年したんで、もういいかなって言ってました。あんまりこういうことは言いたくないけど、あいつが通ってた大学、Ｆランなんですよ。そういう大学で留年なんかしたら、就職だって上手《うま》くいくわけないし。それで思い切ったんじゃないですかね。だいたいあいつ、いつも楽な方へ行きたがるから。ろくに受験勉強もしてなかったはずだし、大学は、名前が書ければ合格、なんて言われてるところなんですよ」

「さすがにそれはないと思いますけど」

「いやいや……」岩田が苦笑した。「すみません、友だちとは言っても、何だか悪い話ばかりで」

「率直《そっちょく》に話してもらってありがたいですよ」彼のように、「地元のために」という意識で頑張っている人から見ると、徳島のいい加減な態度や行動は許し難《がた》いものだったのかもしれない。

「よく呑《の》んだりしてたんですか？」

「ええ、やっぱり腐《くさ》れ縁なんで。でも呑むとまたくどくてね……アニメ業界の話を延々と続けるから、皆うんざりしてましたよ」

その件は、昨日事情聴取した友人たちからも聞いていた。アニメ業界も立派な産業——しかも世界に通用する日本の産業でもあるのだが、熱く語られるとうんざりする人も多いだろう。徳島は空気が読めないというか、基本的なコミュニケーション能力に欠《か》ける人間だったのかもしれない。

「最近は連絡を取ってますか」

「たまにLINEがきますよ。コスプレ写真なんか送ってくるんで、反応に困りますけど」岩田が呆《あき》れたように首を横に振る。

岩田がスマートフォンを見せてくれた。確かに……何かのアニメの登場人物を真似《まね》たのだろう、紫色のウィッグが強烈だった。これにはさすがに、西川も苦笑せざるを得ない。

「東京での大学生活について、何か話は聞いてましたか」

「いや、それはあまり……大して話すこともない大学生活だったんじゃないですか。バイトの話なんかはよくしましたけど」

「どんなバイトですか」

「色々ですね。色々やってるっていうことは、どれも長続きしないっていう意味でしょう。基本は愚痴《ぐち》ばかりですよ。でも、何か悩んでいた感じはしたな」

「どんなことで、ですか」

「それは言わないんですけど、結構深刻な悩みだったかもしれない。つき合いは長いから、そういうのは何となく分かります」

「今はどうですか？」

「どうなんでしょうね。東京でも専門学校に通いながら、またバイト暮らししてるみたいですけど、どうなってるのかな」岩田が首を捻る。「まあ、あいつのことだから、フラフラしながら生きてると思うけど」

「あまりいい印象はないんですね」

「危なっかしくてね。昔からそうなんですよ」

「彼が以前東京にいた頃、住んでいたマンションで事件が起きたのは、ご存じですか？」

「いえ……そうなんですか？」岩田が眉《まゆ》をひそめる。

「ええ。その事件の関係で、徳島さんに話を聴きたいと思って探しているんです」

「まさか、あいつがやったんですか？　どんな事件なんですか？」

「殺人事件です。でも、彼がやったという意味ではないですよ。参考人として事情を聴きたいだけですから」

「聞いたことないですね。事件の話も……そもそも、あいつの詳しい住所も知りませんでしたし」

「そんなものですか？」

「LINEとかメールでつながってるんで、切れてない感覚はあるんですけど、住所は……手紙とかは、出さないですからねえ」

「年賀状も？」

「そういう習慣、俺の仲間内ではないんですよ」

「そうですか……」

話が途切れる。気まずくなったのか、岩田が早口でまくしたてた。

「もしかしたら、事件が起きたマンションに住んでるのが怖くなって、こっちに戻ってきたのかもしれませんね。そういうのって、一種の事故物件になるでしょう？　いい加減な男なんですけど、昔から怖がりなんですよ……」


「どう思う？」帰りの吾妻線の中で、西川は沙都子に訊ねた。

「あまりいい印象はないですけど……決定的な証拠もないですね」

「そうだな」

「東京を離れた理由も、こっちへ戻った理由も分かりましたけど、何だか空振りみたいな出張でしたね。追跡捜査係の仕事って、こういうパターンが多いんですか？」

「多いよ。基本的には書類を精査して、必要なら人に会って――でも空振りすることが多い」

「疲れません？」

「そうでもないな」最終的に全打席空振りに終わることもあり、そういう時の徒労感はなかなかのものだが。

「西川さん、タフですねえ」沙都子が首を横に振る。「私も、追跡捜査班が発足《ほっそく》したら入るんでしょうか」

「それは、俺には何とも言えないけど……悪い仕事じゃないと思うよ。解決できた時の快感は、普通の事件よりも大きいから」

「そんなものですかねえ」沙都子は納得できない様子だった。「戻ってからどうします?」

「今住んでる家はご両親に教えてもらったから、そこをチェックだな」

「東京ですよね」

「このまま転進してもいいけど、どうする? 昼過ぎには東京に着ける」

「……行きますか。中途半端に終わらせたくないので」

「動ける時に動いておくべきだよな」西川はうなずいた。「じゃあ、今日は取り敢えず、東京の家を確認しようか」

「本人がいたら、事情聴取します?」

「会えればね」会えない予感がしていた。専門学校に通っているとしたら昼間はいないはずだし、その後もバイトに精を出しているかもしれない。子育てが忙しい沙都子を夜まで引っ張るわけにはいかないし、自分一人で事情聴取を進めるのは筋違い――あくまで神奈川県警の「研修」に手を貸しているだけだ。

一応、彼女がやる気を出しているのでほっとする。せっかくだから、いい刑事に育って欲しい。

徳島のマンションは、ＪＲ東中野駅《ひがしなかの》から歩いて五分ほどのところにあった。この辺りには、古い小さなマンションが多いのだが、徳島が住んでいるのもそういうマンションの一つだった。ドアやベランダの間隔《かんかく》を見た限り、六畳《ろくじょう》のワンルームという感じだろうか。

「狭そうですね」マンションを見上げながら、沙都子が言った。「やっぱり、川崎《かわさき》辺りとは家賃《やちん》も相当違うんでしょうね」

「いや、意外と安いかもしれない。分譲《ぶんじょう》マンションの販売価格はバブル期並みに高くなってるけど、小さい賃貸物件は、あまり家賃が変わってないんだ」

「そうなんですか？」

「何でそんな風になるかは分からないけど、少なくとも都内ではそういう傾向があるみたいだ」

かなり古いマンションなので、オートロックもなく、中へは自由に入れる。郵便受けを確認したが、「徳島」の名前はなかった。これは不思議でも何でもない……集合住宅に住んでいて、郵便受けに名前を入れなかったり、表札を出さない人は珍しくない。プライバシー重視ということだ。「お問合せ」と電話番号の入った不動産屋の看板がかかっていたので、そこに電話して事情を聴く。すぐに、徳島はもう退去していることが分かった。

「四月に上京したばかりなんですよ」西川は奇妙な感覚を覚えて食い下がった。

「そう言われましても、お客様からのお申し出ですから」不動産屋の担当者は、いかにも面倒臭そうに言った。

「退去の理由は何ですか？　家賃の滞納とか？」

「それはありません。あくまでお客様からのお申し出です」

「理由は言わなかったんですか」

「特に聞いていません。都合で、としか」

「引っ越し先は……」

「それも存じません」

「しかし、退去後に何か問題があったら困るんじゃないですか」

「携帯の番号が分かっていますので」

西川は、自分たちが摑んでいる徳島の携帯の番号を告げた。不動産屋が把握《はあく》している番号と合致する。

それ以上の情報は入手できず、西川は電話を切った。またも壁にぶち当たる——追跡捜査ではよくあることだが、西川はすぐに気持ちを立て直した。これが、刑事が追跡捜査に向いているかどうかの分かれ目だと思う。何も考えない、あるいはすぐに立ち直って別の方向へ歩き出せる人間だけが、追跡捜査の仕事を続けられるのだ。ちなみに西川は後者、沖田は前者だと思う。

「また行方《ゆくえ》不明だ」西川は沙都子に告げた。

「電話してみたらどうですか」沙都子がスマートフォンを取り出す。

「いや……今電話して何を聴く？」

「……確かにそうですね」

「もう少し周囲で情報を集めて、徳島が今何をしているか把握してからの方がいい。四年前の事件の時に何をしていましたかと聴いても、当時と同じ答えしか返ってこないと思う」

「東京から引き上げたことについてはどうですか？　そもそも最初に、それが怪しいと思ったわけですから」

「しかし、大学を中退したことが分かったからな。大学に行かない、金もない状態だったら、東京で一人暮らしを続けるわけにもいかないだろう？　一度田舎へ戻って、バイトで金を貯めて専門学校へ入り直す——筋は合ってるんだよな」

「……ですね。北さんも、ちょっと気が早いというか、考え過ぎじゃないですか」

「いや、俺も同じ疑問は感じたから。ただし調べてみたらこんな具合だった、ということで」

「どうします？　取り敢えず近所の聞き込みは続けるとして——あとは、声優の専門学校ですかね？」

「そうだな。まだ在籍しているとしたら、確実に情報を入手できるのはそっちだろう」西川は腕時計を見た。午後三時……専門学校は新宿《しんじゅく》にあるというが、今からそこへ行ったら、何時に沙都子を解放できるだろう。あまり遅くならないように気をつけないと。

専門学校での聞き込みを提案すると、沙都子はすぐに同意した。

「時間、大丈夫か？」

「揉《も》めなければ大丈夫だと思います」腕時計を見ながら沙都子が答える。

声優の専門学校か……これまで学校で捜査したことは何度もあるが、その都度《つど》向こうの反応は違った。協力的なところもあれば、いきなり拒否反応を示すところもあった。声優の専門学校で話を聴いたことは一度もないから、どんな反応が返ってくるかは分からない。五十になっても、初めて体験することはあるものだ。


半歩前進……というところだろうか。徳島がまだ専門学校に籍を置いていることは分かったが、それ以上の情報はほとんど得られなかった。実際に通っているかどうかも。粘《ねば》って何とか住所だけは聞き出したものの、それは退去済みのマンションだった。徳島は、学校への届出を怠《おこた》っているようだ。

翌朝目を覚ました瞬間、西川はこの線を押すのはもうやめた方がいいかもしれない、と後《うし》ろ向きになった。今のところ、具体的な疑惑はないわけだし、効果があるとも思えない。今日、神奈川県警に顔を出して、もう一度沙都子や北山と相談しよう。

朝食の席に着くと、美也子がコーヒーのポットを用意してくれていた。

「コーヒー、変えてみたわ」

「そうか？」

「ブレンドの調合を変えたから、いつもと味が違うはずだけど、試してみて」

「助かる……なあ、店を出す話、どうかな」

「それは……」

美也子が苦笑した。しばらく前から、二人の間で浮かんでは消えているアイディアである。西川が定年になったタイミングで、喫茶店を開業する――喫茶店で金儲《かねもう》けしようというわけではないが、六十歳から店をやれば、老化防止にもなるだろう。ただし、店は美也子に任せることになる。西川は、自分が店に立つ場面など想像もできないのだった。

「悪くないと思うけどな。この辺なら、適当な物件もあると思うよ。そんなに広い店じゃなくていいんだし」

「調べてるの？」

「たまに不動産サイトを見てる」こういうのは、やってみると意外に楽しいものだ。

「でも、あなたはお店はやらないんでしょう？」

「俺が店に出てたら、客が寄りつかないよ。愛想のいいバイトを雇《やと》えばいいじゃないか」

「イメージ、湧《わ》かないわね」

「あと十年……考える時間はあるさ」実際には、西川の定年には関係なく店を始めてもいいのだが。問題は義母の健康状態だ。本格的に介護が必要になったら、店どころではないだろう。

まあ、こういうことは、考えている時の方が楽しいのだろうが。

朝食を食べ終え、お茶を飲みながら新聞に目を通していく。朝は時間がないので、ざっと見出しを眺めるだけで、本格的に読むのは出勤してから――しかしこの朝、西川の視線は社会面のベタ記事に引きつけられた。

恵比寿のクラブで暴行　男を逮捕

逮捕された男の名前は、徳島悟だった。

3

沖田は牛尾と落ち合って、居酒屋「飛騨《ひだ》の里」に入った。三人がかりでの事情聴取となると向こうも警戒《けいかい》してしまうので、今回は牛尾と二人だ。

ランチタイムが終わりかけている午後二時前、客はほとんど引いていて店内はガラガラだった。店主の上原《うえはら》は沖田と同年輩《どうねんぱい》、五十歳ぐらいの男で、頭に手ぬぐいを巻いている。でっぷり太ったタイプで、本人も食べることと呑むことが大好きなのは簡単に想像できた。

「お忙しいところ、すみませんね」沖田は愛想よく下手《したて》に出て言った。

「いえいえ、ちょうど落ち着いたところなので」

上原は、空いているテーブルを勧めてくれた。座るなり煙草《タバコ》とライターを取り出したが、火を点《つ》けようとはしない。沖田はふと、煙草が吸いたいなと思った。案外あっさりやめられたのだが、今でも唐突にあの味を思い出すことがある。

「篠崎光雄さんのことなんですが……繰り返しになってすみません」沖田は頭を下げた。既に、牛尾がある程度は情報を聴き出しているのだ。

「いえいえ」

「常連なんですか」

「週に二、三回は来てましたね。最近はお見えにならないけど」

「亡くなったんですよ」

「え？」上原が固まった。しばらく無言で沖田を見詰めていたが、やがて慌てて首を横に振って煙草に手を伸ばす。「ちょっと吸っていいですか」

「どうぞ」

上原が忙《せわ》しなく煙草に火を点ける。深く一服して、顔を背《そむ》けて煙を吐き出した。

「いつですか？」

「つい最近なんです。少し入院していましてね」

「ああ、それで最近顔を出さなかったんですね」納得したように上原がうなずく。

「最後に会ったのは、いつ頃ですか」

「そう言われてみると、かなり前だな……三ヶ月ぐらいになりますか。その後、入院したんですかね」

「体調を崩《くず》していたのは間違いないと思います」

「そうですか……残念ですね」

「こちらでは、どんな様子でしたか？」沖田は話を本筋に戻した。

「酒を呑むというか、夕飯を食べる感じで。カウンターの端っこが定席でしたよ」上原が体を捻って、カウンターの方を向いた。

「何でこの店に来るようになったんですか？」

「この辺は、呑み屋が少ないからじゃないかな。入れる店は限られるってことでしょう」

「何をされていた方か、ご存じですか？」

「今は働いてないって言ってたけど、詳しいことは知りません」上原が首を捻る。「昔は東花フーズで働いてたけど、辞めたって言ってましたね。もったいないよね、あんないい会社にいたのに」

「そうですね……何で辞めたかは言ってましたか？」

「いや――聞いたけど、口を濁《にご》してたな。だから何か事情があるだろうと思ったんだけど、そういうのは人それぞれでしょう。お客さんに突っこんで聞くようなことじゃないし」

「金遣いはどうでしたか？」

「金遣いなんて言われても」上原が苦笑した。「うちはそんなに高い店じゃないから。センベロとは言わないけど、普通に呑んで食べたら二千円か三千円ですよ」

センベロ――千円でベロベロに酔っ払うまで呑めるほど安い店ではないが、客単価が二、三千円だとしたら、確かに高くない。篠崎はそれなりに金を持っていたはず――賠償金は安くはなかった――だが、老後のことを考えると、週に二回か三回、この店で酒飯するのが贅沢《ぜいたく》だったかもしれない。節約していたのは、自宅のキッチンを見れば明らかだ。五十代後半になり、自分で働いて金を稼ぐ目処がない限り、手元にある金でやっていくしかない。年金はどうなっているのだろう、と沖田は侘《わび》しいことを考えた。

「昔の話をすることなんか、なかったですか」

「ないなあ。基本、口下手《くちべた》な人でしたからね。静かに呑んで食べて帰る、という感じでした――何かあったんですか？」

沖田は、事情を打ち明けるのを一瞬迷った。既に亡くなっているとはいえ、わざわざ過去の事件を持ち出すのは、彼の名誉を毀損《きそん》することにはならないだろうか。躊躇《ためら》っているうちに、牛尾が目配せしてきた。うなずいて発言を許可する。

「いつも一人でしたか？」

「いや……女の人と一緒だったこともありますよ」

おっと……ここで人間関係のつながりが出てきたか。牛尾はいいタイミングでいい質問をぶつけてくれた。

「いつも同じ女性ですか？」牛尾が質問を続ける。

「そうですね」

「どんな人でした？」

「田島《たじま》さんという人なんですけどね」

「個人的にご存じですか？」牛尾が明らかに前のめりになった。

「個人的にっていうほどじゃないけど……」

「フルネームは分かりますか？」

「俺は知らないけど、従業員は知ってるかも」

「それを後で調べて下さい」牛尾が冷静にうなずいて頼んだ。「二人は、ここで知り合った感じですか」

「どうかなあ」上原が首を捻る。「一緒だった時は、連れ立って店に入って来たけど。ここで知り合ったかどうかは分からない」

「どんな女性でした？　年齢は？」

「四十歳……ぐらいかな」牛尾は目をつぶり、必死に記憶の引き出しを探っている様子だった。「小柄《こがら》で可愛《かわい》い感じの女性ですよ。酒は強かったけどね。いつも岐阜《ぎふ》の地酒を冷《ひや》でぐいぐい呑んでたな。そうだ、岐阜出身だって言ってましたけどね。飛騨市かな？　懐かしいからここへ来るって」

問題の女性は、結構自分のことを話していたようだ。上原の記憶力は……信用していいだろう。嘘《うそ》をつく理由も見つからないし、飲食店の経営者には、異様に記憶力がいい人がいる。客との触れ合いが好きで、こういう商売を始めた人にはよくあるタイプだ。

「篠崎さんとはかなり親しい感じでしたか？」

「男女の関係とか？　いや、そういう雰囲気じゃなかったな。二人でカウンターで話してましたけど、そんなに親しげな感じには見えなかった」

「呑み友だち？」

「というより、仕事の知り合いって感じかな。あるでしょう？　仕事帰りに一杯みたいな」

とはいえ、篠崎は働いていなかったわけだが。もしかしたら東花フーズ時代の同僚《どうりよう》——後輩だったかもしれない。

「では、その女性の名前、お願いします」

「いいですよ」上原が立ち上がった。

「いい質問だった」沖田は牛尾を誉《ほ》めた。

「恐縮です」

「篠崎さんも、社会生活ゼロだったわけじゃないんだな」

「女性関係はあったんですね」

「それはまだ分からないな。その女に接触できるといいんだが」

ほどなく上原が戻って来て、沖田は彼女のフルネーム、さらにクレジットカード会社の名前を入手した。用件は終了。これだけ分かれば、後は何とでもなる。

カード会社に問い合わせて、田島真奈《まな》という女性の住所と携帯の番号を割り出す。自宅は遠くない——最寄駅は西武池袋線の江古田《えこだ》駅だった。そちらへ歩いて向かう途中、沖田は心の中で何度も首を傾げた。江古田といえば複数の大学が集中する学生街で、飲食店の集積度は都内でも屈指《くっし》と言っていい。わざわざ「飛騨の里」まで行った意味は何だったのだろう。自宅近くでいい店がいくらでもあるのに……やはり篠崎と関係があるのだろうか。

「この時間だといいねえだろうな」沖田は、三階建てのこぢんまりとしたマンションを見上げながら、合流した麻衣に告げた。女性相手の事情聴取になるかもしれないので、彼女を呼び寄せたのだ。牛尾は人から話を聴き出すテクニックは持っているものの、少し顔が怖い。沖田も、どちらかと言えば強面《こわもて》だと自覚している。二人で迫っていったら、引いてしまう人もいるだろう。

「普通に仕事をしている人だと、いないでしょうね」麻衣がうなずく。

「とにかく、押してみるか……頼む」

「どんな感じでいきますか？　落ち着いた系？　爽やか系？」

「任せるよ」沖田は苦笑した。麻衣は、高校時代に演劇部にいた、という話をよくする。そちらの道に本格的に進む気はなかったようだが、いい想《おも》い出なのだろう。ただし、それが仕事に生きているわけではない。捜査一課の刑事で、沖田にとっては盟友と言える大友鉄が似たようなキャリアの持ち主で、彼は大学時代に学生演劇をやっていたために、変装のテクニックなどを捜査でも活用しているのだが。

田島真奈の自宅は一階にあった。マンションというかアパート……ホールもなく、道路からそのまま各部屋のドアに行ける。麻衣がインタフォンを鳴らして、涼《すず》しい口調で「田島さん？　いらっしゃいますか」と問いかけた。

　返事なし――やはりこの時間は働いているのだろう。麻衣が振り向いて「駄目ですね」と言いたげな表情を浮かべて首を横に振る。しかし次の瞬間、インタフォンから「はい」と返事があった。

「田島真奈さんですか？」

「そうですけど」

「警察ですが、ちょっとよろしいでしょうか」

「警察？」

「お話を伺いたいんですが」

「ちょっと待って……」

　ちょっと、は五分になった。逃げるつもりか、と沖田は心配になった。誰か一人、マンションのベランダ側に待機させておくべきだったかもしれない。一階だから、そちらからも簡単に逃げ出せるだろう。

　ようやくドアが開いた。顔を出した真奈は、やはり四十歳ぐらい……Tシャツにジーンズという服装はともかく、髪が濡《ぬ》れている。

「すみません、お風呂《ふろ》でしたか」麻衣が切り出した。

「シャワー。ジョギングしてたんで」

「お忙しいところすみません」麻衣が頭を下げる。

「いいけど、何？」

「お知り合いのことで、ちょっと話を聴かせて下さい」

沖田が前に出ると、真奈が嫌そうな表情を浮かべる。しかし臆《おく》しているような様子はなかった。自宅で、しかも化粧《けしょう》をしていない状態で人を迎えると、腰が引けてしまう女性もいるのだが。

「時間、大丈夫ですか」

「今、何時？」

「四時半です」沖田はヴァルカンの腕時計を見た。

「三十分ぐらいしかないけど、いい？　五時には出ないと」

「仕事ですか？」

「池袋。ガールズバー」

真奈が素気《そっけ》なく答える。水商売か……この時間に摑まってラッキーだったと沖田は独《ひと》りごちた。牛尾を後ろに控《ひか》えさせたまま、真奈への本格的な事情聴取を開始する。

「新桜台駅前にある、『飛騨の里』というお店、ご存じですか？」

「ああ、知ってるわよ。何回か行ったことがある」

「ここからだと結構遠いですけど……」

「岐阜の料理を出す店って、東京にはあまりないでしょう。私、岐阜の出身なのよ」この情報は上原が教えてくれたのと同じだ。「あの店の朴葉《ほおば》味噌《みそ》、美味《おい》しいのよね。地酒の品揃えもいいし」

「そうですか……いつ頃から通われてたんですか?」

「二年?　三年ぐらいかな。それがどうしたの?　私、警察のお世話になるようなことはしてないけど」

「あのお店で、篠崎光雄さんという人と一緒になりませんでしたか?」

「篠崎さん?　さあ……」真奈が首を傾げる。

「名前は知らなくても、呑み友だちだったとか」

「そういう人はいませんよ」

「あなたが勤《つと》めているお店のお客さんで、篠崎光雄さんという人はいませんか?」

「記憶にないですね」真奈が、沖田の目を真《ま》っ直《す》ぐ見つめながら言った。

どうもおかしい。上原が嘘をつくとは思えないが……勘違いだったのかもしれない。いくら上原の記憶力がよくても、客のことを全て覚えているわけではないだろう。

「何度か、一緒にお店に来たことがあるという話ですが」

「あそこへ誰かと一緒に行ったことはないですよ。自分だけの行きつけにしておきたい店って、あるでしょう」

「それは分かりますが……」

「何かの間違いじゃないですか」呆れたように真奈が言った。「とにかく、篠崎さんなんていう人は知りません」

「そうですか……ちなみに、あなたがお勤めの店、名前は？」

「そんなこと、言う必要ないでしょう。店にまで来られたら困りますよ」

沖田はなおも粘ったが、真奈の態度は素気なくなる一方だった。これ以上攻《せ》める材料はないし、ひとまず引き上げるか……既に家と携帯電話の番号は分かっているから、これから接触することは難しくないだろう。

気になって、沖田は自分の名刺を渡した。真奈が、ひどく嫌そうに名刺を受け取る。マンションから少し離れると、沖田は思わず「クソ」と吐き捨てた。

「嘘ついてやがるな」

「ですね」麻衣がうなずいて同意する。

「上原さんが嘘をついていたとは思えません」牛尾も同調した。「記憶力も確かな方ですし」

「だよな」沖田はうなずいた。

「どうしますか？　もう少し攻めましょうか？」牛尾はまだやる気を失っていないようだった。

「取り敢えず、彼女の勤め先を割り出したいな。店で圧力をかけるのも手だ」

「でも、容疑者ってわけじゃないですよ」麻衣が軽く抗議する。

「嘘をついてるのは、何かあるからだよ。警察に嘘をつく人間は、絶対に何か隠してる」

勤務先を割り出す一番簡単な方法は、尾行だ。真奈は五時に家を出ると言っていたので、沖田は牛尾と麻衣に尾行を任せた。自分は直接顔を合わせてそれなりの時間話しているから、覚えられてしまった可能性がある。麻衣は最初に挨拶《あいさつ》しただけだし、牛尾は基本的に後ろに下がっていたので、ほぼ顔を見られていないはずだ。

沖田は一度、警視庁に戻ることにした。最近、ずっと自席を空《あ》けたままなので、係長が怪しんでいるかもしれない。前の係長・鳩山は基本的に自分たちを自由に泳がせてくれたが、京佳は時々「今何をやっているのか」と突っこんでくる。まあ、沖田もダミーの仕事を用意しているから、問われたらそれを答えればいいのだが。仕事の細かい内容まで聞いてこないことは分かっている。

追跡捜査係に戻ると、京佳はちょうど引き上げようとしているところだった。

「最近、忙しいみたいだけど」京佳が不審げな表情を向けてくる。

「ちょっと集中して仕事してますので。六年前の、恵比寿《えびす》の強盗事件です」沖田は平然と嘘をついた。

「何か新しい手がかりでも?」

「目撃者の証言に、ちょっとした矛盾《むじゅん》が見つかりましてね。今、それを潰しているところです」

「解決につながりそうなんですか?」

「何とも言えません」沖田は肩をすくめた。「なにぶん古い話なので、目撃者の記憶も曖味になってるんです。今更《いまさら》矛盾と言われても、正直困るでしょうね。でも、潰していかなくちゃいけない」

「そう……あまり残業代が出ないように気をつけて下さい」

彼女にとってはやはり「仕事」なのだと意識する。部下の残業代の管理を考えて、面倒臭く思っているのだろう。しかし沖田にとって、ここでやっていることはもはや仕事とは言えない。古い事件の掘り起こしを十年以上もやっていると、既に「生きがい」という感覚になってくる。西川の場合は「趣味」だろうが。

京佳がいなくなると、沖田はホッと息を吐いて大竹に話しかけた。

「係長、どうだ？　こっちの動きを怪しんでないか？」

大竹が無言で首を横に振る。「いいえ」ぐらい言えばいいのに、といつも思うが、沖田は彼に喋《しゃべ》らせる努力をとうに放棄していた。喋らない、笑わない――大竹は結婚しているのだが、家ではどんな話をしているのだろうか。会話がまったくない家というのも不気味《ぶきみ》な感じで、プライベートの顔はここととはまったく別かもしれないが。

溜まっている書類を片づけていると、スマートフォンが鳴った。麻衣。

「店、分かりました」

「ああ」沖田は手帳を広げてボールペンを構えた。

「池袋駅東口にある『マーサ』というガールズバーです。どうします？　このまま張り込みますか？」

「いや、そこまでする必要はない。大袈裟《おおげさ》にしたくないんだ。もう少し遅い時間に、俺が一人で行ってみる」複数で押しかけると、相手はプレッシャーを受ける。まずは一人で、さりげなく様子を探ってみるつもりだった。


午後八時、沖田は池袋にいた。「マーサ」はサンシャイン通りに面した飲食店ビルの五階にある。エレベーターを降りると、すぐに出入り口になっていた。客を装《よそお》い、店に入る。ボックス席が四つ、あとは長いカウンター……それほど広い店ではない。カウンターの奥には酒がずらりと並んだ棚があり、中では当然ながら女性ばかりが働いていた。露出の多い服ではなく、とにかく女性のバーテンが酒を作っている、というだけ。

沖田はカウンターの前に立ち、改めて店内をぐるりと見回した。ボックス席は三つ埋《う》まり、カウンターには客が三人……そこそこ賑わっていると言っていい。従業員は何人ぐらいいるのだろう?

真奈の姿はない。

「いらっしゃいませ」声をかけられ振り向くと、三十歳ぐらいの女性が愛想のいい笑みを浮かべて立っている。「何になさいますか?」

「客じゃないんだ」沖田はさりげなくバッジを見せた。それを見て、女性が表情を強張《こわば》らせる。「こちらに、田島真奈さんという人、いますよね」

「ええ」

「今日は？」

「休んでますよ？」いや、店に入ったはずだけど」

「連絡があって、急に休みたいって」

「いつですか？」

「五時半ぐらい？　店が開いた直後です」

やられた——真奈は二人の尾行に気づいたのかもしれない。それでまくために、一度ビルに入って、非常階段か何かで裏口から逃げたのではないだろうか。しかし牛尾と麻衣は責められない。店の出入り口まで尾行すると、相手に確実に気づかれてしまう。せいぜい、ビルに入るのを確認するのが限界だ。

沖田は、真奈の勤務ダイヤを確認した。この店は、他の仕事とのかけ持ちをしている人も多く、勤務ダイヤは一週間単位で決められている。今週の残りは、真奈は毎日出勤になっているというが……。

「田島さんは、いつ頃から勤めているんですか？」沖田は店長の女性に訊ねた。

「二年ぐらいですか？　うちでは長い方ですね」

「急遽《きゆうきよ》休んだりすること、ありますか？」

「そういうことはあまりないですね。体調が悪くて休むことはあったけど、それ以外では、特に……」

「ここ以外で、何か仕事をしてないですか？」

「その辺の事情は知らないんです。自分のことはあまり喋らない人なので」

「ちなみに、こちらのお客さんで、篠崎光雄さんという人はいませんか？」

「篠崎さんですか？　さあ……」店長が人差し指を顎《あご》に当てた。「そういう名前の方は……お客様全員の名前を知っているわけではありませんが」

この店ではここまでか。沖田はそのまま西武線に乗り、江古田を目指した。田島真奈は、自宅に戻っている可能性もある。

電車に揺られながら、沖田は篠崎と真奈の関係について考えた。やはり篠崎は「マーサ」の客なのではないか。あるいは「飛騨の里」で知り合った……いずれにせよ、話しているうちに、篠崎が自分の事情を打ち明けた可能性もある。一人わびしく暮らしている五十代後半の男が、年下の女性と知り合って親しくなれば、つい秘密を明かしてしまってもおかしくはない。その中で、賠償金の話が出て……ある程度まとまった金を持っている男は、真奈にとって格好のターゲットになったのではないだろうか。何とか近づいて、その金を巻き上げよう——そんな風に考えてもおかしくはない。

真奈は家にもいなかった。

沖田の疑念はさらに膨《ふく》れ上がり始めた。

4

西川は直接、渋谷《しぶや》中央署に向かった。刑事課に顔を出し、課長の吉野《よしの》に事情を説明する。

「恵比寿の件？　身柄はまだ押さえてるよ。被害者が重傷を負《お》ってるし、本人にも反省《はんせい》の態度が見えない」

「そうですか……」

「徳島がどうかしたのか？」

「実は、神奈川県警で追っている事件の関係なんです」

「どうして追跡捜査係が、神奈川県警の事件を？」

西川は向こうに協力している件を話した。

「間抜けな神奈川県警を指導しているわけか」吉野が鼻を鳴らす。

「課長、それは言い過ぎでは……」西川は警告した。警視庁の中には、時折神奈川県警をひどく馬鹿にする人間がいる。

「失礼」吉野が咳払《せきばら》いをして、でっぷり太った体を揺らす。

「新聞で読んだだけなんですが、どういう事件だったのか、事情を聞かせてもらえますか？」

「発生は、一昨日の午前一時過ぎだ。恵比寿のクラブで乱闘事件が起きたという通報があって署員が駆けつけたら、乱闘じゃなくて、被害者が一方的にぼこぼこにされてたんだよ。加害者を押さえるのが大変だったようだ。うちの制服警官も怪我《けが》したぐらいだからな」

「それは大変でした。そんなに腕っ節が強い人間だったんですか？」今まで聞いた話では、喧嘩《けんか》をするようなタイプとは思えなかったが。

「相手を怪我させないように止めようとしたら、こっちが怪我するリスクはあるよ」

「それで現行犯逮捕、ですか」

「ああ」

「本人は容疑を認めてるんですか？」

「認めてるけど、向こうが悪いの一点張りでね。俺には理解できない動機だな」

「原因は何だったんですか？」

「アニメのキャラを馬鹿にされたとか、そんな話だったな」吉野が首を横に振った。

「ああ……声優の専門学校に通っているという話でした。好きなものを貶《けな》されたら、カッとなるでしょうね」

「専門学校？」吉野が身を乗り出した。「本人、無職だと言ってたぞ」

「そんなはず、ないですよ」学校に話を聞いて、彼が現在も在籍していることは確認できている。その件を告げると、吉野が眉間《みけん》に皺を寄せた。

「だったら嘘をついてるわけか？　ふざけた野郎だねえ」

「反省もしていないわけですし……そんなタイプなんですか？　いきなりクラブで相手に

殴《なぐ》りかかって、その後も一切反省しないような」

「身元確認で嘘をついてるぐらいだからな。そもそも、連絡先も喋らない」

「それならこっちで分かります。数日前に、父親と会ったばかりなんですよ」

「その情報は、こっちに流してくれるとありがたい。一応、家族には連絡しないとまずいからな」

西川は実家の住所と父親の名前、携帯の番号を教えた。吉野が、自分の手帳に情報を殴り書きする。

「助かった。しかしすごい偶然だな」

「ちょっと徳島と話をする……わけにはいかないでしょうが、せめて顔は拝《おが》ませてもらえますか」

「マジックミラー越しならいいよ。声も聞ける」

「お願いしていいですかね」西川は徹底して下手に出た。何だか自分が、管轄《かんかつ》を超えて出張ってきた神奈川県警の人間のような気がしてくる。

西川は、刑事課の一角にある、取調室が並んだ場所に案内された。それぞれの部屋にはマジックミラーが取りつけられており、外からでも取り調べの様子が確認できる。やり取りも、マジックミラーのすぐ近くに設置されたスピーカーから聞くことができた。今は取調室の中を撮影《さつえい》して、離れた場所のパソコン画面でも確認できるようになっているのだが、西川はなるべく近くで顔を見ておきたかった。

徳島はひょろりと背の高い痩《や》せた男で、椅子《いす》にだらしなく腰かけていた。長い足は、テーブルの下に放《ほう》り出してある。腕組みこそしていないものの、いかにもだるそうで、欠伸《あくび》を噛み殺していた。額《ひたい》——髪の生《は》え際《ぎわ》に小さな傷が見える。

「ここ、ちょっと怪我してますね」西川は自分の額を指差した。

「相手に殴られたと言ってる。しかし相手の方が重傷だ。頭蓋骨《ずがいこつ》骨折、脳震盪《のうしんとう》だからな」

「殴り合いでしょう？　何をやったらそんな大怪我になるんですか？」

「あの、水割りとかの氷を入れるやつ……」

「アイスペール？」西川は助け舟を出した。

「そうそう、そのアイスペールで頭をぶん殴ったんだ。中にたっぷり氷が入った状態で。しかも業務用のかなりでかい奴だった」

それなら、かなりの重さでの一撃になる。当たりどころが悪かったら、相手は死んでいたかもしれない。

西川はスピーカーのボタンに手を伸ばした。途端に、徳島のだるそうな声が聞こえてくる。

「だから、向こうが先に手を出したんですよ。何度同じことを言わせるんですか」

「周りの人の証言とは食い違ってる。いきなりあんたが殴りかかったということになってるんだけどな」取り調べを担当しているのは中年の刑事で、いかにも冷静沈着な感じだった。徳島がいくら悪ぶって否定しても時間の問題だろうな、と西川は予想した。力量の差があり過ぎるプロと素人《しろうと》の闘いという感じがする。

「あんな暗いクラブの中で、他人が何をやってるかなんて、分かるわけないでしょ」

「完全に暗闇《くらやみ》というわけじゃないからな。あんたたちの近くにも、結構お客さんはいたんだよ」

「知らないですね。言うことはない」

「ま、ずっとあんな具合なんだよ」隣に立った吉野が肩をすくめる。

「時間の問題じゃないですか。ただ突っ張ってるだけだと思いますが」

「まあね」

「それで、ちょっとご相談なんですが」

「神奈川県警の件かい？」勘よく吉野が言った。「ちょっと向こうで話そうや」

二人は刑事課長の席に向かった。西川は近くの空いていた椅子を引いてきて前に腰かけ、切り出す。

「神奈川県警の刑事を二人、こっちに連れてきてもいいでしょうか？　せっかくだから、徳島の顔を拝ませてやりたいんです」

「顔を拝むぐらいはいいけど、そのためにわざわざ来るのかい？」

「追跡捜査の仕事は、基本的に無駄の積み重ねですから」

「そもそも、徳島が問題の殺人事件の犯人だと決まったわけじゃないだろう。単なる参考人――同じマンションに住んでいただけ、ということだよな」

「そうなんですけど、気になりましてね」

「まあ、こっちとしては何も手伝えないけど、徳島の様子を見るぐらいならいいよ」

吉野が一歩譲《ゆず》った。こうなったらこっちのものだ、と西川はうつむいてほくそ笑んだ。今は、ダムに小さな穴を開けたような状態である。しかし指先ほどの小さな穴が、やがてダム崩壊を招く巨大な穴になる。一つ要求が通れば、あとはこちらの思い通り——今までそういうことは、何度も経験している。


沙都子と北山は一緒にやって来た。川崎の捜査本部に詰めていたから、渋谷までは近いものである。ただし二人とも、額に汗を滲《にじ》ませていた。渋谷駅に着いてから渋谷中央署までが一苦労……だだっ広く複雑な駅の中を抜け、スクランブルスクエアから通じる円形の横断歩道を渡れば渋谷中央署に辿《たど》り着くのだが、その行き方を簡単に説明できるような人はいないだろう。西川も自信はない。二人は何度も道に迷ってきたに違いない。

「お疲れ……取り敢えず、徳島の顔を拝んでおいてくれ」西川は二人を出迎えた。

午前中の取り調べは終わろうとしていた。マジックミラー越しに徳島と対面した二人は、何だか気が抜けたような様子だった。

「その辺にいる普通の兄《あん》ちゃんという感じですね」北山が呆れたように言った。

「声優を目指しているようなタイプには見えません」沙都子も同調する。

「そうだな。ただし、色々嘘をついている感じがするんだ」西川はうなずいた。

「それで、どうなんですか？　こっちで直接話を聴くことはできるんですか？」北山が勢いこんで訊ねる。

「それは、もう少し後にしてくれないかな。奴は傷害事件についてもまだはっきり喋っていないから、渋谷中央署の取り調べが先になる」

「何か、こっちでもできることがあるといいんですが」北山は前のめりだった。

「実家に連絡がついたそうだ」西川は沙都子の顔を見ながら言った。「父親がこっちへ来るそうだから、話を聴こうか」

「そうですね……でも、あのお父さん、息子さんのことをどこまで分かっているか」

「というより、息子がどこまで本当のことを話しているか」

「持ち物のチェックとかはしたんでしょうか」北山が確認する。

「もちろん……でも、こっちも見せてもらうことにしたよ」吉野は案外素直《すなお》に、西川の要求に従った。渋谷中央署の場合は単なる傷害事件。一方神奈川県警に関しては、殺人事件につながる可能性もある。「重み」の違いは十分に分かっているはずだ。

三人は、小さな会議室に通された。テーブルには、灰色の小ぶりなデイパックが載《の》っている。所轄によって既にクリーニング済み——指紋などは全てチェックされているので、素手で触っても問題はない。しかし西川は、一応手袋をはめた。

入っているのは財布にスマートフォンとモバイルバッテリー、メモ帳、薄手のカーディガン、そして半分ほど空になった煙草と百円ライターだった。

まず財布のチェックから始める。現金は一万二千五百二十円。他に無記名のＰＡＳＭＯが一枚、それにどこかの呑み屋のものらしい会員カードが二枚。運転免許証はない。最近の若者なら免許証を取得しないのも珍《めずら》しくないが、徳島は田舎暮らしの時に免許なしで不便ではなかったのだろうか。

個人情報は、全てスマートフォンに入っているのだろう。しかし吉野は、既にロックを解除して中身は詳細に調べたと言っていた。今回の犯行につながる材料はなし――そもそも衝動的な犯行だったと見られており、徳島の人間関係が犯行に関係しているとは思えない。もっとも、彼が普段どんな人間なのかを解き明かすには、このスマートフォンが大きな材料になるはずだ。つき合いのあった人に話を聴けば、粗暴な人間だったかどうか、ある程度は摑めるだろう。それが情状酌《しやくりよう》量の材料として使われる。もっとも今回の場合、被害者は頭蓋骨骨折と脳震盪で全治二ヶ月の重傷である。徳島の親が金を積むかもしれないが、示談が成立するかどうかは怪しい。怪我なしの暴行、あるいは軽傷で済んで示談が成立したら、起訴しないという手もあるのだが。検察も裁判所も忙しく、できれば裁判にしたくないのが本音だ。

手帳が気になった。手帳というかロディアの分厚いメモ帳。隅《すみ》の方が汚れて表紙もかなり傷《いた》んでいるのを見る限り、何年も持ち歩いて使っているのは明らかだった。パラパラとめくってみると、全ページの三分の二ぐらいまで書き込みがある。字は読みにくいわけではない――むしろ丁寧な字だったが、それでも何が書いてあるかはまったく分からなかった。思いついたことを忘れないように殴り書きしたもので、本人だけ分かればいい、という感じだったのだろう。全てが暗号のようなものだ。

それにしても物持ちがいい。最初のページを確認すると、五年前の三月だった。大学のサークルのイベント予定か何かを書いたものらしい――アニ研、3／8　19時　渋谷ハチ公前。

何か妙な気もする。西川がメモ帳に没頭《ぼっとう》しているのに気づいたのか、北山が声をかけてきた。

「何か変ですか？」

「君、メモ帳は使ってるか？」

「警察の手帳は使いますよ」

「スマホではなく？」

「現場で書く時は、スマホよりも手帳に手書きの方が早いです」

「スケジュール管理は？」

「それはスマホです。普通はスマホですよね」

「だよな……」西川はパソコン派だが。西川の場合、仕事を始めた頃からパソコンはあったが、スマートフォンは後から登場したデバイスである。ずっとスケジュール管理はパソコンでやってきたので――家のパソコンも毎晩使っている――スマートフォンに自分の予定を打ちこむ習慣は身につかなかった。沖田は未《いま》だに手帳派のはずである。自分たち世代だと、スケジュール管理もメモも手書き、という人間も少なからずいるものだ。

「二十代の人で、こんなに手帳を使う人、いるかな」西川は首を捻りながら、ページをぱらぱらとめくった。何かが気にかかる……手書きのメモには何かがあるのだ。西川は今まで、様々な手がかりをメモから摑んできた。「ちょっと、性根を据《す》えて読んでみるよ。君たちは、スマートフォンの解析記録に目を通してくれ」

様々なデータは、刑事課長の吉野がUSBメモリで渡してくれた。やけに親切なのがかえって不気味だったが、何も言わずにありがたく受け取っておく。

西川は、こういう時に定番のやり方を進めた。いつも持ち歩いている手帳を広げ、とにかく気になったことをそちらに書き写していく。あっという間に没入してしまい、時間の経過を忘れる——そのうち、奇妙な暗号のようなものを発見した。

TーKー128352O2。ご丁寧に赤線まで引いてあったが、いつ書かれたものかは分からない。使い始めたのが五年前の三月だとは推測できたし、二ページ手前には四年前の一月、また大学のアニメ研の集まりについてらしい書き込みがあったのだが、それだけではこの暗号めいた文字列が実際にいつ書かれたかは分からない。

「西川さん」沙都子が遠慮《えんりよ》がちに言った。

「何だ?」西川ははっと顔を上げた。集中すると、つい時間の流れを忘れてしまう。

「お昼にしませんか?　もう一時半ですよ」

「ああ、悪い、悪い」西川は、証拠品をまとめて段ボール箱に入れ、立ち上がった。朝から書類を調べ始め、気づいたら午後四時だった、ということもあった。今日はマシな方だろう。「取り敢えず、この辺で飯を済ませようか。証拠品は、一度刑事課に返しておこう」

手続きを終え、三人は署を出た。この辺で何か食べるところは――選択肢《せんたくし》がありすぎて迷う。渋谷中央署の近辺には、ラーメン屋とカレー屋が圧倒的に多いのだが……せっかく神奈川県から来てもらったので美味いものでも食べて欲しいのだが、残念ながら西川は、今の渋谷の店にはそれほど詳しくない。雨も降っていて蒸し暑く不快な陽気だし、できるだけ近くで済ませよう。

渋谷中央署は、青山《あおやま》通りと明治《めいじ》通りの交差点の角に立っている。明治通りを渡った向こうには、飲食店が集中しているのだが、目の前の大きな歩道橋を渡っていくのが面倒臭い。地下に入って、ヒカリエかスクランブルスクエアのレストラン街で食べる手もあるが、そちらの方は完全に不案内だった。

仕方なく、微《かす》かな記憶を辿って署の裏手へ回る。金王八幡《こんのうはちまん》へ向かう途中に、何軒か飲食店があったはずだ。

最初に目についたイギリス風のパブの前で足を止める。夜は呑み屋だが、ランチも出しているようだ。ランチは三種類あるので、ここでいいだろう。

店内は茶色で統一されていて、重厚な雰囲気があった。カウンターの上にはずらりと酒瓶《さかびん》がぶら下がり、照明はほどよく落とされている。既にランチタイムのピークは過ぎていたので、三人は四人がけのテーブルについた。

「ビールが欲しくなる環境ですね」沙都子が手で顔を扇《あお》ぎながら言った。

「仕事帰りに黒ビール、という感じだよな。君は呑まないのか？」西川は北山に話を振った。

「いや……今は禁酒していますから」

「失礼」撃たれた男に聴く話ではなかった。西川は咳払いして、メニューに目を通した。ランチは特にイギリスっぽい感じでもなく、パスタやハンバーグなど……メンチカツがあるので、それにした。西川はメンチカツは好きなのだが、食べられる店がなかなかない。トンカツ屋でも、串カツはあってもメンチカツはない、というパターンは珍しくないのだ。そもそも食堂などで食べるようなものではないのかもしれない。肉屋の定番、ということだろうか。

北川はハンバーグを、沙都子はパスタを頼んだ。先に飲み物を持って来てもらい、暑さで涸《か》れた喉を潤《うるお》す。

運ばれてきたメンチカツを見て、西川は思わず目を見開いてしまった。実に大きい。厚みはそれほどではないが、皿からはみ出しそうだ。全部平らげれば、午後は確実に眠気に襲われるだろう。カツの上半分には漆黒《しっこく》に近いソースがかかっていた。まずはソースがついていない部分を切り取って試すと、かなり軽い食感である。これなら楽々食べられそうだ――ソースをつけて食べると、一転してかなり濃い味になる。ソースには甘味、苦味、塩気が混然一体となって溶けこみ、ライスにも合う。つけ合わせは生野菜で、栄養バランスもいい。やはり、たまには脂分《あぶら》を取らないとな、と思いながら食べ進める。

こういうランチを出す店なら、夜も期待できるだろう。チェーン店のようなので、今度は追跡捜査係の若手を連れて呑みに行こう、と西川は決めた。

二人とも食事を終えて、ほっと一息ついた感じだった。やはり定期的にエネルギー補充しないと、人は働けない。その辺に気を遣わなかった自分は、先輩失格だなと思う。

「西川さん、何が気になってたんですか」北山が遠慮がちに訊ねる。

「何か、暗号みたいな書き込みがあったんだ」西川はここまで持って来た自分の手帳を広げて読み上げた。Ｔ－Ｋ－１２８３５２０２。「これに何か心当たりはないか？」

二人が顔を見合わせて、同時に首を横に振る。

「分からないよな……俺もさっぱり分からない」

「メモ帳は、他もこんな感じなんですか？」

「いや、こういう文字の羅列《られつ》はそこだけだ。まだ全部見たわけじゃないけど」

「暗号ですかね」北山が早々手帳を広げる。西川が復唱すると、Ｔ－Ｋ－１２８３５２０２を丁寧な文字で書きつけた。

「何か思い当たる節はあるか？」

「いや、まったく」

「君はどうだ？」西川は沙都子に話を振った。

「分からないですね。電話番号……でもないですよね」

「わざわざメモ帳に書いて残したということは、重要な情報なのは間違いないよな。たぶん、四年ぐらい前のことだ」

「それって、事件の時じゃないですか」

「そうなんだけど、四年前だという確証はない」西川は前言を翻《ひるがえ》した。「はっきり日付が書いてあるわけじゃないから」

「スマホの方の情報と照らし合わせたらどうでしょうか。何かリンクするものがあるかもしれません」北山が提案する。

「そうだな、午後は少しその作業を続けようか」

三人は署に戻り、またデータと向き合った。西川は手帳の精査。北山と沙都子は、スマートフォンのデータをチェックし続ける。

特に手がかりがないまま、夕方——子どもが小さい沙都子と、体調に不安の残る北山は解放せざるを得ない。取り敢えず明日、もう一度渋谷中央署に集合することにした。

「遠くで申し訳ないけど」

「いえ、大丈夫です」沙都子は機嫌がよかった。「明日は、この辺で美味しそうな店を探しておきますから、そこに行きましょう」

「そうだな」苦笑しながら西川はうなずいた。警察官には、グルメとは言わないが食いしん坊は多い。動き回ることが多いのでエネルギーの消費が激しいし、ストレス解消のためには取り敢えず美味いものを食べて——が一番手っ取り早い。馬力をかけて仕事をしてくれるなら、美味い店に行くぐらいは何の問題もない。「とにかく今日は解散しよう」

「お疲れ様でした」二人が声を揃えて頭を下げる。

西川も荷物をまとめ始めたが、その時スマートフォンが鳴った。見慣れぬ電話番号――しかし「044」から始まる番号なので、何となく神奈川県内からだろうと見当がつく。

「ああ、西川さん？」

聞き覚えのある声。すぐに、捜査本部を仕切る県警捜査一課の坂井係長だと分かった。

「西川です。どうしました？」

「徳島の身柄を、警視庁が押さえたと聞いたけど」

「ええ、傷害事件で。恵比寿のクラブで大暴れして、客に大怪我を負わせたんです」

「奴が、こっちの事件の犯人かもしれない」

「何ですって？」

「うちも遊んでるわけじゃないんでね」坂井は自慢げだった。「神奈川県警の科捜研は、全国有数の実力の持ち主なんだ。警視庁さんを除いて、かもしれませんがね」

「県警の科捜研が優秀なのは分かっていますが」なかなか本題に入らないので、苛《いら》つく。最初は沙都子から「ハードな人」と聞いていたのだが、むしろ「嫌らしい人」という感じだ。何かと皮肉っぽく、攻撃的でもある。

「防犯カメラの映像を3D化する技術をずっと研究しててね。これを発展させて、顔の一部しか映っていない映像でも、顔の全体像を推測して再現するソフトが実用化しかけてるんですよ」

「まさか、四年前の問題の映像のことですか？」西川は思わずスマートフォンをきつく握りしめた。ただならぬ気配に、沙都子と北山が同時に視線をぶつけてくる。

「そう。まさにその映像です。正体不明の人間が映っていたでしょう？　あれを新しいソフトで解析したら、八〇パーセントの確率で徳島だという判定が出たんですよ」

西川は一瞬言葉を失った。科学捜査の進歩は、未解決事件の捜査に大きな力になっている。特にＤＮＡ鑑定が決め手になって解決する事件は何件かあった。そしてさらに、ＩＴ技術が犯人炙《あぶ》り出しに一役買うようになっている。

「取り敢えず、徳島を調べられるように、そちらの捜査共助課経由で話をしました。あんたもそこにいるなら、ちょっと橋渡しになってくれませんか」

「分かりました」

電話を切って、西川は二人に「残業確定だ」と告げた。そのまま刑事課に足を運び、まだ書類と格闘している刑事課長に声をかける。

「ちょっといいですか」

「何か？」

西川は手短に事情を説明した。吉野の顔が見る間に赤くなる。しかし興奮を逃すようにゆっくり首を横に振ると、落ち着いた声で「捜査共助課からはまだ何も言ってきていない」と告げた。

「私も今、神奈川県警の方から個人的に連絡を受けただけです。正式な捜査協力依頼はこれからかと」

「しかし今の話だと、すぐに身柄を引き渡すのは難しいと思うぞ。神奈川県警の捜査のやり方に文句を言うつもりはないけど、その新しい解析システムは、裁判で証拠として採用される保証はない。あくまで補強材料じゃないか?」

「本人の自供に加えて、物証がないときついでしょうね。その捜査はこれからですが」

「何か出てくれれば、うちとしては身柄は引き渡さないとまずいだろうな」吉野がうなずいた。「傷害と殺人じゃ、重みが違い過ぎる」

「ええ」

「ま、神奈川県警もきちんと仕事はしているということだ。しかし、捜査本部が解決したら、追跡捜査班が必要かどうか、議論になるんじゃないか」

「四年前の事件だと、まだ捜査本部は動いてますからね。今回は実地研修のつもりで若い連中を動かしましたけど、素材がよくなかったかもしれない」

「それであんたはハブに?」

「そうなるかもしれません。ただ、現在も動いているアクティブな事件ですから、捜査共助課が間に入るのが筋でしょうね」

「それは行政的な話だ。うちとしてはできるだけ早く徳島を自供に追いこんで、向こうに渡すことに抵抗はない」

「問題は、徳島が話すかどうかですね」

「嫌なこと、言うなよ」刑事課長が表情を歪《ゆが》める。

「失礼しました……でも、実際、どうでしょうか」

「神奈川の事件の話を出す手がある」一転して課長がニヤリと笑った。「さすがに殺しの話になると、奴もあんな態度じゃいられないだろう。そこが叩くチャンスだよ」

「他県警の事件を勝手にネタにすると問題になりますが」

「そこは向こうと協力して、だ。あんたが心配することじゃない」吉野がピシリと言った。

この件は、実質的に自分の手を離れることになるだろう。実地研修として始めたことだし、そもそも自分には捜査権がないからどうでもいいと言えばいいのだが……一抹《いちまつ》の寂《さび》しさを感じないでもない。

全てを欲しがっても、その願いが叶《かな》えられるわけではないのだが。

5

真奈は意図《いと》的に姿を消したとしか思えなかった。事故に巻きこまれた可能性もないではないが、それなら警察の情報網に必ず引っかかってくる。

沖田は夜十時過ぎまで真奈の家で張り込みを続けて、諦めることにした。少なくとも今夜は、真奈は帰って来ないような気がする。念のため、名刺に携帯電話の番号を書きこみ、連絡するようにと書き添えて、ドアの隙間《すきま》に挟みこむ。これで連絡してくるとは思えないが……破り捨てられるのがオチだろう。しかし何もしないよりはいい。

さて、今夜はどうするか。あとは帰って寝るだけなのだが、響子のことが気になる。電話をかけると、彼女は迷惑そうな声で反応した。

「もしかしたら、寝てたか？」

「うん……ちょっとね」

「体調が良くない？」

「いいとは言えないわ」

「一回、医者へ行ってちゃんと診《み》てもらったらどうだ？　俺もつき合うから」

「それほど大袈裟な話じゃないと思うけど」

「でも、俺が心配だから。俺を安心させると思って、行ってくれないかな」

「だけど、仕事もあるし」

「体調優先じゃないか。体を壊したら、仕事だってできなくなる」

「……ずっと調子が悪かったら、行くわ。でも今は、本当にそれほどじゃなくて。寝れば治るから」

「分かった。今日はそっちへ行かないから、ゆっくり寝てくれよ」

彼女も妙《みょう》に頑《かたく》なだ。今まで隠し事なくきちんと話してきたつもりだが、彼女の方では少し壁を作っているのかもしれない。ここはヘルプが必要……西川の妻の美也子に頼もうか、と思った。一時ほどではないが、響子とは頻繁《ひんぱん》に連絡を取り合っている仲である。私生活でこんなに悩むことがあるとは思わなかったな……自分の人生は、響子と出会った時から、大きく変わってしまったのだと実感する。たぶん、いい方にだが。


翌日、西川がげっそりした顔で追跡捜査係に姿を見せた。

「どうした」

「いや、昨夜あれこれあって……」西川が顔を擦《こす》った。

「お前のあれこれは複雑だからな」

「実際、そうなんだ」

西川の説明を聴くと、本当に複雑だと分かった。西川は、二つの事件――そして二つの警察の狭間《はざま》に入りこんでしまったことになる。ここから抜け出すべきか、積極的に関わるべきか、判断は難しい。

「それより、ちょっといいか」

「何だよ。係長に報告しないといけないんだ」西川が唇《くちびる》を尖《とが》らせる。

「その前に、簡単に」

「しょうがないな」

二人は廊下《ろうか》に出た。捜査一課の前の廊下は常に人通りが多く騒がしいが、自分たちの席では話がしにくい。

「実は、響子のことなんだけど」

「それだったら、俺も言うことがある」

「ああ？」

「彼女、体調が悪いんじゃないか？」

「何で知ってるんだ」

「うちの女房には話してるんだよ。お前、ちゃんと気配りしてるのか」

「当たり前じゃねえか。病院へ行くように、何度も言ってるんだけど、言うことを聞かねえんだよ。それで……」

「うちの女房から言ってくれ、か」

「女性同士じゃないと、上手《うま》く話せないこともあるんじゃないか？」

「息子さんは？」

「連絡は取り合ってるけど、体のことは言ってねえんじゃないかな。心配かけたくないだろうし」

「だろうな」西川がうなずく。「息子さんは遠くだから、近くにいるお前の方が頼りになるだろう」

「ところが、頼りにされてないのが悔しいんだよ」沖田はつい弱音を漏《も》らした。「今まで何やってたのかって感じだな」

「籍を入れろ」西川がずばりと言った。「紙切れ一枚のことだけど、全然違うぞ。お前は責任を感じるだろうし、響子さんは遠慮なしに頼っていいっていう意識を持つようになる」

「そんなもんかねえ」沖田は首を捻った。

「だから、結婚してみろよ。すぐに分かるから」

「それは、今話すことじゃねえよ……どうかな。美也子さんに頼んでくれねえか？」

「実は、美也子も気にしてた。俺の方から、連絡を取るように言っておいたよ」

「何だ」沖田はふっと気が抜けてしまった。「だったら余計なことだったな」

「いやいや……お前も人並みに親切な気持ちがあるのを知って嬉しいね」

「ほざけ」沖田は吐き捨てた。「俺にだって、特別な人はいるんだよ」

「だったら、お前がちょっと仕事をセーブして、フォローしてやるのも手じゃないか」

「そこは上手く塩梅《あんばい》を考えるよ……それよりお前の方、どうなんだ？　かなり厄介《やっかい》な事件
になるんじゃないか？」

「それはないと思う。未解決になってたのは、神奈川県警の責任で、事件自体は難しいわ
けじゃない」

「県警を腐すねえ」沖田はついからかった。

「あの感じだったら、警視庁でも解決できないよ。唯一《ゆいいつ》の手がかりが防犯カメラの映像だ
けで、それも直接犯人につながるものじゃなかったから。今回は、科捜研の手柄だよ」

「そのうち、俺たちの仕事はなくなるかもしれないな」

「いや、それはない」

「どうして」

「書類を読みこむ仕事は、ＡＩには無理なんだよ。できないこともないかもしれないけど、古い書類を解析するソフトを作るぐらいなら、追跡捜査係で人材を育成する方が楽だし早い」

「書類の話は、俺には関係ないな」沖田は首を横に振った。

「そう言うな。うちの仕事は書類中心なんだから……それで、そっちはどうだ？」

「その件は席で話そうか」

「ああ」

しかし沖田からの報告はすぐには始まらなかった。西川が、係長への報告を優先しなければならなかったのである。

報告——二人の話し合いは長引き、西川がうんざりしている様子が沖田にも伝わってきた。係長の京佳は見込み——この件にかかわっていくと追跡捜査係にどんなメリットがあるかをひどく気にしているようだが、そんなことが今の段階で分かるわけもない。西川は、係長のしつこい追及に本気で困っている様子である。ようやく解放されて席に戻って来た時には、珍しく肩をすくめた。

西川は毎日持ってきているコーヒーをポットから注《つ》いで、ゆっくりと飲み始めた。沖田の席にも、いい香りが漂ってくる。

言った。

「しかし、美也子さんのコーヒーの淹《い》れ方は一流だよな。店が出せそうだ」沖田は思わず
「実際、店を出したらどうだって言ってるんだ。子どもも独立して暇になってきたし、何か仕事があった方がいいと思うんだよな」

「そこでお前が客にコーヒーを出したりするのか？　それはやめておけ。お前に一番ないのは愛想だ」

「それについては、お前と競争するつもりはないね」西川が素気なく——愛想なく言った。

「お前は好みの偏《かたよ》りがひど過ぎるんだ。好きな相手には果《は》てしなく愛想良くなるけど、嫌いな相手は嚙み殺そうとする」

「俺は別に、客商売をやろうとは思ってない」

「刑事の仕事も客商売だよ。人に会うという意味では」

これは昔から言われていることだ。刑事は、いかに相手を乗せて喋らせることができるかで価値が決まる。そのためには相手に悪印象を与えないのが最優先で、服装を含めた清潔感、態度などが重要になる。そういう意味を含めての「客商売」「接客業」なのだ。

「それで……そっちの方は？」西川がコーヒーを啜《すす》りながら訊ねた。

「篠崎さんは、世捨て人みたいな生活を送っていた。働いていた形跡はないし、賠償金を取り崩して、ただ生きていただけ、みたいな感じじゃないかな」話しているだけで侘しくなってくる。警察は、一人の人間の人生を壊してしまったのだ——もしも彼が本当に無実

なら。

「なかなかきつい人生だ。それで病気して亡くなったわけだからな。完全に孤独な人生だったのか？」

「いや、女の影がある。池袋のガールズバーに勤めている女性と関係があった可能性があるんだ。地元の居酒屋で一緒に呑んでいるのが確認されている」

「交際してたのか？」

「それが、女の方では知らないと——関係を否定してる」

「何か妙だな」西川は首を捻った。

「だろう？」沖田は身を乗り出した。「知られたくない関係だったかもしれねえけど、別に隠すようなことでもねえと思うんだ。篠崎さんの事情を知っていれば、多少後ろめたい気持ちになるかもしれねえが……」

「お前が——警察が迫ってきたんで、まずいと思って知らんぷりしてるんじゃないか？」

「その可能性も否定できねえな。しかし、篠崎さんはもう亡くなってる。女が事件に関係してるとは思えねえし、その辺がどうにも不自然なんだよ……ちょっと待った」

スマートフォンが振動している。麻衣だった。彼女と牛尾には、朝イチで真奈の家を訪ねるように指示している。

「いませんね」麻衣があっさり結論を口にした。

「居留守を使ってるんじゃねえか？」

「朝刊が入ったままでした」

「それだけじゃ分からねえな……」

「だけど、押し入って確認するわけにもいきませんよ」麻衣が言った。

「まあ、そうだな」

「どうします？　しばらく張り込みますか？」

「張り込みついでに、近所で話を聴いてくれないか？　個人情報が手に入れば、何か分かるかもしれない」

「了解です。また連絡します」

「俺も後で合流するよ」

電話を切って、今の内容を西川に伝える。西川はうなずき、コーヒーを飲み干した。

「取り敢えず、本人を摑まえて話を聴くしかないな。摑まらない——お前から逃げ回っているとしたら、それこそ怪しいけど」

「だな」沖田はうなずいた。「何が怪しいかは分からねえけど」

「勘が動いてるんだろう？」

「ああ」

「それだよ。俺たちの仕事には勘がいる。勘が必要とされる以上、ＡＩにはこの仕事は無理だ。勘がどういう物理的な動きなのか、完全に解析できるようになるまでは、まだ時間がかかるだろう」

「だろうな」

「それより響子さんのことだけど、疲れてるんじゃないかな——仕事に」

「それはあると思う」沖田は認めた。「IT系の会社っていうのも、結構ブラックらしい。正社員になって給料面の待遇《たいぐう》はよくなったけど、その分仕事もきついみたいだ」

「年齢的に、女性特有の体調の悪さもあるだろう。いろいろ考えないといけない年代じゃないかな」

「そういうもんかね」

「そうだよ。そこは、俺たちが気を遣わないといけないところじゃないか？　仕事を変えることも考えた方がいいかもしれない」

「でも、彼女にとって、今の仕事は生きがいにもなってるんだぜ」

「分かるけど、体を壊すまでやるもんじゃない。例えばさ、うちの女房が喫茶店を始めたら、その共同経営者とか、どうだろう」

「いや、それはどうかな」いきなりの話で、沖田も戸惑《とまど》った。響子が喫茶店でコーヒーを出す——想像もできない。

「人生、長いんだからさ。第二、第三の人生があってもいいんじゃないかな」

「お前は？」

「俺は取り敢えず、この仕事を突き詰めてやるだけだよ」

それは俺も同じだ——しかし言葉にして西川に同調するのが何となく悔しく、沖田は黙ってうなずくだけだった。

どうも真奈は、本格的に身を隠してしまったようだ。夜になって「マーサ」で確認すると、今日も欠勤――しかも無断欠勤だった。こういうことは今までなかったのに、とオーナーも心配している。

しかし、手配したり家で徹夜で張り込んだりするほど緊急な状態とは思えない。どうしたものか迷ったが、沖田は取り敢えず無理はしないことにした。明日の朝、もう一度家を訪れ、それでも帰っていなければ、何か手を考えよう。

そのまま響子の家に向かう。今日は体調がいいようで、彼女も歓迎してくれた。二人でビールを呑みながら、だらだらと話をする。そのうち、西川から言われたことを思い出して言ってみた。

「喫茶店?」

「カフェというか」

「確かに美也子さん、コーヒー淹れるの上手よね。でも、お店をやるとなると、大変じゃない?」

「でも、喫茶店に関しては、好きだからという理由だけで始める人も多いと思うよ。ちゃんとした会社組織にして、チェーン展開でもしようとしたら別だけど、小さな喫茶店を出すぐらいなら、ある程度資金があればできるんじゃないかな」

「喫茶店ね……」つぶやくように言って、響子がビールを啜った。「経験ないわけじゃないわ」

「そうなのか？」

「学生時代、バイトで一番長かったのが喫茶店だから」

「興味、ある？」

「ないでもないけど……今の仕事を辞めて、と考えると躊躇《ちゅうちょ》しちゃうわ」

「今の仕事も大事だよな……」

「というより、慣れてる仕事からは離れにくいでしょう。人間って、習慣の生き物だから、新しいことをやるのが怖いのよね」

「それは分からないでもない。まあ、実際にやれるかどうかは分からないけどな。西川の奥さん、今、母親の介護問題があって、こっちと静岡を行ったり来たりしているそうなんだ」

「聞いてる」響子がうなずいた。「介護は大変でしょうね」

「ああ。それが落ち着かないと、具体的に喫茶店を出すような話はできないと思う」

「頭の片隅に入れておくわ。お店をやるのは、普通にサラリーマンをやってるより大変かもしれないけど」

「使う筋肉が別だからな」

「悪くないとは思うけど……美也子さんなら、一緒にいても気が楽だし」

意外な感じだった。響子は今の仕事に誇りを持って、充実した毎日だと思っていたのだが、やはり疲れは溜まっているのだろう。気休めに、新しい生活に目が向いてしまう気持ちも分かる。

人生は変わるものだ——自分としては、響子が楽しく快適に生きてくれれば、それでいいのだが。

日曜の夜は、響子が沖田の家に泊まってくれた。行ったり来たりの生活も長くなっている。本当にこういうのも、そろそろ変えるべきかもしれない——彼女に喫茶店の仕事を勧めておいて、自分は今までと同じ刑事の仕事を続けていくのは、どこか筋が違うような感じがしている。

月曜の朝は、響子は早く出ないといけないというので、二人は十一時前には布団に入った。沖田にしては少し早い時間……しかも今晩は酒を一滴も呑んでいないせいか、まったく眠くない。一瞬で寝つけないと、結局中途半端な眠りで翌日辛《つら》いことになると分かっているのだが、こればかりはどうしようもない。自分はこんな風に眠れないことはまずないのだが、不眠症の人は辛いだろうと思った。

それでもうつらうつらはしただろうか……はっとして意識が戻ったのは、電話が鳴っているからだった。布団の脇に置いたスマートフォンを手探りで摑む。何とか目を開けて画面を確認したが「非通知」の表示があるだけだった。こんな時間に怪しい——間違い電話ではないかと思ったが無視もできない。刑事は、鳴った電話には必ず出るように教育されているのだ。

「──もしもし」

「沖田さん？」

掠《かす》れたようなその声には聞き覚えがあった。

「田島さんですか？」まさか、真奈の方から電話をかけてくるとは思わなかった。「どうしました？」

「助けて……下さい」

沖田はすぐに布団から抜け出した。隣で寝ていた響子が身じろぎしたが、謝る暇もない。

「今どこにいますか？」

「家……」

「何があったんですか？」

「……助けて……」

その言葉を最後に、電話は切れた。クソ、何があった？

「──どうしたの？」響子が目を擦りながら体を起こした。

「分からない。ちょっと出かけてくる」

「こんな時間に？」響子が枕元《まくらもと》に置いてある目覚まし時計を取り上げた。「三時よ」

「緊急事態らしい。君は寝ててくれ」

「大丈夫かどうか分からないから、出かけるんだ」

沖田は彼女の家に置いてあるポロシャツにジーンズという服に着替え、顔も洗わずに家を飛び出した。外は雨……梅雨《つゆ》末期なので、ひどい降りだ。タクシーは摑まるだろうかと心配しながら駅前へ急ぐ。只事《ただごと》ではない。一歩進むごとに、不安が高まってくるのだった。


幸いすぐにタクシーは摑まって、三時半に真奈のマンションに着いた。早くも異変に気づく。ドアノブに手をかけると、鍵がかかっていない。この辺は静かな住宅街だが、夜中に鍵をかけない人はいないだろう。

何かある――誰かいるかもしれない。武器も応援もないのが不安だったが、沖田は慎重にドアを開け、玄関に足をかけると、足を踏み入れた。途端に、血の臭《にお》いを嗅《か》ぐ。手探りで照明のスウィッチを探して灯《あか》りを点けると、短い廊下に女性がうつ伏せに倒れているのが見えた。頭の辺りに血溜まりができている。危険な出血量、と見た。傍《そば》にスマートフォンが落ちている。瀕死《ひんし》の状態で、何とか沖田に連絡してきたのだろう。

「田島さん!」沖田は思わず声を張り上げた。廊下に膝をついてしゃがみこみ、横を向いた顔に掌《てのひら》を近づけた。かすかに息はある。首筋に手を当ててみると、弱いが脈は感じられた。どうやら頭を一撃されたようだが、早く病院に担《かつ》ぎこめば助かるかもしれない。

「大丈夫?」

沖田は取り敢えず外に出て、一一九番通報した。こういう時、救急サイドの確認が面倒臭い。何とか正確に通報し、次いで警察に連絡する。この辺の所轄の番号が分からないので、一一〇番通報した。所属を名乗り、状況を簡単に説明する。こちらはスムーズに話が通った。

それからまた廊下に跪《ひざまず》いて、真奈の顔に耳を近づける。やはり呼吸音は聞こえた。意識はあるかどうか……。

「田島さん、聞こえますか」触らない方がいいと判断して、声だけかける。「田島さん、沖田です。誰にやられたか、分かりますか」

真奈がピクリと身を動かした。目は開かない……声と一緒に小さな声が漏れる。何を言った？

「田島さん、もう一回言って下さい」

「いりえ……」

「いりえ、という人ですか」

沈黙。閉じたままの真奈の瞼《まぶた》がひくひくと痙攣《けいれん》した。沖田は舌打ちしたが、今のところ自分にできることはない。警察官は誰でも、簡単な手当や救命措置《そち》の基礎知識を持っているが、頭となるとどうしようもない。今は出血は止まっている様子だが、頭蓋骨骨折などの恐れもあるから、うかつに助け起こすこともできない。もう一度首筋に手を当てる。まだ脈はあるが、先ほどよりも弱くなっていた。

救急車がなかなか来ない。この道は細いから、大きな救急車が入ってこられるかどうか。

沖田は外へ出て、救急車を待ち受けた。五分ほどして、ようやくサイレンが聞こえてくる。しかし救急車はやはりマンションの前の道路までは入れず、大通りに停《と》まった。沖田は救急隊員を誘導して、マンションの部屋まで連れて行った。

邪魔にならないように脇にどいたまま、真奈がストレッチャーに載せられるのを見守る。真奈は完全に意識を失っているようだった。ただし、胸がゆっくりと上下しているので、息があるのは分かる。

沖田は救急車のところまで行って、若い救急隊員に話を聞いた。

「どうですか」

「何とも……」救急隊員の表情は暗い。「出血がひどいですし、意識も混濁《こんだく》しています」

「怪我は頭だけ？」

「そのように見えますが、病院で検査してみないと何とも言えません。ご家族は分かりますか？　連絡先は？」

「家族は分からない。ただ、勤め先は分かっている」とはいえ、この時間だと連絡も取れないだろう。真奈が勤務する「マーサ」は、午前四時近いこの時間には、さすがに営業を終えているのではないだろうか。しかし沖田は、一応店の電話番号、それにオーナーの名前を伝えた。

救急車が動き出したタイミングで、今度は所轄のパトカーがやってくる。沖田は、現場を封鎖する制服警官に「仕切りは？」と訊ねた。すぐに、当直の刑事課の係長を紹介される。

「どういう関係でそちらに連絡が行ったんですか」沖田より十歳ぐらい若そうな係長の富《と》谷《み》《や》が、疑わしげに訊ねる。

「俺の名刺を持っていたのは間違いない。本当は救急車を呼びたかったんじゃないかと思うけど、咄嗟《とっさ》に俺の名前を思い出したんじゃないかな」

「それなら、まだ意識があったんでしょうね」

「おそらく」沖田はうなずいた。

「ドアは？」

「施錠《せじょう》はされていなかった」

「知り合いにやられたんですかね」

「その可能性が高い。彼女は『いりえ』という人間に襲われたと言っていた」

「それは電話してきた時ですか？　ここで見つけた後ですか？」

「ここで」

「うーん」富谷が髪をかき上げる。「意識レベルはどうだったんですか？」

「JCSでレベルⅡの3か、Ⅲの1」日本独自の意識障害の評価で、目を開けられるかどうか……辛《かろ》うじて手を動かせるレベルだ。

「相当重傷じゃないですか。そんな状態で言ったことが信用できるかな」富谷が首を捻る。

「そこは、そっちで調べてくれよ」沖田はむっとして言い返した。こちらの証言を疑われても困る。警察官は、基本的に仲間の言葉は信用すべきだ。

「もちろん調べますよ。ちなみに、沖田さんとはどういう関係なんですか」

「再捜査している事件の関係者だ」今はもう、それだけの存在ではなくなってしまったが。この件を解決するためには、詳しい事情を説明しなくてはいけない。「ちょっと面倒臭い——複雑な背景があるんだ。きちんと供述するから、署の方でどうだろう」

「構いませんけど……」

「どうせ現場は見せてくれないんだろう?」

「それはこっちの仕事です……じゃあ、パトで署まで送りますから、うちの刑事に供述して下さい」

「了解」


午前五時過ぎ、沖田は一通り供述を終えた。今になると非常に悔《く》いが残る。真奈は沖田から逃げるように身を隠していたが、少なくとも昨日の夜には自宅に戻っていたはずである。二十四時間体制で張り込みをして、さっさと摑まえていれば、こんな目には遭わなかったかもしれない。

「何か事件に関係していると思われますか」沖田と同年輩の刑事が、遠慮がちに訊ねる。

「それは何とも……こっちが追いかけてたのは、言ってみれば終わった事件ですよ。正式に捜査ができるわけじゃないから、単なる調査だった」

「利害関係者は、病気で亡くなった篠崎一人、ですか」

「今のところ、俺のシナリオの登場人物は篠崎と田島真奈の二人だけですね」

「腑《ふ》に落ちませんが……」

「それは俺も同じですよ」

「うちで捜査はきっちりやらせてもらいます」刑事がノートパソコンを閉じた。「何かお願いすることがあるかもしれませんが」

「いつでも言って下さい。これは俺らのヘマだったかもしれない。犯人逮捕に協力する義務もあるし、助けを求めてきた彼女を安心させる必要もある」

「そうですね——失礼」刑事がズボンの尻《しり》ポケットからスマートフォンを取り出した。しばらく無言で相手の言葉に耳を傾けていたが、やがて「分かった」と短く言って通話を終える。沖田の顔を真っ直ぐ見て、「『安心させる』じゃなくなりましたね」と告げた。

「『成仏』ですか」途端に気持ちが真っ直ぐ深い穴の中に落ちこんだ。

「先ほど、死亡が確認されたようです」

クソ。真奈はどこか怪しい女だった。だからと言って、殺されていいということはない。自分の至らなさが情けなくなる。

解決するしかない。そのためにできることは何でもするつもりだった。

6

西川は早朝、沖田から電話を受けた。週明け早々何事だ……とムッとしたが、話を聞いているうちに完全に目が覚めてしまう。

「俺のミスだ」沖田が珍しく、反省の意を示した。

「いや、それは――」

「もっと詰めて、監視をしっかりつけておくべきだった」

「今さら後悔しても遅いよ」冷たく聞こえるだろうな、と思いながら西川は冷静に言った。沖田はしばしば、感情に流されてしまうことがある。刑事として熱い気持ちを持つのは大事だが、それがマイナスに働いてしまうこともよくあった。

「分かってる。しかし……」

「手伝うか？」

「いや、所轄がきちんとやるだろうし、特捜になると思う。俺の方で、できるだけ協力しておくよ。捜査の主体にはなれねえが」

「せいぜい、しっかり手伝うんだな」

「ああ」

「俺の方は、今日も神奈川県警との仕事があるんだ」

「そっちは上手くまとまりそうなのか？」

「まだ何とも言えない」

県警の捜査本部は、まだ徳島を直接調べるには至っていない。恵比寿の傷害事件でもしっかりした供述が取れていないから、渋谷中央署もすぐに身柄を引き渡すわけにはいかないだろう。

今日は、朝から徳島の実家に家宅捜索《ガサ》をかけることになっていた。西川もつき合うつもりでいたのだが、坂井は「お手を煩《わずら》わせるわけにはいかない」と慇懃《いんぎん》無礼に断ってきた。そう言われると、押しの一手で強引に進めるわけにもいかなくなる。

「お互い面倒なことになってるな」沖田が弱音を吐いた。

「何だよ、お前らしくない」

「今回は、完全に俺のヘマだからな」

「強気でいないと、またヘマするぞ」

「分かってる」

怒ったように言って、沖田は電話を切ってしまった。相当ダメージを受けている……自分の責任で人が死んだと考えれば、落ち着いた気分でいられないのは当然だろう。しかしちょっと前までの沖田なら、もやもやする気持ちを強引に振り払って前進していたはずだ。あいつも歳を取った、ということかもしれない。年齢を重ねると、様々な出来事に対して鈍《にぶ》くなる一方、若い頃は何とも思わなかったことに妙に心を揺さぶられたりするものだ。

「どうかしたの？」美也子が心配そうに聞いてきた。これまで何度も——何十回も早朝や深夜の電話があり、こういうことには慣れているはずだが、今日は自分の様子はいつもと違って見えるだろう。

「沖田がちょっとヘマした」

「こんな時間に？」

「時間は関係ないよ。うちは二十四時間営業だから」

「せいぜいフォローしてあげてね。沖田さんもいろいろ大変だろうから」

「俺は子守じゃないんだけどな」

いつもと同じ朝食が始まった。心のざわつきは消えないが、とにかく飯は食べなければならない——どうしても機械的に食べることになってしまって、味気ないことこの上ない。

「そう言えば」お茶を飲みながら美也子が切り出した。「昨日、響子さんと久しぶりに電話で話したんだけど」

「どうだった？」

「やっぱり、体調はよくないみたいね。女性にはいろいろあるのよ」

「ああ……」

「でも、喫茶店の話をしてたわ。結構乗り気になってましたよ」

「本気なのかね」

「沖田さんが軽く話したみたいだけど、心に残ったみたいね」

「そうか。転機かもしれないな」

「私にとっても、ね。何だか最近、ちょっと気分がいいわ」

「そうか？」

「新しいことを始める時って、不安もあるけどウキウキするじゃない」

「何だよ、もう本当にその気になってるのか？」西川は目を見開いた。本気で開店資金の心配をしなければならないのだろうか。しかしそれも悪くないと思う。ずっと自分を支えてくれた妻が、新しい楽しみを見つけ出そうとしているのだ。ここで頑張って手を貸さないでどうする？


西川は所轄の会議室に籠《こも》り、まだ徳島のメモ帳と格闘していた。渋谷中央署の許可を得て、内容は全てコピーしてきている。北山と沙都子を、いつまでも渋谷中央署で仕事させておくわけにはいかない、という判断だった。しかし……本当に単なる備忘録だったようで、内容は西川にはほぼ理解できない。とはいえ、何か手がかりが隠れているような気がしてならないのだった。

「困りましたね」北山がパソコンの画面から顔を上げて言った。徳島の実家の家宅捜索には沙都子だけが出動し、彼はまた居残りになっていた。

「何が？」

「例の暗号です」

二人の間では、問題の文字列――T－K－128352０2は「暗号」ということで定着していた。北山はこの暗号に取り憑《つ》かれてしまったようで、あれやこれやといじっては何らかの意味を見出そうとしている。西川は既に半《なか》ば投げていた。

「何かの意味がある文字列かと思ったんですけど、それだとちょっと短か過ぎるんです」

「T－K……ハイフンを一文字に数えなければ十文字か」

「換字式暗号かとも思ったんですよ」

「換字式？」

「一番簡単で古い暗号です。シーザー暗号というのがあるんですけど……これは文字を順で三文字シフトさせるやり方です。例えば『DEF』だったら、本当は『ABC』とか」

「それなら日本語でもできるな。『きたやま』を三文字シフトさせると……『こてえめ』になるわけか」

「そうです」嬉しそうな表情で北山がうなずく。「でも、そういう感じでもないみたいですね。電話番号でもない。この暗号の数字は八桁《けた》ですけど……」

「携帯は十一桁、固定電話は市外局番から入れても十桁だ。東京の場合、市内局番からだと八桁になるけど、『1』から始まる番号はない」

「ええ。前の『T』と『K』が何かの置換かもしれませんが」

「うーん、どうもなあ」西川は後頭部で手を組み、ぐっと背中を伸ばした。こういう作業はずっと続けていても飽《あ》きないのだが、さすがに背中や肩が凝《こ》ってくる。

「駄目ですかね。週末に暗号関係の本を散々読んで調べたんですけど」

「暗号なんて、真面目に考え始めたら大変じゃないか？　人類の歴史とともに——少なくとも文字が発明されたのと同じぐらい歴史があるんじゃないかな」

「実際、そういう説もあります」北山がまたうなずく。

「しかし君も、こういう話になると生き生きするな。暴対にいた人間とは思えない」

「最近のマル暴や半グレの連中は、ＩＴ系で金儲《かねもう》けしてますからね。こっちも色々勉強しないと、ついていけません」

「さすがに暗号はないだろう」

「いや、ヤクの取り引きなんかで暗号を使ってる奴もいるんですよ。メールやメッセンジャーでやり取りした記録が残っても、内容が分からなければ証拠にならないでしょう。向こうが『何のことか分からない』って言ってしまえばそれまでだから。それこそ換字法の暗号を解読したこともあります」

「大したもんだねえ」西川は心底感心してしまった。「君は、追跡捜査の仕事に向いてるかもしれないな。俺は、この仕事をちょっとゲーム感覚で捉《とら》えてるんだ。ゲームというか、謎《なぞ》解き的な」

「そうですか？」

「そんなこと言うと怒る奴もいるけどな」沖田とか。

雑談、終了。西川はまたメモ帳に戻った。見返すのは何回目になるだろう。そう言えばメモにはもう一つ、気になる情報があった。一度だけ、人の名前が出てきている。同時に、明らかに携帯電話と見られる番号も書きつけられている。かけてみたのだが、現在は使われていない。調べることはできるだろうが、そこまでする必要があるとも思えず、放置しておいた。しかし「暗号」も解読できていないから、この電話番号と名前をチェックしてもいい。

二人はそそくさと昼飯を済ませ、会議室に戻った。午後の作業に取りかかろうとしたところで、西川のスマートフォンが鳴る。

「当たりです」沙都子の弾んだ声が耳に飛びこんでくる。

「どうした?」

「徳島の実家のクローゼットで、犯人が着ていたのによく似た服が見つかりました」

「間違いないか?」

「現段階では、あくまでよく似ているというだけです。でも、本人にぶつける材料にはなるんじゃないでしょうか」

「係長はどう判断してる?」本来、捜査本部では、係長はどんと構えて指示を飛ばすのが仕事なのだが、今回は坂井も現場に飛んでいた。それだけ勝負のタイミングだと見ているのだろう。彼の読みは見事に当たったわけだ。

「警視庁に談判して、徳島を直接調べさせてもらいたい、と」

「こっちへ身柄を持ってくるつもりか?」

「それは相談、だそうです」

「分かった。俺も渋谷中央署と話をしておく。いずれにせよ、これから戻るんだな？」

「ええ」

捜査本部の面々は、覆面《ふくめん》パトカーを連《つら》ねて家宅捜索に向かった。電車だとかなり時間がかかるのだが、車ならむしろ近いだろう。午後遅くにはこちらに戻って、事態は新たな局面に入るはずだ。


特別だが、神奈川県警の捜査本部は、渋谷中央署で徳島から事情聴取することになった。正式な手順としては、傷害事件で徳島を起訴してから、改めて神奈川県警の捜査本部に移送して殺人容疑で逮捕――となるのだが、神奈川県警にとっては未解決のまま四年も抱えてきた事件である。急に事態が動いたので、警視庁の方でも気を遣って、特別な事情聴取を許したのだ。西川は渋谷中央署に転進し、刑事課長の吉野に話を聞いた。

「殺しの方で決定的な話が出れば、諦めてうちの事件についても自供するかもしれない」

吉野はニヤニヤしていた。

「殺しの捜査を、傷害の捜査に利用するんですか？」

「役に立つなら、な」吉野がうなずく。「こっちの事件は、所詮《しょせん》大したことはない。さっさと処理しないと、案件が溜まる一方なんだよ。ご存じの通り、うちは都内でも有数の忙しい署でね」

「もちろん、分かってますよ」

「そういうことだ。立ってるものは親でも使え、ということだよ」

変なプライドがないと言うべきか、ずる賢《がしこ》いと言うべきか、この刑事課長の考えはイマイチ理解できない。

「それで、何時頃になりそうですか」

「午後遅く——四時過ぎだな。今回はあくまで軽く調べるだけ、という話だけど」

西川は腕時計を見た。午後三時……あと一時間だから、ここで待っていよう。

四時を少し過ぎた時間に、坂井と沙都子、それにもう一人の若い刑事がやって来た。体格のいい若い刑事は、段ボール箱を抱えている。坂井が刑事課長にバカ丁寧に挨拶し、事情聴取の手筈《てはず》を整えた。どうやら今回は、坂井自らが担当するらしい。

「君の手応《てごた》えはどうだ?」西川は沙都子に訊ねた。

「映像で見た服装とよく似てます。完全に同じとは言い切れませんけど……それより、靴《くつ》がポイントですね」

「ナイキの限定モデル、か」

「そうです」沙都子がうなずく。「限定とは言っても数は多いですから、当時は追跡しきれなかったんですけど、ここで出てきたということは……当たりですよね?」

「その確率は高いな」

「滝田、記録係で入ってくれ」坂井が声をかけてきた。よほど機嫌がいいのか、顔は紅潮《こうちょう》している。

「ここが勝負所ですね」沙都子の声も弾んでいる。

「ええ」坂井が真顔でうなずく。「ある程度証拠も集まってきたから、これで攻めます」

「神奈川県警の実力、拝見します」西川は頭を下げた。

「まあ、見てて下さい」坂井は自信たっぷりだった。

ほどなく取り調べが始まり、西川はマジックミラー越しにその様子を見守った。留置場からまた連れて来られた徳島は、明らかに困惑している。

「神奈川県警の坂井だ。徳島悟さんだね」

「神奈川県警？」徳島の顔が微妙に歪む。

「四年前の四月八日、川崎市多摩区のマンションで女子大生が殺される事件が起きている。あなたは当時、そのマンションに住んでいた。警察から事情聴取を受けたね」

「――ああ」徳島が認めた。黙秘を貫くつもりではないようだ。

「しかしあなたは、事件発生から二ヶ月後に突然引っ越している。どういう事情があったんですか」

おっと、坂井はこちらが割り出した情報を、自分で調べ上げたことのように使ってきた。まあ、役に立つならそれでいいのだが。

「……大学を辞めたから」

その辺は、こちらで摑んだ情報と一致している。嘘はない――渋谷中央署の調べに対してよりも素直なのはどうしてだろう？　「本丸」の事件に突っこまれていると、本能的に感じているのかもしれない。

「それで田舎へ戻ったわけだね？　荷物を引き上げて」

徳島が、困惑した表情を浮かべる。テーブルの下で、神経質そうに両手を動かしているのが見えた。今のところ、坂井の攻めは確実にポイントを稼《かせ》いでいる。

「その荷物の中に、こういうものがあったんだ」

坂井が言うと、記録係に入っている沙都子がテーブルの上に段ボール箱を置いた。まず、黒いシャツを取り出す。坂井がそれを広げて、徳島の顔の前に翳《かざ》した。

「このシャツ、昔から持ってるのかな」

「……ああ」

「四年前も？」

「どうだったかな」

「覚えていない？」坂井がシャツを段ボール箱に戻し、今度は自分で手を突っこんでスニーカーを取り出した。いかにもナイキらしい、ハイテクデザインのローカットモデル。

「こいつはどうだ？」

徳島の肩がぴくりと動いた。坂井は段ボール箱を床に下ろし、テーブルに置いたスニーカーを徳島の方へ押しやった。

「これ、五年前に出たナイキの限定モデルだよな？　値段はそれほど高くなかったけど、入手困難であちこちで行列ができた。あんたは、どうやって手に入れたんだ？」

「……並んだんです」

「それはご苦労さん」坂井がどこか馬鹿にしたように言った。「よほど気に入ってたんだな。かなりボロボロになってる。たっぷり履きこんだってわけか」

「だから何ですか？」

「俺の口から説明するのか？　あんたが自分で言ってくれないか？」

徳島が黙りこむ。元気なくうなだれたままで、両手はテーブルの下で小刻《こきざ》みに動かしていた。

「犯行当日、防犯カメラに映っていた映像の中で、一人だけ正体が分からない人がいた。その人物が履いていたのがこのスニーカー、着ていたのがこの黒いシャツだ。そしてその人物の顔はあんたに似ていた」

「そんなはず、ない！」徳島が急に激昂《げっこう》した。

「じゃあ、これを見てもらおうか」

坂井が左腕を伸ばすと、沙都子がそこにタブレット端末を載せた。芝居がかったやり方だが、効果はある――今や徳島の顔は真っ青になっていた。

「こいつは、当時防犯カメラで撮影された映像だ。それを最新技術でちょっと弄《いじ》る――例えば頭の上の方から撮影された人の顔でも、正面から撮影されたものを予測して描き出すことができる。合致率は八割になるそうだ。見てくれ」

坂井がタブレット端末をテーブルに置く。徳島は一瞥《いちべつ》しただけで、すぐに視線を逸《そ》らしてしまった。自分の顔が画面に写っている――その加工映像は西川も既に見ていたが、確かに徳島に似ている。ハイテク捜査の成果を見せつけられ、徳島の頰《ほお》に汗が伝い始めた。

坂井がタブレット端末を自分の方へ引き寄せ、じっくりと見つめた。ゆっくりと顔を上げると、両手を組み合わせてテーブルの上に身を乗り出す。

「俺の目には、あんたに見えるんだけどね。四年前の事件当日、あんたはずっと部屋にいて、一度も外へ出ていないと言った。もちろんこれだけじゃ、あんたが何かやったという証拠にはならない。だけど、きちんと説明してもらわないと、納得できないね。どうして嘘をついた?」

「勘違いで……」

「嘘なんだよ!」坂井が声を張り上げる。「あんたに事情聴取したのは、犯行が発覚した当日だ。記録によると、朝の七時。事件が起きたのはそのわずか数時間前だった。勘違いするわけがない」

徳島が黙りこみ、坂井はさらに畳《たた》みかける。今や完全に坂井のペースになっていた。徳島の発汗は激しく、今や顔全体が汗で濡れている。

「今からでも遅くない。正直に話せば、あんたの言い分はちゃんと盛りこむ。話さないつもりなら、こちらではさらに証拠を集めるだけだ。そして最後には、必ずあんたに結びつけるからな」一度言葉を切った坂井が、掌で軽くテーブルを叩いた――実際には置いただけに見えたが、それで徳島はびくりと身を震わせてしまう。かなりダメージを受けているのは間違いない。「あんたも、そんなに大人しいタイプじゃないよな。恵比寿のクラブで大暴れして、客に怪我を負わせたそうだな。その件もちゃんと喋ってないらしいけど、そろそろ覚悟して真人間にならないとまずいんじゃないか。声優の専門学校に通ってるんだろう？　あんたにも夢があるはずだ。それを自分で潰すことはないよ」

ちょっと言い過ぎかもしれない、と西川は不安になった。徳島の頭はフル回転しているだろうが、とても情報を整理できないだろう。

「とにかく、よく考えてくれ。俺は待ってる。今、言いたいことがあるなら聞くけど、どうだ？」

徳島はうつむいたままだった。今は何も言わないかもしれないが、これは落ちる、と西川は読んだ。しかし、取り調べをどう続けていくかは分からない。今のところ、取り調べの優先権を持つのは渋谷中央署だ。傷害事件に関してなるべく早く全面的な自供を得て、身柄を神奈川県警に引き渡す——正規のプロセスで行きたいはずだが、傷害事件について喋り出すかどうかは分からない。こちらの一件を早く片づけないと、殺人事件に関しても、揺れていた気持ちが落ち着いてしまうかもしれない。県警の捜査本部にすれば、「殺した」という決定的な証拠がないのが痛い。完全な物証があれば、しばらく時間を置いてもきっちりやれるはずだが……まあ、渋谷中央署が調べを進めていく間に、証拠固めをすればいいのだろう。

取り調べを終えた坂井に挨拶し、西川は引き上げることにした。この件は、あとは神奈川県警が全面的に引き受けることになる。自分が県警と警視庁の間をつなぐ必要もないだろう。神奈川県警に追跡捜査班を作るための手伝いも、これで終わりになる。結局、四年前の事件の再捜査も「研修」にはならなかった。直接手がかりを引き出したのは捜査本部である。長年追跡捜査に関わってきた身として、手本を示せるのではないかと思っていたが、それは叶わなかった。

一抹の寂しさを感じながら、西川は追跡捜査係に戻った。既に午後六時……誰もいない。しかしすぐに、沖田が戻って来た。

「何やってるんだ、お前」西川は反射的に訊ねた。

「豊《と》島《しま》中央署の特捜に顔を出してきた」

「引っ搔き回してきた、だろう？」

「ふざけるな、手伝いだよ」沖田が反論した。

「そうか」

「……で？　お前の方はどうだった？」

「結局、神奈川県警に持っていかれたよ。まだ決定的な証拠はないけど、徳島は間違いなく落ちる。時間の問題だろう」

「まあ、重要なのは向こうの事件だから。こっちには捜査権もないんだしさ。神奈川県警も、いい勉強になったんじゃねえか」

「俺は、謎を抱えて戻って来ただけだよ」

「謎？」

「徳島は最初、渋谷中央署に逮捕されただろう？　持ち物をチェックしてたら、暗号みたいなものが出てきてさ」西川は、すっかり覚えてしまったT－K－1283520という文字の羅列を告げた。

「何だい、それ」

「思い当たる節、ないか」

「俺に分かるわけ、ねえだろう」沖田が鼻を鳴らした。

「徳島のメモは、本当にメモなんだ。内容が推測できるものもあるけど、本人にしか分からない殴り書きがほとんどだ」

「メモなんて、そもそもそんなもんだろう」沖田はまったく関心を示さなかった。「もう、神奈川県警が引き取るんだろう？　だったら、いつまでもこだわっていてもしょうがねえじゃないか」

「まあな……」

西川は自分で情報を書きつけたノートを広げた。沖田の言う通りで、こだわっても意味はないのだが、気になるものは仕方がない。

「相変わらずまめにノートを取るねえ」沖田がからかい、横から手を伸ばしてひょいとノートを取り上げた。

「よせよ」

西川はノートを取り戻そうとしたが、沖田はさっと身を翻してしまった。まったく、子どもみたいな奴だ……しかし沖田は、食い入るようにノートを見ている。

「どうかしたか？」

「これ、全部徳島関係のメモなのか？」

「ああ」

「一人だけ名前がある。これは何だ？」

「分からない。携帯の番号が書いてあるだろう？　今は使われていない」

「そうか」

「本当にその人間の電話だったかどうかは、調べてみないと分からないな」

「すぐに調べよう」沖田が極めて真剣な表情で言った。

「何だよ、どうしたんだ？」西川は嫌な胸騒ぎを覚えた。

「亡くなった田島真奈が、最後に言った言葉——名前が『いりえ』なんだ。何でその名前が徳島のメモにある？」

7

二人は大急ぎで、「入江《いりえ》」のものと思われる電話番号について調べた。沖田は携帯電話のキャリアに伝手《つて》があったので、それをフル活用する。「入江」の名前が出てから二時間後、個人情報が集まってきた。入江義一《よしかず》、四十八歳。この番号の携帯を契約していた当時の住所は、杉並区だった。しかし携帯そのものは、四年前の八月に解約されている。

「どうする？」沖田は気が急くのを意識した。自分の事件ではない——そもそも警視庁の事件でさえないのだから、ここで張り切っても仕方ないのだが、手がかりはいつでも刑事を駆り立てる。

「明日以降だな」西川が疲れた声で言った。「入江というのが何者か、調べる必要はあると思うけど……いや、この情報は神奈川県警に渡すべきだと思う。捜査する必要があるかどうかは、向こうで判断するだろう」

「おいおい」沖田は思わず文句を言った。「ある程度調べて、熨斗《のし》をつけて進呈してやればいいじゃないか。いつもそうやってるだろう？」

我ながら性格が悪いと思うが、沖田は重要な手がかり——犯人に直接つながるような手がかりを調べ上げて、担当刑事に差し出す瞬間が大好きだった。相手が呆気《あっけ》にとられる顔を見ると、妙な優越感を覚える。

「しかし、あくまで向こうの事件だからな」西川は腰が引けていた。

「何で今回、そんなに弱気なんだ？」

「捜査本部の係長が苦手なんだよ」

「そんなことで？　これが重要な手がかりになる可能性だってあるんだぜ？　だけど向こうが真面目に捜査するかどうかは分からないから、こっちで調べてやらないと」

「お前、篠崎さんのことは放っておいていいのかよ」西川が指摘する。

「それは……」沖田は口籠《くちご》もった。実際、十年前の事件の再捜査は停滞している。碌《ろく》な手がかりもなく、篠崎と関係があると思われる女性は殺された。この件では、地元の所轄に特捜本部が置かれているから、捜査は任せるしかない。実際沖田も、今日ずっと顔を出していたのだが、煙たがられただけだった。自分は第一発見者なのに――もしかしたら、密《ひそ》かに自分に対する手配が回っているのかもしれない。あの男は相手にするな、とか。

馬鹿馬鹿しい。しかしそんなことを考えているうちに、篠崎の件もきっちり調べ上げて、十年前の担当刑事をギャフンと言わせてやりたいという気持ちになってくる。とはいえ、今のところ手がかりは切れている――沖田はふいに、頭の中で小さな火花が散るのを感じた。

「さっきの暗号みたいなやつ」

「徳島メモの中の？」

「ああ。何だっけ」

「T－K－128352０2」西川が、取り戻していたノートを見もせずに言った。

「それ、住所じゃねえか？」

「住所？」

「頭の方はともかく、数字の部分……何だっけ？」沖田は数字を記憶するのが苦手だ。

「１２８３５２０２」

「例えば一の二八の三五、２０２は二〇二号室とか」

「ああ」西川がうなずく。「そう読むと、確かに住所っぽいな。でも、頭のアルファベットは？」

「うん」沖田は一瞬目を閉じた。もう一度火花が散る。今度は先ほどよりもずっと大きかった。「これはおかしい」

「何が」西川は不満そうだった。この男は、自分が知らないことを知っている人がいるのに我慢できないのだ。

「Ｔ、Ｋ、だよな？」沖田は念押しした。

「正確にはＴハイフンＫハイフン、だ」

「豊島区要町」即座に思いつく。数字の意味も完全に分かった。

「ああ？」

「豊島区要町一の二八の三五。そこにあるマンションの二〇二号室に、篠崎さんが一時住んでいた」

「四年前に？　もう無罪判決が確定していた時期か？」

「ああ。こういう流れなんだ……篠崎さんは無罪判決が確定した後、一時故郷の静岡に戻って知り合いの世話になっていた。その後東京へ戻って来た時に、元々持っていたマンシヨンを処分して住んだのが、その住所だったはずだ」

「何で徳島が篠崎さんの住所を……」西川は珍しく混乱して戸惑っていた。

「知るかよ」沖田は吐き捨てた。「こっちこそ、どういうことか知りたい。だけどこれで、徳島の件にも介入する理由ができたんじゃねえか？　俺は篠崎さんの事件を調べていた。それが徳島につながる可能性がある以上、調べ続ける意味はあるよ」

「篠崎さん、徳島、それに田島真奈の関係をはっきりさせる必要があるな」

「徳島は、田島真奈が死んだことは知らないはずだよな？」

「そうだろうな。彼女が殺されたのは、徳島が逮捕された後だった」

「よし、この件は奴には秘密にしておこうぜ」沖田は提案した。

「ああ？」

「取り引き材料というか、徳島を揺さぶる材料に使えるかもしれない」

「確かにな……」西川が顎に手を当てたままうなずいた。「どうする？」

「まず、篠崎さんの当時の人間関係から調べよう。それは俺が聴いてみる」

「聴ける相手、いるのか？」

「ずっと面倒を見ていた幼馴染みがいるんだ。面倒見がいい人で、篠崎さんが最後に住んでいたマンションの片づけまでやったんだよ。ちなみに篠崎さんの遺骨はその人の家にある。実家が篠崎さんとは縁を切って、墓に入れるのも拒絶してる」

「ひどい話だな」西川が顔をしかめる。「無罪が確定したのに」

「一度でも逮捕されたら、とんでもない恥だって考える人もいるだろう。消せない烙印《らくいん》になるわけだよ」

「分かった。とにかく再捜査だな。まず篠崎さんの方の事情を調べよう。材料が集まったら徳島にぶつける——早い方がいいな」

「お前にしてはずいぶん焦《あせ》ってるな」沖田はついからかった。

「神奈川県警に身柄を持っていかれたら、調べにくくなるじゃないか。渋谷中央署に身柄があるうちに、何とかしたいんだよ……ちょっと渋谷中央署の刑事課長と話す」

西川が電話している間、沖田は豊島区の住所をグーグルマップで調べた。この住所の情報は頭に入っていたが、まだ行ったことはない。今行って何かが分かるとは思えないが、一度顔を出してみてもいいな、と思った。

それにしても、篠崎と徳島の線はつながらない。篠崎は一度逮捕されたものの、無罪判決を受けた男。徳島は専門学校生で、今は四年前の殺人事件で嫌疑をかけられている。住んでいたのも豊島区と川崎市と離れている。年齢も全く違うし、どう考えても接点はない。

西川が電話を終えて、うなずきかけてきた。

「どうだった？」

「徳島は、傷害事件に関してはまだちゃんと喋ってない。今日の一件があってから少し態度が軟化《なんか》したそうだけど、渋谷中央署では、きちんと本人の自供が得られるまでは身柄を押さえておきたいと言ってる。最低でも今週一杯」

「金曜までか」沖田は反射的に腕時計を見た。とはいっても、このヴァルカンには日付表示がない。何かあるとつい見てしまうのは、単なる習慣だ。「行けると思うか？」

「それは、俺たちがどれだけ頑張るかにかかってる」

「やっぱり、こっちで捜査してる方がいいだろう？　他県警が同じような組織を作ろうとしてるのに手を貸す——面白い仕事じゃねえよな」

「頼まれれば行くだけだよ」西川が両手で顔を擦った。「でもそういうのは、警察庁でしっかりやって欲しいな。中央官庁がやるべきことだろう」

「まだ、他の県警でも同じような動きがあるんじゃねえか？　特にでかいところでは……大阪とか愛知とか、福岡とか」

「今後、こういう話がきても断るよ。どうしてもって言うなら、係長に行ってもらう」

「それがいいな。どうせ暇なんだし。あの人にどんな指導ができるかは分からないけど」

「評価、低いな」

「まだ読み切れてない部分もあるけど、ちょっとな……考えてみれば、鳩山のオッサンとのつき合いは楽だったよ。やる気もなかったけど、余計な口出しもしなかったからな」

「鳩山さん、もしかしたらいい上司だったのかもしれないな。部下に自由にやらせて、いざという時は自分が責任を取る、みたいな」

「あのオッサンが責任を取るところなんか、見たことねえよ……まあ、それは俺たちが上手く立ち回ってたからか」

「陰《かげ》ではずいぶん、あちこちに頭を下げてたみたいだけど」

「腰が低いねえ」沖田は嘲笑《あざわら》った。「お前が暴走するから、頭を下げざるを得なかったんだよ。今の水木係長が、そんなことをしてくれるとは思えない」

「年下で女性の上司ねえ……やりにくくてしょうがねえよ」

「上司を上手く使うのも、部下の腕の見せ所だぜ」

「そういうのはお前に任せるよ。俺は本筋を歩く」


沖田の「本筋」は地道に歩いて人に話を聴き、もつれた糸を解きほぐす捜査だ。我ながら我慢強いというか、飽きないのが不思議ではある。関係者に話を聴いていく捜査はひたすら地味なもので、いい手がかりにぶつかる確率も高くはない。無駄足を踏み続けて、いつの間にか一日二万歩も歩いていることも珍しくない。そのせいか、今のところ体調も万全なのだが……禁煙にも成功したし、元気で長生きできそうだと密かに自信を持っている。西川のようにあれこれ悩んで愚図愚図《ぐずぐず》言っている人間の方が、仕事を辞めると早く老けるのではないだろうか。

翌日、沖田は麻衣を連れて、篠崎が四年前に住んでいた豊島区のマンションを訪れた。池袋からも近い便利な場所だが、生活するには便利とは言い難い……近所には、買い物や食事ができる店があまりないのだ。何となく「身を隠す」ためだけに急遽選んだ家、という感じがする。

今日は空振りにならずに済みそうだった。このマンションのオーナー、木村《きむら》は、最上階に住んでいたのである。おそらく相続対策か何かで、自宅をこのマンションに建て替えたのだろう。都会ではよくある話だ。

木村は七十絡みの男で、髪はすっかり白くなっていたが、背筋はピンと伸びて元気そうだった。声にも張りがある。玄関先でドアを開けたまま話したのだが、基本的に話し好きのようで、会話は上手く転がった。

「警察の人がどうしたんですか？　逮捕されるようなことはしてないよ」言って木村が豪快に笑う。

「四年前にこちらに住んでいた篠崎さんという人のことなんですけど」

「篠崎さん……ああ」途端に表情が暗くなる。「あの人は……ちょっと色々ありましたね」

「色々とは、どういうことですか」沖田は突っこんだ。

「裁判でね」

「被告ではありましたけど、無罪になったんですよ。何か問題でも？」

「いや、俺的には別に問題はなかったんだけどね」木村が微妙な発言をした。「家賃が遅れたこともないし、会えば丁寧に挨拶してくれる人だったし」

「働いてなかったんですか？」

「たぶん……詳しいことは分からないけど」

「ここにはどれぐらいいたんですか？」

「四年前の……」木村が目を閉じて天を仰ぐ。「六月から、次の年の三月だったかな。調べればもっと正確に分かるけど」

「それは後で見ていただけますか？」木村が部屋の中に引っこもうとしたので、沖田は慌てて言った。今は話が上手く転がっているので、中断したくない。「ここ、契約は二年ですか？」

「そうですよ。二年ごとに更新」

「一年も経たないで、出てますよね？　何かあったんですか？」

「それがねえ……」木村の表情が暗くなる。「他の店子《たなこ》さんからクレームが入って。クレームというか、因縁《いんねん》みたいなものだけどね。篠崎さんが逮捕されていたことを、どこかから聞きつけてきたんじゃないかな。それで、そういう人が住んでいるようなところにはいたくないっていう人が何人かいて……子どもが小さいお母さんだったけどね」

「無罪なんですよ？　単なる因縁じゃないですか」沖田はかすかな憤《いきどお》りを感じた。

「いや、そう言われても……」木村がたじろぐ。「理屈はそうだとしても、感情的には理解できないでもないけどね」

「それで、出て行くように言ったんですか？」

「まさか」木村が首を横に振った。「ちゃんと家賃も払ってる、ルール違反もしていない、そんな人を追い出せるわけがないでしょう。篠崎さんの方で、引っ越すと言い出したんですよ」

「理由は聞きましたか？」

「それは……申し訳ないからと。たぶん、このマンションの中で自分のことが噂になってるのが分かってたんじゃないかな。それでい辛くなったんだと思う。そう言われると、それ以上は聞けなくてね」

「そこまで自分を追いこまなくてもいいと思いますが……そもそもマンションなんて、隣の人が何をしているかも知らないのが普通でしょう」沖田もそうだ。両隣の人の苗字《みょうじ》は知っているが、何をしているのか、家族構成はどうかなど、一切分からない。顔を合わせれば挨拶ぐらいはするが、それ以上の関係にはならない。

「まあ、本人が居心地が悪いというなら、こちらとしても無理に引き留められないよねえ」

「そうですか……その後どこへ引っ越したかは、ご存じですか？」

「聞いてる。何かあったらって言って、教えてくれたんだ」木村が告げる住所は、篠崎が最後に住んでいた新桜台のマンションだった。

「ちょっといいですか」麻衣が割りこんだので、沖田は一歩下がって彼女にその場を譲った。「そもそも、そういう噂はどうして広まったんでしょう？　篠崎さんがどういう人か、マンションの住人の人は知る方法がないですよね」

それもそうだ。隣人が何をしているか分からない……些細《ささい》なきっかけで情報が漏れてしまう恐れもあるが、篠崎は一切余計なことをせず、静かに暮らしていたはずだ。

「それなんだけどね」木村が声をひそめる。「噂を吹きこんだ人がいるみたいなんですよ」

「誰ですか？」麻衣がさらに突っこんだ。

「私は詳しく知らないんだけど……後で話を聞いたぐらいだから」

「この人じゃないですか？」麻衣がスマートフォンを操作し、徳島の写真を木村に見せた。

「いや、どうかな……見覚えはないけど」

「ここに一番古くから住んでいる人を紹介して下さい」麻衣が迫った。

「ちょっと待ってね」

木村が、今度は家に引っこんだ。沖田は小声で「いい質問だ」と麻衣を誉めた。麻衣がちらりと顔を見せ、小さな笑みを浮かべる。

「当たりますかね」

「それは、聞いてみないと分からない」

当たりだった。十年近く前からこのマンションに住んでいるという専業主婦の荒木《あらき》美穂《みほ》という女性に確認すると、徳島から話を聞いたことがあるという。

「間違いないですか？」スマートフォンで徳島の写真を見せた麻衣が、念押しして確認する。

「ええ」

「でも、かなり前のことですよ」

「そんな話を聞かされたら、びっくりしてよく覚えてますよ」

美穂の説明によると、ある朝、ゴミを出しに行った時に、徳島と出会《でくわ》したのだという。やはりゴミ袋を持っていた徳島が「最近引っ越してきた」と挨拶して、「このマンションに殺人犯が住んでいるそうだけど、本当ですか」と唐突に確かめてきたのだという。そんな話は初耳だったのでびっくりしたが、聞いてみると、確かに郵便受けに「篠崎光雄」の名前があった。そういう名前の人が殺人事件を起こしたことも、ネットで確認できた。それで驚いて他の人にも話し、そのうちの一人がオーナーに苦言を呈しに行った。

「オーナーさん——木村さんに話をしたのはどなたですか？」麻衣が質問を重ねる。

「清水《しみず》さんという方ですけど、もう引っ越しましたよ。二年ぐらい前だったと思うけど」

「荒木さんは、こちらは長いんですよね？」

「ええ」

「篠崎さんという人と、直接話したことはないですか？」

「ないです。そんな……同じフロアに住んでたんですけど」

「顔も合わせなかった？」

「見たことないですね。部屋に籠ってたのかしら」美穂が頬に手を当てる。

「ちなみにですが、篠崎さんという人は殺人犯ではありませんよ」沖田は話に割って入った。

「そうなんですか？」

「殺人容疑で逮捕されましたけど、裁判で無罪になっています。無罪になったというのは、やっていないということです」自分が篠崎の「弁護」をしているのが不思議な感じだった。そもそもこの件に関わるようになったのは、篠崎の告白がきっかけだったのだから。しかしどうも、話がおかしな方向へ動いている。

「そうなんですか？」

「それは事実です」沖田はうなずいた。

「じゃあ、何でその人――今スマートフォンで写真を見た人は、そんなことを言ったんでしょう」

「その人の名前はご存じですか？」

「名前ですか……いえ、聞いたんですけど……覚えてないですね。殺人事件の犯人が住んでいるという話だけで衝撃的で」

「その人は、ここには住んでいなかったはずです」沖田は言った。

「え？」美穂が目を見開く。「そうなんですか？」

「当時は……群馬県に住んでいました」川崎のマンションは引き払って実家に戻っていた時期だ。

「何ですか、それ」美穂の視線が急に不安に揺らぐ。

「分かりません」沖田は正直に認めた。「ただ、その人が今後あなたに迷惑をかける恐れは一切ありませんから、安心して下さい」

「どういうことですか?」

「今逮捕されて、身柄は警察署にあります」

美穂の顔がさらに蒼醒《あおざ》めた。


「おかしな感じになってきましたね」手がかりは摑めたが、麻衣はかえって不安そうだった。「この件、どこに転がっていくんでしょうか」

「分からん」沖田は正直に認めた。「はっきりしてるのは、徳島が篠崎を貶《おとし》めようとしていたことだ」

「二人の間に関係は……」

「今のところ、ないな」沖田は、徳島が誰かに操られていたのではないかと想像した。例えば「入江」。当時徳島は、二十歳そこそこの若者である。しかも人を殺した――前後関係ははっきりしないが、人生がボロボロになりかけていたのは間違いない。そこで「入江」が何らかの形で介入してきて、徳島に指令を与えたら――これは、早急に入江を探し出し、接触を図《はか》る必要がある。その件は西川が担当しているが、上手くやってくれているだろうか。

8

「入江」はすぐに特定できるだろうと西川は楽観視していたが、実際には、捜査は簡単には進まなかった。

まず、携帯電話のキャリアで確認した住所を訪ねてみたのだが、既に引っ越していた。引っ越し先は不明。免許証をチェックしてみたが、入江義一という名義での登録はなかった。

念の為、入江が当時住んでいた杉並区の区役所を訪ねる。転出届が出ていないか確認するためだったが、住所はそのままだった。引っ越しても住所変更の届出をしない人もいる……理由は様々だ。同じ区内なので届出する必要がないと勘違いしている人もいるだろうし、届出を忘れてそのままになっていることもある。あるいは何か目的があって——入江の場合、それではないかと西川は想像した。自分の居場所を隠すためとか。

結局、携帯電話のキャリアに頼るしかない。今はどんな人でもほとんど携帯を持っているから、キャリアは個人情報の宝庫なのだ。ただし西川は沖田と違って個人的な伝手を持っていないので、正規ルートで照会せねばならず、それなりに時間がかかることになる。

今は火曜日。金曜までに何とかしないと、徳島を攻めるタイミングを失ってしまう。

「どうしますか？」出先での昼食の最中、一緒に動いていた牛尾が訊ねる。

「念の為、十年前の篠崎さんの事件をひっくり返してみるか。何か手がかりがあるかもしれない」結局書類仕事に戻っていく。得意なことではあるのだが、今はもっと即効的な手がかりが欲しかった。

「ですね……」牛尾が目を瞬《しばた》いた。

「どうした？　眠そうだな」

「実際、寝不足なんですよ。子どもの夜泣きがひどくて」

「ああ、分かる」ずいぶん前のことだが、西川も息子が小さい頃は夜泣きに悩まされた。疲れている西川を休ませようと、美也子が息子をおぶって外へ出ていたこともあった。ほとんど子育てにも参加せず、美也子には本当に悪いことをした……。「だけど、奥さんの方がもっと大変なんだぞ」

「ですよね」

「せめてお土産を買って帰るとか、休みの日にはちゃんと子どもの面倒を見るとかしないと、一生恨《うら》まれるぞ」

「西川さんもですか？」

「まあ……俺もろくな父親じゃなかったな」美也子は何も言わないが、先のことを考えると不安だった。老後になって、急に昔の恨みを思い出すこともあるというではないか。

「とにかく、嫁さんには誠心誠意。男が捨てられたら惨《みじ》めなだけだぞ」

「嫌なこと、言わないで下さいよ」

「いや、真実だから」

牛尾が盛大に溜息《ためいき》をついた。

追跡捜査係に戻り、十年前の事件の資料を精査する。

西川の感覚では、当時の特捜本部はかなり強引に捜査を進めたようだ。特に被害者の益岡仁美と篠崎の関係について……二人が交際していたのは事実で、それは篠崎も認めていたのだが、主にそれだけを理由に逮捕というのは、かなり無理があったのではないだろうか。女性が殺されたら夫か恋人を疑え、というのは捜査の基本の基本だが、それがいつも当たるとは限らない。

益岡仁美は当時四十二歳。富山県出身で、一度結婚したものの比較的早く離婚したことは確認されている。かつての夫にも事情聴取はしていたのだが、当時、既に離婚してから十年以上経《た》って没《ぼっ》交渉になっていたので──子どもがいなかったので養育費なども発生しなかった──事件についても、全く心当たりがないという供述を繰り返していただけだった。仁美に新しい恋人ができたことすら知らなかった。そもそも元夫は、離婚した三年後に再婚し、当時は既に二人の子どももいたのである。新しい家庭を築いていたわけだから、元妻の生活に興味を持つわけもない。そんな余裕もなかっただろう。

気づくと午後四時。この時間になってもキャリアから返事がないということは、今日はもう、情報は手に入らないかもしれない。そもそも京佳は、きちんと手配してくれたのだろうか？　彼女に任せてしまったのだが、自分でやった方が確実だったかもしれない。それなら、こんなに苛立《いらだ》つこともなかっただろうに。何だか係長を育成しているような気分になって、情けなくなる。これまでちゃんと捜査一課でキャリアを積み重ね、管理者としての能力があると判断されたから、追跡捜査係のトップに赴任《ふにん》してきたはずなのに……どうも彼女は精神的に不安定で、行動もばたつきがちである。鳩山が懐かしい、とふと思った。追跡捜査係は、自分と沖田で回してきたという自負がある。鳩山は基本、余計な口出しをしなかった——面倒なだけだったと思うが——ので、自分たちが自由に動けたのは間違いない。

「どうだ？」西川は書類から顔を上げ、牛尾に訊ねた。

「うーん……」牛尾が唸《うな》る。目は真っ赤になっていた。「ゼロから事件の情報をひっくり返すとなると、やっぱり大変ですね」

「だけど、そういう仕事は普段からやってるだろう」

「そうなんですけど、こんなに緊急に、しかも手を広げてやることは滅多にないじゃないですか」

確かに……普段はじっくり時間をかけて調書を読み、矛盾点や穴を探していく。今は、とにかく早く全容を頭に叩きこむことが優先だった。それが分かっていないと、問題点は見つけられない。

「一休みしよう」

「……ですね。コーヒー、買ってきます」

「ああ」

西川は資料部屋から自分のデスクに戻り、今日最後のコーヒーを飲んだ。味はまだ落ちていないが、これだけでは刺激が少ない感じがする。どうせなら濃いエスプレッソで目を覚ましたかったが、そんなものは警視庁の中では手に入らない。

一息つくと、京佳がやって来た。西川を手招きして呼び寄せる。

「キャリアの方からは、まだ連絡はありません」

「時間がかかるかもしれませんね」西川は係長席の前で「休め」の姿勢を取ったままうなずいた。

「それでこの件、どうなってるの？　どういう方向へ進むんですか？」

「分かりません」西川は正直に答えた。「まだ全容はまったく見えません。いくつかの事件が複雑に絡《から》み合っています」

「追跡捜査係の仕事って、いつもこんな感じなんですか？」

「そういうわけでもありません」自分と沖田が別々に追っていた事件が、裏では一つにつながっていたことが何度かあったが、それはたまたまだろう。

「ヘルプは必要ですか？　大変になりそうなら、他の係から応援をもらいますけど」

「うちが応援に入ることはありますけど、応援をもらうことはありませんよ」西川は苦笑した。この係長は、また前のめりになっているようだ。十年前の事件の真相を掘り当てたら大手柄——それはそうかもしれないが、当時の捜査員から恨みを買う恐れがあることを理解しているのだろうか。刑事というのはプライドが高い人種で、なかなか自分のミスを認めたがらない。追跡捜査係が未解決事件を解決するのは、そういうミスを掘り出すのとイコールで、「恥《はじ》をかかされた」と恨み節を言われることもしばしばだった。それだけ、一線の刑事が心と体をぎりぎりまで追い詰めて仕事をしている証拠でもあるのだが。

「とにかく、何かあったらすぐに言って下さい。これは大きな事件になると思うから」

「大きいというか、複雑な事件ですね。でも、殺しに優劣《ゆうれつ》はありませんよ」

「それは、あなたに教えてもらわなくてもよく分かってます」

京佳が冷たく言い放つ。西川は「失礼しました」とだけ言って自席に戻った。まったくやりにくい……この先、この係長と上手くやっていける自信がなかった。沖田は、遠くない将来に必ず衝突するだろう。

書類に戻り、また文字列と向き合う。ほどなく牛尾もコーヒーを持って戻って来た。目が赤い。

「帰りにどこかで目薬を仕入れていけよ。うちの仕事は目をやられるから」西川はアドバイスした。

「そうします」

その時、休みなしでずっとデータの分析を続けていた大竹が顔を上げる。

「どうかしたか?」

何かあったら声を出せばいいのにと思いながら、西川は訊ねた。大竹が無言で、自分が見ていた調書を差し出す。テーブルに置くと、人差し指で当該箇所《とうがいかしょ》を軽く二度、叩いた。

「これは……」西川は思わず声を上げた。

「見ての通りです」

西川は今日初めて、大竹の声を聞いた。入江義一、四十八歳。住所は、昨夜沖田が割り出したものと同じだった。

「よく見つけたな」

大竹が黙って首を横に振る。コミュニケーション能力に致命的な欠陥《けっかん》があるような気がするのに、仕事はきちんとこなす。西川の理解を超える人間が大竹だった。

入江は当時、被害者の益岡仁美の関係者として事情を聞かれていた。会社の同僚。同じ部署の後輩で、一緒に仕事をしていた時期が長いことが分かった。

当時の特捜本部は、交友関係の調査の中で入江の存在を割り出したようだった。おそらく、彼女が勤めていたIT系企業に捜査に入り、人間関係を解き明かしていく中で、存在が浮かび上がったのだろう。昔の恋人——特捜本部がターゲットにしてもおかしくはない相手だ。ただし「現在の」恋人だった篠崎の存在の方がずっと大きく、特捜があっという間にそちらに傾注していったのも不思議ではない。

調書の内容は簡単だった。かつて益岡仁美と交際していたことは認めたものの、事件が起きる三年ほど前に別れ、その後は仕事で一緒になるだけの関係だった。別れて以来、会社以外の場所で二人きりで会ったことはない——特捜では、この証言を得た事情聴取一回だけで、その後は入江のことを調べていなかった。嫌疑なしというより、篠崎に一気に攻撃を向けたために、エアポケットが生じたようなものだ。こういう失敗はよくある……一番怪しい人間に捜査の矛先《ほこさき》が向いてしまい、他の可能性を全て排除してしまうのだ。本来、捜査がスタートした直後は、矢印は何本も出ているものである。しかし太く目立つ矢印が見つかってしまうと、他のものは無視してしまいがちだ。基本的に刑事というのはせっかち——特に捜査に関してはせっかちで、一刻も早く犯人を逮捕することを何よりも優先している。しかも全員が一斉に同じ方向を向きがちで、怪しいと思っても異を唱《とな》えるのは難しい。西川が知っている限り、平気でそれができるのは、今立川《たちかわ》中央署にいる岩倉剛《いわくらごう》ぐらいだろうか。彼は水を差すのを厭《いと》わず、「待ったの岩倉」と言われているぐらいなのだ。

「牛尾、入江の経歴は洗ったよな」西川はまだ目をしばしばさせている牛尾に訊ねた。

「逮捕歴はまったくありません。クリアです」

「ちょっとこの会社——益岡仁美さんが勤務していた会社に電話して、入江が今もいるかどうか、確認してくれ」

「分かりました」

牛尾が自席に戻った。西川は、資料の中からサルベージした益岡仁美の写真をとっくり眺めた。免許証の写真で素気ないのだが、男好きがする顔ではある。殺された当時は四十二歳だが、三十代前半といっても通用するぐらい若い顔立ちだった。この女性を巡って恋愛関係のトラブルが起きるのもおかしくないな、と西川は想像した。

牛尾はなかなか戻って来ない。在籍しているかどうかを確認するだけなら時間がかからないはずだが……気になって、西川は牛尾の様子を見に行った。

「はい、ええ、そうなんです。いや、喋れないと言われましても……そこまで仰《おっしゃ》ってるんですから、話してくれませんか」

個人情報を盾《たて》にして話さないつもりか、あるいは牛尾が警察官だということを信じていないのか。西川は彼の横に立って見下ろした。気づいた牛尾が送話口に掌を当て、「いないことは認めました」と小声で報告する。

「それで？」それなら問題はないだろう。在籍社員の情報は教えない、というなら理解できる。辞めた相手なら、隠すことはないはずだが。

「それ以上の情報提供は渋っています」

「個人情報か？」

「そういう感じでもないですけど」

「今、誰と話してる？」

「総務課長です」

「代わろう」

西川は立ったまま受話器を受け取った。牛尾が立ち上がって席を譲ったので、そのまま座る。重要な話をする時は座るべし——というのは、西川が警察官になった時に叩きこまれた教訓の一つである。相手が何か重要なことを言い出す可能性もある。すぐにメモを取れるように座って準備しろ。先輩たちには実に多くの警察官の「常識」を叩きこまれ、中にはまったく役に立たないものもあるのだが、この教えは正しいと思う。

「お電話代わりました。西川と申します」

「上司の方ですか?」声は刺々《とげとげ》しく喋り方も攻撃的だ。

「同僚です。年齢はだいぶ上ですが」

「いきなり電話してきて、訳の分からない話をされても困ります」

牛尾が手帳を開いて西川の目の前で示した。「総務課長・門馬《かどま》」と書きつけてある。

「門馬さん、入江義一さんがそちらに在籍しているかどうか、確認したいだけなんですが」

「在籍していません。辞めました。だから何なんですか?」

どうも様子がおかしい。こちらの質問に向こうは答えた。あまり明かしたくない情報かもしれないが、それでも「それでは」と言って電話を切ってしまえばいいだけではないか。それなのに、この喧嘩腰の態度は何だ?

「失礼ですが、入江さんに何かあったんですか」

「そんなことは言えません」

「もしかしたらトラブルを起こして馘《くび》になったのでは?」

「それは言えません。まったく、警察っていうのは……」

「警察との間に何か問題でもあったんですか」

「いや、それは……」門馬が急に黙りこむ。

「御社に迷惑がかかるような話なんですか」

「実際、こうやって警察から電話がかかってきたじゃないですか」門馬の苛立ちは頂点に達そうとしている。「何度も何度も……こっちとしては迷惑なんですよ」

「以前も警察から電話があったということですか？　何年前の話ですか」

「弊社《へいしゃ》は、麻薬取り引きなどには一切関与していません！」

門馬はいきなり電話を切ってしまった。西川は呆気に取られて受話器を見つめてしまった。ゆっくりと電話機に置くと、牛尾に訊ねる。

「お前、何を話したんだ？」

「いや、退職の経緯を聴いただけですよ。何年前に辞めたのか、とか」

「それでいきなり怒られたのか？」

「ええ。訳が分かりません」牛尾が首を横に振った。

「入江が捜査対象になっていた可能性がある。総務課長は、会社は麻薬に関係していない、とか言っていた」

「会社ぐるみで薬物取り引きに関わっていたとか？」牛尾が目を見開く。

「まさか」西川は苦笑した。「そんな事件があったら、さすがに覚えてるよ」ＩＴ系企業が会社を隠れ蓑《みの》に麻薬取引――そんなことになったら大事件だ。

「じゃあ、何なんでしょう」

「入江が疑われていて、その関係で会社からも事情聴取した、ということだろう」

「でも、入江には逮捕歴はないですよ」

「捜査したけど当たらなかった、ということかもしれない。薬物銃器対策課の内偵捜査だって、百パーセント当たるわけじゃないから」実際にはかなりの確度で事件を立件しているのだが、相手の尻尾《しっぽ》を摑めないことだってある。「ちょっと情報を探ってみる」

西川は立ち上がった。勤務時間の終わりは近づいているが、薬物銃器対策課の場合、勤務ダイヤは少し特殊だ。張り込みやブラックマーケットの関係者に対する事情聴取は夜に行われることが多いので、勤務時間が普通の刑事とはずれている。警察でも、超過勤務が増えないような働き方改革が進められており、昔のように毎日夜中まで勤務、というペースを続けることは難しくなってきた。夜の仕事が多い部署なら、その分出勤時間を後ろにずらすような処置も取られている。なので、薬物銃器対策課は、この時間でもまだ「店じまい」という感じにはなっていない。

会いたかった人間はいた。今日の自分にはツキがあるなと思いながら、西川は相手の前に立った。

「あれ、西川さん、どうしたんですか」

「ちょっと知恵を貸してくれ」

相手——有賀《ありが》は隣の椅子を勧めてくれた。

「お役に立てるかどうか……西川さんのお願いはいつも無茶ですからね」有賀がおどけた調子で言った。最初の所轄時代の後輩で、つき合いはもう二十五年ぐらいになる。当時は刑事課に配属されていたのだが、その後所轄の組織犯罪対策課に横滑《よこすべ》りで異動になり、本部へ上がってからも同じように薬物捜査の捜査をしている。今は本部の係長——警部で、西川よりも階級は上なのだが、未だに西川をちゃんと先輩扱いしてくれる。

「そっちは、内偵していて立件できなかったマル対のことをどこまで把握してる？」

「レベルによりますね。刑事個人が追いかけていた人間か、係として把握していた相手か。ただし、いずれ、記録は破棄されます。永遠につけ回すわけにはいきませんからね」

「記録ではなく、記憶では？」

「芸能人が対象だったりすると、ずっと覚えてますけどね」

捜査対象になった芸能人は、よく雑誌などでイニシャルで書かれる。何度も名前が取り沙汰《ざた》される人間もいるはずだが……ぎりぎりで、穴に落ちずに踏《ふ》みとどまる人間も少なくはないだろう。

「そうじゃなければ……」

「担当していた刑事の記憶力にもよりますね。係全員で情報を共有していたら、さすがに誰かは覚えてますけど……その状況になったら、摘発直前という感じですから」

「入江義一」

「その人が捜査線上に上がっていたかどうか、ですか？」察しよく有賀が言った。

「そう。お前の記憶にないか？」

「いや……」有賀が一瞬目を閉じた。「覚えてないですね」

この男が覚えていないということは、少なくとも捜査は担当していなかったということだ。西川が知る中で、有賀は記憶力では一、二を争う存在である。もちろん、岩倉剛ほどではないが。あの人の事件に関する記憶力は異常で、頭の構造がどうなっているのかと驚かされることがよくある。

「ちなみに何者ですか？」

「こっちの事件の関係で追いかけている人間なんだけど、以前勤務していた会社が、薬物関係の取り引きで疑われたことがあるらしい」

「会社ぐるみで？」有賀が目を見開く。「それはないでしょう。入江義一ね……勤務先はどこですか」

「IT関係の会社で、『グリーンオーダー』っていうんだけど」

「IT関係？　どっちかってと言うと、園芸関係の会社みたいですね」

「他の会社のシステム構築なんかの仕事をやってる。入江義一はそこに勤めていた当時、薬物取り引きを疑われていた可能性があるんだ。薬物というか、会社の人間は麻薬と言っていたが」

「素人さんにすれば、麻薬だろうが薬物だろうが同じでしょう」

「まあな」

よ。他の係にも」


「ちょっと時間、もらえますかね。俺には心当たりがないけど、他の刑事に聞いてみます
「悪いな」

「グリーンオーダーって、どこにある会社ですか？」

「品川区《しながわ》――大崎《おおさき》だな」

「なるほど……うちじゃなくて所轄かもしれませんね。所轄だって、独自に薬物関係の内偵捜査はしてますから」

「そうだな」西川はうなずいた。「どうだろう？　分かりそうか？」

「それは何とも言えませんけど……分かり次第、連絡しますよ」

「いつでもいい。夜中でも」

「夜中まで働きたくないですけどねえ」有賀がニヤリと笑う。

しかし有賀はその日の夜――夜中とは言えないが、十時過ぎに電話してきた。西川は階段下に拵《こしら》えた小さな書斎スペースで、いつものように書類に目を通していた。

「夜分にすみません」

「いや、全然大丈夫だ」

「また書類の精査ですか？　そのうちマジで目を悪くしますよ」

「ブルーベリーのサプリも飲んでるし、朝晩目薬もさしてる」言いながら、西川は眼鏡《めがね》を外した。きちんとケアはしてきたものの、最近はさすがに目は厳しい。老眼も入ってきた

ので、眼鏡も新しくしなければいけない感じだった。

「入江義一、分かりました」

「どこが調べてた？」

「所轄です。うちに情報が上がってくるまでではなかったようですよ」

「それなのによく分かったな。さすがだ」西川は心底感心してしまった。有賀に調査を頼んだのは、五時間ほど前である。そんな短い時間に、薬物関係の捜査を担当する全刑事に話を聞いたのだろうか。

「まあ、薬物捜査を担当する刑事は、全員横のつながりがありますから。アラートを発したら、遅かれ早かれ必ず反応がありますよ」

「そうか……それで、どんな感じなんだ？」西川は先を急いだ。

「最初にターゲットになったのは、九年前です。その頃は問題のグリーンオーダーに勤めていたんですけど、会社員が売人になることも珍しくはないですよ」

「だろうな」西川は相槌《あいづち》を打った。昔から、有賀は合いの手が入ると話のペースが上がるタイプなのだ。

「ただし、内偵捜査を始めてすぐに、会社を辞めたんです。バレたかなと思って、会社の方にも事情聴取を試《こころ》みたそうですけど、それが上手くいかなかったようで」

グリーンオーダーの総務課長・門馬は、その時のことを思い出して怒ったのだろう。古い話を……と思ったが、彼にすれば因縁をつけられたような気分だったのかもしれない。

「グリーンオーダーの方の反応も、そんな感じだった。警察に対して敵愾心《てきがいしん》を持ってるよ」

「その辺はヘマしましたね……結局その時は尻尾を摑めなくて、見失いました。沖縄《おきなわ》へ飛んだという情報もあったんですが、さすがにそこはフォローしてません」

「当然だよな」西川は同意した。「薬物銃器対策課は忙しい。よほどの大物か、話題になる相手じゃないと、徹底的には追い切れないだろう。入江は、そういう大物じゃないんだろう？」

違法薬物の売買網は、極めて複雑になっている。本来の元締めが自分のところに捜査の手が及ばないように、途中で網が切れてしまうような仕かけをつくっているのだ。携帯電話が普及してから、特にそういう仕組みは複雑化したという。

「中間レベルの売人だと睨《にら》んでいたようですけどね。仲卸《なかおろし》、みたいな感じです」

「それでそのまま切れたか……」

「いや、実は今年、また捜査線上に浮かんできたんですよ。九年前とはまったく別の線ですけど」

「そうなのか？」西川はスマートフォンをきつく握り締めた。

「別件の捜査をしている中で、入江も嚙んでいる可能性が出てきたんです。また、売人としてですけど」

「それは是非、担当の刑事に話を聞きたいな。本部主導なのか？」

「いや、今度は渋谷中央署です」

今回は、やけに渋谷中央署に縁がある。まるで東京中の悪が全て、青山通りと明治通りの交差点に集まってしまったようだった。

「お前の方で、つないでもらえるか？　できれば明日の朝一番で、その刑事に会いたい」

「いいですよ」有賀が気楽に言った。「飯二回、奢りでお願いします」

「もちろん」

電話を切り、西川はほっと息を吐いた。安心したものの、そこでいくつもの疑問が浮かんでくる。入江が薬物の売人だとしたら、徳島や殺された田島真奈も、そちら方面の犯罪に噛んでいたのだろうか？　そして篠崎も？

調べれば調べるほど闇が深くなる事件があるものだが、これもそういうものかもしれない。

西川は一呼吸置いて、沖田の電話を呼び出した。用件を話してから、瞼《まぶた》の上からゆっくり目を揉む。

明日以降、事態はさらにややこしくなりそうだった。

第三章　欲望

1

水曜日、追跡捜査係に上がると、西川がそわそわしていた。それはそうだろうな、と沖田はほくそ笑んだ。昨夜、捜査は大きく動き出したのである。西川は入江の正体に迫りつつあるし、自分は徳島の怪しい動きをキャッチした。

「コーヒー飲んだか?」

「あ、いや、まだだ」

西川が慌てて答え、コーヒーの用意をする。いい香りが漂《ただよ》い出し、沖田も頭が冴《さ》えてきたのを感じる。自分も朝の一杯……霞《かすみ》ケ関《せき》駅の構内にあるコーヒーショップで仕入れてきたカップに口をつける。西川がコーヒーを一口飲み、ほっと息を吐いた。

「日課を忘れてるぐらいだから、相当浮かれてるな」

「色々計算してただけだ」西川が反論する。

「渋谷中央署の刑事には、これから事情聴取か」

「ああ。知り合いが上手《うま》くつないでくれれば。今朝、こっちに連絡をくれる手筈《てはず》になってるんだけど、お前はどうする？」

「俺《おれ》も渋谷中央署に行こうかな。昨日の情報を、刑事課の耳に入れておこうかと思う。取り調べにも使えそうな話じゃねえか？」

「そうかもしれない」西川がうなずく。その瞬間、彼のスマートフォンが鳴った。コーヒーの入ったカップを倒しそうな勢いで手を伸ばし、すぐに電話に出る。「はい――ああ、お疲れ。どうだった？　そうか、助かる。それじゃ、これからすぐに渋谷中央署に向かうと伝えてくれないか？　分かってるよ。飯二回、奢《おご》りだよな」

電話を切った西川は、ようやく平常運転に戻った感じだった。先ほどと比べて明らかに血色がいい。

「薬物銃器対策課の有賀だ」

「お前の知り合いか」

「ああ。コーヒーを飲んだら行くとするか。係長は……」今朝は京佳の姿は見当たらない。

「午前中は、刑事総務課の方で会議だって言ってました」麻衣がすかさず答える。「経費の関係だそうですが」

「経費削減でうるさく言われる前に、とっとと逃げ出そうぜ」沖田は西川に向かってニヤリと笑いかけた。

「そうだな」西川は真顔でうなずく。

「私はどうしましょう」麻衣が少し焦《あせ》った様子で訊《たず》ねる。「昨日のマンションで、もう一度聞き込みでも――」

「いや、ここで待機してくれ」沖田は即座に命じた。「取り敢《あ》えず俺と西川で動く」

「でも、事態は動いてるじゃないですか。置いてきぼりは困ります」麻衣は敏感に察したようで、軽く抗議した。何か起きそうな時に最前線にいたいと願うのは、刑事の本能である。

「何か起きた時に、すぐに動けるようにしておいてくれ」

「そうだ」西川が同調する。「こういう風に俺たちが動き回っていると、何かを――誰《だれ》かを刺激して、新しい動きが起きがちなんだ。本部にいれば、何が起きても対処しやすい」

珍《めずら》しく意見が一致した――いや、最近は西川とやり合うことも減ったな、と思う。性格は正反対なのだが、これだけ長く一緒に仕事をしていたら、阿吽《あうん》の呼吸になってくるのも不思議ではない。

別にそれが嬉《うれ》しいわけではなかったが。

「とにかく、ここで連絡待ちにしてくれ」沖田は麻衣と牛尾の顔を順番に見ながら――最後に大竹も見て言った。「何かあったら、自分の判断で動いて構わねえから。俺たちには事後報告でＯＫだ」

緊張した面持《おもも》ちで二人がうなずく。大竹もかすかにうなずいたように見えたが、見間違いかもしれない。時々、この男は警視庁のハイテク装備の一貫として追跡捜査係に送りこまれたロボットではないか、と疑うことがある。

二人は揃《そろ》って追跡捜査係を出て、地下鉄の駅に向かった。無言。西川は必死に考えているようだが、この段階で何らかの結論が出るものではないだろう。捜査はある種、ジャズのアドリブのようなものだ。状況に応じて、あるいは相手の出方を見て、こちらは瞬時に動きを変える。もっとも西川は、さほどアドリブが上手い人間ではない。事前にきちんと設計図を描いて、その通りに捜査を進めたがるタイプだ。

千代田線で霞ケ関から表参道《おもてさんどう》へ。そこで銀座《ぎんざ》線に乗り換えて渋谷に到着した。迷宮のような渋谷駅の中を抜け、特徴的な円形の歩道橋を渡って渋谷中央署に辿《たど》り着く。そこで初めて、西川が口を開いた。

「刑事課長には、俺も話をしよう」

「ああ？　俺には任せられないってのか」沖田は食ってかかった。

「そういうわけじゃない。俺は徳島のことで、課長とかなり話をしてる。流れだ」

「そうか……じゃあ、お前に面倒見てもらうか」沖田は皮肉を吐いたが、西川は反応しない。相当緊張しているな、と分かった。

西川の先導で刑事課に入る。刑事課長の吉野が二人に気づいてすっと顔を上げ、怪訝《けげん》そうな表情を浮かべる。

「どうした」西川の顔を見ると、急に嫌そうな表情になった。

「ちょっと、諸々《もろもろ》ご相談が」

「いい話か？　悪い話か？」

「現段階では判断できません……こちらは、追跡捜査係の同僚《どうりょう》の沖田です」

「どうも」沖田はひょいと頭を下げた。「ちょっと時間もらっていいですよね」

「そいつはお願いじゃなくて確認だな？」

「そういうことです」

「じゃあ、座ってくれ」

西川が椅子《いす》を引いてきて課長席の脇《わき》に腰を下ろした。沖田は何となく、立ったままでいることにした。吉野がちらりと沖田の顔を見て、また嫌そうな表情を浮かべる。見下ろされ、二人がかりで圧力をかけられていると思ったのかもしれない。

「徳島の人間関係なんですが」西川が説明を始める。いざ話し始めると、いつもの西川に戻っていた。

「――つまり、徳島がヤクの売人である可能性があるってことか？」

「登場人物は四人です」西川が指を四本立てて見せた。「徳島、入江という正体不明の人間、死ぬ直前にその入江の名前を出した田島真奈。そして田島真奈は篠崎さんとつながっていた可能性がある」

「田島真奈という人の件は、練馬中央署の特捜になってるな」

「ええ」

「向こうとちょっと話をする必要があるか……それは こっちで、非公式にやっておく」

「ええ」

「しかしこの四人、どういう関係なんだ?」吉野が、デスクの上で広げたノートにボールペンを走らせた。「徳島は専門学校生、田島真奈はガールズバーの店員、入江は……やっぱりこいつが引っかかるな」

「まだ十分情報は集まっていません。今のところ分かっているのは、篠崎さんが殺したとされていた被害者、益岡仁美と入江が事件当時同じIT系の会社にいた、ということぐらいです」

「複雑だな」吉野が、ノートに書きつけた名前を線でつないだ。実線、点線、二重線、そして矢印。彼の中では何か意味があるかもしれないが、沖田にはさっぱり理解できなかった。

「関係部署が多くなっています。一度、全員を集めてすり合わせをする必要があるかもしれません」西川が指摘した。

「そうだな」吉野が顎《あご》を撫《な》でる。「こういう話になると、どこが仕切るんだ?」

「難しいですね。神奈川県警が持って行ってもおかしくないですが」

「四年前の殺しの件か……しかし、他の事件は警視庁の管内で起こってる」

「事件に軽重をつけるのは難しいですけど、敢えて言えば練馬中央署が最重要でしょうね」

「田島真奈殺しの特捜があるからな。分かった。本部に話をして、調整してもらう。最終的には捜査一課のどこかが仕切るんだろう」

「あと、薬物銃器対策課もです」沖田が指摘した。「というより、この署の薬物銃器対策係の刑事に話を聴かないといけません」

「入江の内偵は本部でやってるんじゃないのか？」

「こっちの刑事さんですよ」

「なるほど。うちにも優秀な人材はいるわけだ」吉野がニヤリと笑った。

「これから、その刑事に話を聴きます」西川が立ち上がった。「それでまた、状況が変わってくるかもしれません」

「みっちりやってくれよ。その刑事もたまげるだろうが」

「もう話は通ってますから、喋《しゃべ》る準備はできてると思いますけどね」

結局沖田も、一緒に話を聴くことになった。どうせ同じ署にいるのだから、同時に情報を共有しておきたい。後で話す時間の無駄をなくせる。

組織犯罪対策課長に挨拶《あいさつ》し、問題の刑事に面会する。宮本奈緒《みやもとなお》。まだ若い女性刑事だった。たぶん二十代……経験は浅いはずだが、よくこの情報を引っかけてきたものだと沖田は感心した。

「すみません、取調室しか空《あ》いてなくて」奈緒が申し訳なさそうに言った。

「いや、ここで十分だよ」西川が言って、普段は容疑者が座るポジションの椅子を引いて座った。奈緒はその向かい。沖田は記録係の刑事が使う椅子を動かして、テーブルのもう一辺に陣取った。西川が主導で話を進めることにしていたので、沖田は聞き役に徹することになった。

「非公式に入ってきた情報だから、ざっくばらんに話して欲しいんだ」西川が切り出した。

「はい」奈緒はまだ緊張している。普段一緒に仕事をしない本部の刑事を前にして、硬《かた》くなっているのが分かる。

「こっちで、入江義一という人間をマークしていたね」

「まだ明確なターゲットと定まったわけではないですが。別の売人の捜査の中で、名前が上がってきただけです」

「その経緯を教えてくれないか」

「はい」奈緒は手帳を見もせず、すらすらと話し出した。「半年ぐらい前に、先輩《せんぱい》からネタ元を引き継いだんです。売人で、泳がせて情報を取っているんですが、最近縄張りに別の人間が入ってきて荒らしている、という話が出まして……その別の売人が、入江義一なんです」

「君のネタ元の売人は、パクるつもりはないんだろうな」

「完全にこっちの手の内にありますから。しばらくは利用価値があると思います。女の人なんですけどね」

「女性の売人？」西川が目を見開く。「それは珍《めずら》しいパターンじゃないか？」

「最近、ちらちらいますよ。元々自分でも薬物を使っていて、金に困って売る方に回る

「――私のネタ元も、普通の主婦です」

　薬物禍《か》は、今も深く広く広がっている。戦後何度目の薬物禍ブームになるのだろう、と沖田は考えた。最近の特徴は、覚醒剤《かくせいざい》や大麻などの昔ながらのドラッグだけでなく、その他の違法薬物が流通していることである。こういう違法薬物は単価が安いので、学生や主婦でも手を出しやすい。憂慮《ゆうりょ》すべき状況だが、沖田としては手が出せるわけでもなかった。警察は、管轄《かんかつ》で明確に仕事が仕切られている。

「そのネタ元は絶対に信用できるのか？」西川は慎重《しんちょう》だった。

「信頼関係はちゃんと築いてきたと思います」少しむっとして奈緒が反論する。「本人は抜けたがっているんですよ。いずれ我々が手を貸すことで、話もまとまっています」

「悪い。続けてくれ」西川が先を促した。

「最初に確認できたのは、今年の三月です。四ヶ月ほど前ですね……恵比寿駅の近くにある『恵比寿銀座』に出没《しゅつぼつ》しているのを確認しました。恵比寿銀座、分かります？」

「何となくね」西川がうなずく。「現場を押さえたのか？」

「見ましたけど、明確な証拠はありません。入江を追っていたわけではなく、たまたま見ただけなので……薬物事件の現行犯逮捕は、事前の準備が大変なんです」

「それは分かってる――しかし、よく入江だと分かったな」

　西川の疑念ももっともだ、と沖田はうなずいた。入江は運転免許証を持っていないので、今のところ沖田たちも顔写真を入手していない。

「写真をネタ元から手に入れました」

「わざわざ写真を撮ったのか？」

「売人は、基本的に臆病《おくびょう》なんです。自分の周りで起きることを全《すべ》て把握《はあく》しておきたいと思うんですよ。怪しい人間がいたら必ず写真を撮る、という人も珍《めずら》しくありません。私のネタ元もそういうタイプです」

「なるほど……それで君は、入江の顔を頭に叩《たた》きこんだ」西川がうなずく。

「はい。人の顔を覚えるのは得意なので」奈緒が少し得意げな表情でうなずき返した。

「いいことだ。見当たり捜査ができれば、どこへ行っても特技として使える」

見当たり捜査は、被疑者の顔や体の特徴を記憶し、雑踏《ざっとう》の中などで見つけ出す捜査方法である。記憶力がいい刑事が得意とする手法で、これまではそれなりに効果を上げている。近年は防犯カメラの普及と捜査のＡＩ化が進んでいるが、それでも街中から特定の人間を拾い出すのは難しい。人の記憶と目に頼る方が、まだまだ効率がいいのだ。

「その写真は？」西川が確認した。

「はい」そこで奈緒が初めてスマートフォンを取り出した。支給されているスマートフォンだが、最新のものなので、当然カメラの性能もいい。それに今は、どこへ行ってもスマートフォンで写真を撮っている人がいるので、対象から怪しまれることもない。「……これですね」

奈緒がスマートフォンを操作し、西川に示した。沖田も首を傾《かし》げるようにして小さな画面を覗《のぞ》きこむ。

「昼間なのか」西川が指摘した。

「午後四時ぐらいです。ちょうど高校生が街に多い時間帯ですね」

「まさか、高校生に売ってるのか？」

「この時接触した相手は、サラリーマン風の男性でしたけどね」

恵比寿の繁華街《はんかがい》、シャッターを下ろした店の前だった。背の高い男が、コート姿の男と向き合っている。いかにも何かを手渡そうとしている感じだった。

「もうちょっと顔がはっきり写っているのもあります」

奈緒が別の写真を示した。先ほどの写真は横顔だったが、今度は正面に近い角度。ただし一人だった。取り引きを終えた直後、ということだろうか。奈緒のネタ元は相手に気づかれずに上手く移動したわけだ。とはいえ、相手の顔がはっきり分かるわけではない。マスクで顔の下半分が隠れている上に、少し色のついた眼鏡《めがね》をかけている。変装としては簡単だが、非常に効果的だ。長い髪が目印になりそうだが、この辺はいくらでも偽装《ぎそう》できるだろう。

「免許証の写真ってわけにはいかないな」西川が言った。

「ネタ元からもらった写真を元にして、科捜研で再構築してもらった写真がこれです」

奈緒が別の写真を示した。まさに免許証の写真のように、正面から見た顔だ。ある種の合成なのだろうが、不自然さはまったく感じられない。世間にはあまり知られていないが、科捜研はＡＩ技術開発が盛んである。特に映像解析などについては、日本でも最先端を行っていると言っていいだろう。新しい技術が犯罪捜査でさらに磨かれるのは、何だか筋違いな気もするが。

「完成度は高いんだろうか」西川がスマートフォンを手に取った。

「はい。科捜研ではまず間違いないと言っています」

「神奈川県警の科捜研でも、同じような新技術で犯人を割り出したよ」西川が告《つ》げた。

「俯《うつむ》いている状態から、正面から見た顔の予想図を作り出した」

「理屈はよく分からないけど、すごいですよね」奈緒がうなずく。「一応、この写真を沖縄県警にも照会しました」

「沖縄？　確かに奴《やつ》が沖縄にいたらしいという話はあるけど、それにしても君は仕事が早いな。この件もネタ元から出たのか？」

「はい。あまりこういうことは言いたくないですけど、ネタ元としては役に立つ人です」

「大事にして、更生《こうせい》できるように手を貸してやらないと……それで、沖縄県警は？」

「マークしていたそうです。ただし、決定的な証拠が摑《つか》めないまま、いつの間にか姿を消していたという話でした。向こうで最後に確認されたのは去年の秋——十一月ぐらいですね」

十一月に沖縄を去り、拠点を東京に移した——タイミングは合っている感じがする。東京へ来てもすぐには新しい商売を始めず、しばらく鳴りを潜《ひそ》めて様子を見ていたのだろう。

「沖縄県警では、どれぐらい真剣に捜査していたんだろう」

「かなり重点的にマークしていたそうです。それで入江も、狙《ねら》われているのを察したんじゃないでしょうか」

「なるほど……それで東京に舞い戻ったわけか」

「危険じゃねえかな」沖田は指摘した。「元々、警視庁に狙われていた人間だ。摘発されなかったとはいえ、マークされていたことが分かっていたからこそ、本人も沖縄に逃げたんじゃねえか？　それがわざわざ舞い戻って来るっていうのは、何か変だ」

「ほとぼりが冷《さ》めたと思ったんだろう」西川がさらりと指摘した。「どういうつもりだったかは、本人に確認するしかないけどな……それで、どこまで個人情報を摑んでる？」

「家《ヤサ》は割ってます」

沖田は思わず「でかした」と言いそうになって言葉を呑《の》みこんだ。「でかした」はさすがにオヤジ臭い……いや、老人臭いだろう。しかし三月に入江の存在を認知して、既《すで》に家まで割り出しているとしたら、この若い刑事は相当優秀だ。

「分かった。後で住所を教えてくれ。それと、この写真ももらえるかな」

「構いませんけど……入江はうちの獲物《えもの》ですよ」奈緒が警戒《けいかい》して言った。

「分かってる。内偵捜査を妨害《ぼうがい》するつもりはないけど、こいつは重要な事件の関係者かもしれないんだ」

「何事ですか？」

「入江は、殺しにかかわっていた可能性がある」

奈緒の表情が瞬時に引き締まった。


西川がさらに奈緒から話を聴いて、必要な情報を手に入れるというので、沖田は一時西川と別れることにした。その足で、徳島が取り調べを受けている様子を確認する。

これまで徳島とはまったく関《かか》わってこなかったが、初めて見る顔は、あまり印象がよくない。渋谷中央署では傷害事件の容疑者として取り調べを受けているのだが、態度が最悪だった。椅子からずり落ちそうに座っていて、腹の上で両手を組み合わせている。間違って当たったふりをして椅子を転がし、床に叩きつけてやる——そんなことまで想像してしまった。

「——それじゃ、あの店に行くのは初めてで間違いないんだな」

「ああ」

「あんた、普段から恵比寿によく出没してるって言ってただろう？　あの日はどうしてあの店に行った？」

「いや、理由なんか別にないですけど。たまたま目についたから」

「連れはいなかったんだな？」

「一人」

「被害者と面識は？」

「ないです」

「そもそも、何で言い合いになったんだ？」

「気に食わなかったから」

「初対面なのに？」

「初対面だから、一発で気に食わないこともあるでしょう」

取り調べを担当する刑事がうんざりしているのが分かった。それはそうだろう。態度は悪いし、供述も曖昧《あいまい》だ。ただし事前に西川から聞いていたのとはかなり感じが違う。ほとんど黙秘で、何も喋らない——今は取り敢えず、取り調べには応じている。

「どうだ？」刑事課長の吉野が横に来て話しかけた。

「微妙に気に食わない野郎ですね」

「俺は今でも違和感があるんだよなあ」吉野が顎《あご》を撫《な》でる。

「何がですか？」

「奴は、声優の専門学校に通ってた。アニメ好きだそうでね」

「ええ」

「そういう人間は、攻撃性が低い感じがするんだけど、どうだろう」

「普段は攻撃性が低い人間でも、酒が入ると人格が変わることがありますからね。大体、態度が最悪じゃないですか。あれじゃ、いきなり人に殴《なぐ》りかかってもおかしくない」

「そうかねえ」吉野は納得していなかった。

「早く話をまとめないと、神奈川県警が焦るんじゃないですか？　向こうが抱えてるのは殺しなんですから」

「向こうはきちんと捜査を進めてるさ」吉野は妙《みょう》に自信ありげだった。「何か新しい証拠を摑んだみたいなんだ。勿体《もったい》ぶって教えてくれないけど、自信があるんじゃないかな」

「その件について、徳島は何か言ってるんですか」

「神奈川県警の人間が調べた時は真っ青になってたそうだ。供述は得られてないけど、それで県警も自信を深めたんじゃないかな」

「手応《てごた》えありという感じですか」

「ああ」

取調室の中では、担当の刑事が普段の徳島の行動を確認していた。恵比寿ではどんな場所に出入りしているのか——。

そこで沖田は、頭の中で何かが光るのを意識した。

「徳島は、住所不定じゃないですか？　住んでいたマンションは引き払ってしまった」

「そうだな」

「今どこにいるか——どこで暮らしているかは分かってるんですか？」

「それは言わないんだ。女のところにでも転がりこんでいるんだろうが」

違う、と沖田は判断した。恵比寿……先ほど教えてもらった入江の住所が恵比寿三丁目だ。

「何か？」沖田が黙りこんでしまったので、吉野は急に不安になったようだった。

「いや、ちょっと引っかかることがあるんです。奴は、ヤサについては、頑《かたく》なに言わないんですか？」

「確かに、それはまったく言ってないな」

「スマートフォンは調べましたよね？」

「一通りは」

「何か、怪しいものはありましたか？　連絡先とか、メッセージのやり取りとかで」

「メッセージに関しては、特になかった。連絡先はどうだったかな……何か気になるか？」

「ええ」

「何だよ、もったいぶらないで言ってくれ。こっちとしては、たかが傷害事件にいつまでも関わっている暇《ひま》はないんだから。さっさと片づけたいんだよ」

「俺の一存では話せないですね。ちょっと待って下さい——それと、連絡先の一覧を見せてもらえますか？」

「構わないけど、何なんだ？」

「確認してから話します」

沖田は、西川と奈緒が話している取調室に飛びこんだ。西川が目を細め「何だよ」と文句を言う。

「徳島だ」

「ああ？」

「徳島と入江の関係を調べろ」

2

沖田はいきなり論理が飛躍《ひやく》することがある。要するに単なるひらめきで、その過程は本人にも説明できないから、聞かされる方としてはたまったものではない。

今回はあまりにも飛び過ぎ——確かに徳島は、恵比寿のクラブで逮捕された。普段の棲《せい》息《そく》場所も恵比寿界隈《かいわい》だと本人は認めている。しかし家についてははっきりと供述していない。一方、入江が薬物を売買しているところを確認されたのは恵比寿銀座で、今はそこから遠くない恵比寿三丁目に部屋を借りている。恵比寿という場所が二人をつなぐキーワードになっているのだが……調べられないことはない、と西川は判断した。

「君は、入江の家は直接確認してるんだな？」西川は奈緒に訊ねた。

「ええ」

「誰か怪しい人間の出入りはなかったか？」

「二十四時間監視していたわけではないので、はっきりとは分かりません」奈緒は慎重だった。「私が見た限りでは、出入りはありませんでしたが、誰かと一緒に住んでいたかどうかも分かりません」

「家に案内してもらえるかな」

「構いませんけど……」まだ状況が摑めていない奈緒は戸惑《とまど》っていた。

「行きがてら事情は話す。沖田、電話番号のチェックは任せる」

「ああ」沖田がうなずく。「ヘマするなよ。奴に姿を見られるな」

「分かってる」

西川は早速、奈緒が運転する覆面《ふくめん》パトカーで署を出た。渋谷中央署から恵比寿三丁目までは、そこそこ距離があるのだ。

「いったいどういうことなんですか」運転しながらも、奈緒はまだ戸惑っていた。

「話すと長いんだけど、刑事課が徳島悟という人間を逮捕《たいほ》したのは知ってるだろう?」

「ええ。恵比寿のクラブで暴れて、客に大怪我《おおけが》を負《お》わせたとか」

「そうなんだ。その徳島が、入江とつながっている可能性がある」

「まだ分からないんですが……」ハンドルを握る奈緒が首を傾げた。

「実は俺も分かってない」西川は打ち明けた。「登場人物が多いし、一つ一つの事件は関係なさそうに見える。でも、そういう事件が裏でつながってることもあるんだ」

「何だかパズルみたいですね」

「いや、パズルじゃない」西川は断じた。「パズルだったらピースが全部揃《そろ》って、最後には綺麗な絵が描ける。でも捜査では、必ずしも全ての材料が揃うとは限らない。起訴《きそ》できるだけの材料が揃えばそれでいいんだけど、気分は良くないな。無事に起訴して犯人が有罪判決を受けても、何だか気持ちが悪い事件ばかりだよ」

「確かに気持ちが悪いですね」

「でも、そういうことと折り合いをつけていかないと、刑事の仕事なんかやっていられない。君も、これからいくらでも経験すると思う」

少し脅《おど》かし過ぎかもしれないと思ったが、奈緒は平然としている。案外肝《きも》が据《す》わっているタイプなのだと西川は感心した。

入江が借りているマンションは、若干《じゃっかん》陸の孤島にある感じがしないでもない。この辺りだと、恵比寿、広尾《ひろお》、白金台《しろかねだい》の駅からは、それぞれ歩いて十数分かかるのではないだろうか。車で正解だったと思いながら、西川はマンションを見上げた。茶色と黒のタイルをあしらった、なかなか高級感のある七階建てだが、かなり古い。明らかに昭和の物件で、一階にはイタリアンレストランが入っていた。

「ここだと、家賃《やちん》はそんなに高くないだろうな」

「基本1DK、四十平方メートルで月十五万円です」

「もう調べたのか?」

「一応、できることはやっておこうと思いまして」奈緒が澄《す》ました表情で言った。「ちなみに、築三十一年です」

「平成初期の物件か……入江レベルの売人だと、そんなに金は儲《もう》けてないのかな」

「今は末端の売人みたいですから、そんなに金は儲かっていないはずです。どうしますか？　突っこみますか？」

「いや、まだ早い」西川はスマートフォンを取り出して時刻を確認した。まだ午前十一時にならない。「入江の活動時間帯は？」

「確認できている限り、午後遅い時間です。夕方に近いというか――そのまま夜中まですね」

「だったら、まだ寝てるかもしれない。寝起きを襲っても、別にこっちにメリットはないだろう。奴のシマは？」

「基本的には、恵比寿駅を中心にした繁華街ですね。一日中ずっと、恵比寿銀座をうろうろしている時もあります」

「それで君のネタ元とシマ争いになったわけか。向こうはどうするつもりなんだ？　変な抗争にはならないだろうな」

「彼女はあくまで、ただの売人です。そういうのは、上の人間が片をつけるはずですけど、彼女の方ではまだ報告していないそうです」

「何か理由があるのかな」

「どうでしょう……上との関係は、あまり突っこんで聞いていないんです。深く聞かないのも、ネタ元との関係をキープしておく方法なので」

「泳がせておくから情報だけは入れろ、ということか」

「はい」

「しかし君も、若いのによくネタ元に食いこんでるな」西川は心底感心した。「こういう捜査は、ベテランじゃないとできないものだけど」

「今は、薬物犯罪に絡《から》む女性が多いということです。捜査する方も女性じゃないと、上手くいかないことも多いじゃないですか」

「適材適所、かな」

「そうかもしれません……突っこまないとすると、どうしましょうか」

「聞き込みをしてみるか。入江がこの辺でどんな暮らしをしているか分かれば、後で参考になると思う」

「分かりました」

二手に分かれて近所の聞き込みを始める。しかしこの辺りは完全に住宅街で、昼前後のこの時間だと話を聴けそうな人を摑まえるのも一苦労……結局午後一時まで歩き続けたものの、ろくな情報は得られなかった。入江は都会の喧騒《けんそう》を隠れ蓑《みの》にして、完全に姿を隠しているようである。

西川は奈緒に電話をかけた。

「昼飯がまだだったな。申し訳ない」

「大丈夫ですけど」

「何か情報は？」

「いえ……」奈緒の声が少しだけ曇《くも》った。

「取り敢えず、昼飯を奢るよ。それでこれからどうするか、相談しよう」

「分かりました。この辺、あまり食べるところがないんですけど、どうしましょうか」

「入江のマンションの一階のレストラン――あそこはさすがにまずいか。入江と出会《でくわ》したら面倒だ」

「こちらの顔は知られていないはずですが」奈緒がやんわりと反論する。

「もちろん。でも、その状態をキープしておかないと。こちらは常に正体を隠しておくのが基本だよ」

「だったら、ちょっと歩くけどいいですか？」

「もちろん」

二人は落ち合う場所を確認した。西川には不案内な街なのだが、刑事は誰でも地図を読む能力に長《た》けるようになる。今はスマートフォンの地図アプリがあるので、道に迷うことはほとんどなくなった。

奈緒が指定してきたのはピザレストランだった。昼にピザか……まあ、取り敢えず腹が膨《ふく》らめば何でもいいだろう。歩き回って汗だくになっていたので、冷房の効《き》いた店内に入った瞬間にほっとする。先に来て座っていた奈緒が立ち上がり、さっと頭を下げた。

「何を頼めばいい？」空腹よりも喉《のど》の渇《かわ》きを感じていた西川は、メニューを彼女に委《ゆだ》ねることにした。

「無難にいくならマルゲリータです」

「それでいいや」ランチのメニューにざっと目を通し、炭酸水をつけることにした。コーラでは甘過ぎるが、少し喉に刺激が欲しいところだ。

「私も同じにします」

先に運ばれてきた炭酸水を一気に飲む。強い炭酸の刺激が心地好《ここちよ》い。ほっと一息ついて額《ひたい》の汗をハンカチで拭《ぬぐ》ったところで、奈緒が切り出す。

「さっき、うちの係長と話したんですけど」

「ああ、そうか。ちゃんと許可を得ないで君に手伝ってもらってたよな。申し訳ない」

「それは大丈夫なんですけど、もしも入江をすぐに追いこむ必要があるなら、うちの係全員で手伝う、という話でした」

「ありがたい」追跡捜査係が、こんな風に好意を受けることなどほとんどない。ヘルプが欲しい時には、だいたい嫌になるほど頭を下げるか脅すかだ。「これを食べたら、署に戻って係長と話そう。何ができるか、何を目指すか相談しよう」

「分かりました」

出てきたマルゲリータはそれほど大きくなく、一枚で一人分のランチとしてちょうどいい感じだった。西川は猫舌気味なので慎重に食べたが、それでも熱い。指先も火傷《やけど》しそうになる。しかし味は上々だった。トマトソースの酸味が意外に強く、それをチーズのまろやかさが和《やわ》らげる。一ピースに必ず一枚載っているバジルの葉の甘く青臭い香りが、舌をリセットしてくれた。

店内は少しばかり、穴蔵を思わせるような造りだ。コンクリート打ちっぱなしの壁、配管剝《む》き出しの天井。しかし床やテーブルは素朴《そぼく》な木製で、座っているだけで落ち着く。ランチタイムがちょうど終わったぐらいの時刻なので、店内に他に客はおらず、話はしやすかった。

「問題の三人の件、どうつながるんでしょうね」奈緒が小声で切り出した。

「まだまったく分からない。練馬中央署の特捜にもしっかり捜査してもらわないと、人間関係が上手くつながるかどうかも分からないな」

「練馬の事件の犯人が入江ということは考えられませんか？」奈緒が声を潜めて言った。

「否定はできない。最後に、うちの沖田にメッセージを残した可能性もある。知り合いの警察官は、あいつだけだったはずだし」

「被害者が薬物に絡んでいた可能性は……」

「それも否定できないな」同じ返事しかできない自分が間抜けに思えてきた。これでは何も言っていないのと同じではないか。「結局、全てはこれからなんだ。ただし、時間はない。そっちで身柄を押さえている徳島は、今週一杯で取り調べを終えて、神奈川県警に引き渡す方針なんだ」

「向こうは殺しですからね……早く身柄を欲しいでしょうね」ピザの最後の一片を取り上げながら、奈緒が言った。

「しかし今日の状況だと、まだ放せない感じだな。完全自供は得られていない」

「粘《ねば》りますね」

「まあ、本人もぎりぎりの縁にいるわけだから、必死で考えてるんじゃないか」

「なるほど……」

そこで西川のスマートフォンが鳴った。沖田。他に客がいないから店内で話してもいいのだが、西川は一応外へ出た。途端に七月の日差しに頭を焼かれ、軽いめまいを感じる。

「今、何してる？」

「ピザを食べながら作戦会議」

「ああ？」沖田が怒気を孕《はら》んだ声を上げた。「何で悠長にピザなんか食ってるんだよ。俺は立ち食い蕎麦《そば》だぞ」

「渋谷中央署の周辺は立ち食い蕎麦の黄金地帯だろう。選び放題で楽しそうじゃないか」

「うるせえな……こっちへ戻って来るか？」

「何かあったか？」

「今、俺たちの手元にある材料で一番使えそうなのは何だと思う？」

「徳島」何しろ身柄を押さえている。他の材料はまだ不安定――分からないことばかりだ。

「そう。徳島を上手く使って、何とか一歩踏みこめないかと思うんだ。何しろ刑事課長は、徳島の身柄を押さえておくのは金曜まで、と言ってるから」

「しかし今日の状況を見ると、あと三日で話がまとまるとは思えない」

「カッとなってやりました、という証言が得られれば十分なんじゃないか？　何しろ目撃者が大勢いるし、店内の防犯カメラにも決定的な場面が映っていた。いずれにせよ、時間の問題だよ。だからそれまでに、何とか奴を使って事件の全容を一気に解明したい」

「考えはあるのか」

「ない」沖田がきっぱりと否定した。

「お前……」

「考えるのはお前の役目じゃねえか。こういう時こそ役に立てよ」

「普段から役に立ってる」むっとして西川は言い返した。「とにかくそっちへ向かう。相談しよう」

「待ってるぜ」

　まったく、勝手なことを……しかし西川はつい笑ってしまった。沖田は思いつきだけで具体的な作戦を持っていない。それはいつものことで、実に進歩のない男だ。ここは俺がしっかり、知恵を出してやらないと。

　所轄へ戻り、まず沖田と二人で相談した。関係各所の協力が必要だろうが、最初から大人数で話していると、まとまるものもまとまらなくなってしまう。まずは二人で、基本方針を固める必要があった。とはいえ部屋を借りるわけにはいかないので、刑事課の外の廊下で立ち話である。

「午前中、徳島の取り調べは見てたんだろう?」西川は切り出した。

「ああ。落ちるとは思うけど、少し時間がかかるかもしれねえな。取り敢えず、奴に全部話させて、こっちに有利な状況に持ちこみてえんだが、どうだろう。何か上手い作戦はないか？」

「入江の名前を出すとか？」

「それはちょっと弱いかな」沖田が、頭をがしがしと掻《か》いた。「今のところ、二人の共通点は恵比寿だけだ」

「取り敢えず言ってみる手はある。それで反応を見る……あとは田島真奈かな」

「その二人の関係だって、分かってねえだろう」

「何でもやってみればいいよ。まず、知ってるかどうか確認する。その後で、殺されたことを出したらどうかな。奴は、田島真奈が殺されたことは知らないだろう？」

「田島真奈が殺されたのは、奴が逮捕されてからだから」

「だったら、ぶつける材料としては使える。もしも知り合いだったら——知り合いが殺されたといきなり言われたら、絶対ショックを受ける。徳島は、それほど性根が据わった人間じゃないと思うんだ。ただちょっと突っ張ってるだけで」

「それは同感だ」沖田がうなずいた。

「じゃあ、決まりだな。刑事課にお願いして、今取り調べをやってる刑事に頼まないと」

「俺らがやってみるのはどうだ？　その方が話が早い」

「さすがにそれはまずいだろう。今のところ俺たちは、徳島が絡んでいる事件を捜査しているわけじゃないんだから」

「いやいや」沖田が首を横に振った。「お前は神奈川県警を指導してきた。実地研修で捜査も一緒にやった。その流れで、神奈川県警の未解決事件の関係で話を聴けば──」

「勝手にそんなことしたら、まずいよ」

「知らなければ存在しない、と俺は思うけどね」しれっとした表情で言って、沖田が耳を引っ張った。

「ばれたら、後で面倒になるぞ」

「ばれなきゃいいんだよ。これで神奈川県警の事件まで上手く自供させれば、向こうだってありがたがるだろう」

「手柄を盗むつもりはない」

「そういう四角四面なやり方はどうなのかね。俺たち、今まで何でもアドリブで上手くやってきただろう」

「お前が適当にやったのを、俺が散々フォローしてきたんだよ」

「まあまあ」沖田がニヤニヤと笑った。「今まででそれで上手くやってきたんだから、今度だって上手くいくさ」

「勝手なことを」西川は吐き捨てた。なおも反論しようと思った瞬間、スマートフォンが鳴る。「水木係長」と表示されていた。

「係長だ」

「まずいな」沖田が舌打ちした。「何とか誤魔化《ごまか》せ」

「簡単に誤魔化せれば世話はないんだが……西川です」

「何をやってるんですか」低いが棘《とげ》のある声で京佳が言った。「報告もなしで勝手に動き回って」

「報告すべきことは特にありませんよ」

「渋谷中央署から問い合わせがあったけど、どういうことですか？」

あの刑事課長が何の気なしに追跡捜査係に電話を入れたのだろうか。余計なことを……と思ったが、責める気にはならない。どことなく呑気《のんき》なところがあり、憎めないのだ。

「とにかく今から渋谷中央署に行くから、きちんと説明して下さい」

「いや、係長がわざわざ来るようなことでは――」

「そこで待機。いいですね」

京佳は電話を切ってしまった。まったく、乱暴な……西川はスマートフォンをズボンの尻《しり》ポケットに入れ、溜息《ためいき》をついた。

「係長、こっちに来るってさ」

「トンズラするか？」

「トンズラは死語だ」

「説明するのが面倒臭い。まだはっきりした作戦も決まってないのに、説明なんかできるわけないよ」

「しかし、逃げたら後でもっと面倒なことになるぜ」

「……そうだな」

「ま、何とかアドリブで逃げよう。あるいは、係長を説得してこっちの作戦に引っ張りこむか？」

「その作戦がまだないんだぜ」西川は肩をすくめた。

「だったら、関係者を集めて会議にするか。そこに係長を巻きこんじまえば……どうだ？」

「成功か失敗か、確率は五分五分だな」とはいえ、それぐらいしか方法がない。京佳にだけ説明──説得している時間がもったいないのだ。


「会議？　聞いてませんよ。だいたい誰が招集したんですか？」

「渋谷中央署の刑事課長です」西川はしれっとして言った。この件については既に吉野と示し合わせている。彼はまったく反対せず、むしろ面白そうにこの件を引き受けた。何というか……たぶん関係者の中で一番責任が軽いからだろう。彼が抱えているのは、比較的単純な傷害事件だけである。

「議題は？」京佳が厳しい視線を向けながら訊ねた。

「今後の捜査方針についてです。いくつもの事件が関連してきていますから……これから、練馬中央署刑事課の係長も来ます」

「私に黙って、そんな……」京佳の耳が赤くなる。

「渋谷中央署が決めたことなので。どうします？　係長も出席しますか？」

「――出ないわけにもいかないでしょう」

「では、こちらへ」会議室へ案内するために踵《きびす》を返しながら、西川はほくそ笑んだ。何人もが参加する中に置かれたら、さすがに京佳も報告遅れを咎《とが》めるようなことはないだろう。

会議室に入ると、既にメンバーは揃《そろ》っていた。渋谷中央署の刑事課長、組織犯罪対策課長と薬物銃器対策係の係長に奈緒。神奈川県警の捜査本部ともリモートでつなぎ、大きなモニターに坂井の不機嫌《ふきげん》な顔が大映しになっている。京佳が着席したところで、練馬中央署の刑事課係長が慌てて入って来た。

「これで全員揃いました」西川が刑事課長に視線を向けた。

「いきなりの話で申し訳ない」刑事課長の吉野が立ち上がって、さっと頭を下げる。モニターに視線を向けると、坂井に向かっても一礼した。「神奈川県警さんも申し訳ない。今回、様々な事態が明らかになってきたので、非公式に打ち合わせをすることにしました。お時間もらって助かります」

「ちょっと――」

京佳が割って入ろうとしたが、吉野は無視して西川に話を振った。

「西川さん、状況を分かりやすくまとめてくれないか？　事態が複雑過ぎて理解が追いつかない」

「分かりました」西川は立ち上がった。自分のいる位置は、会議室の様子を捉《とら》えるウエブカメラの死角になっている感じがする。そちらに向けて手を振ってみせた。「坂井さん、西川です。見えますか？」

「半分しか見えないけど、声は聞こえてます。声だけ聞こえれば十分だ」坂井が嫌そうな表情で言った。

「では、まとめます」西川は一瞬目を瞑《つむ》った。多くの要素が絡んでおり、話は複雑だ。頭の中で何度も整理したつもりだが、それでも分かりやすく説明できる自信はない。しかし話さねば何も始まらないのだ。目を開け、思い切ってスタートする。「最初の事件は、十年前の殺人事件です。この事件で逮捕された篠崎光雄さんは、無罪判決が確定し、賠償金も受け取っていますが、先日病死しています。しかしその直前、当時特捜本部で取り調べを担当していた刑事に手紙を送ってきました。内容は、実は十年前の事件は自分が犯人だった、というものです。この筋が一つ。次の筋は、渋谷中央署で傷害容疑で逮捕した徳島悟の関係です。四年前に川崎市で発生した殺人事件の捜査の中で、徳島が重要参考人として浮上しました——現段階では容疑者でなくていいですね、坂井係長？」

「問題ありません」坂井の割れた声がスピーカーから響く。

「徳島は当時、嘘《うそ》の証言をしていました。この件はいずれ、神奈川県警の捜査本部で叩くことになると思います。この徳島ですが、メモを解析した結果、無罪判決後に篠崎さんが一時暮らしていた家の住所を書き記していたことが分かりました。当時篠崎さんが住んでいたマンションで聞き込みをした結果、徳島と思われる男が、篠崎さんの噂《うわさ》を広めていたらしいことが判明しています。その結果、篠崎さんはそのマンションを出ざるを得なくなりました。それで、別のマンションに引っ越したんですが、この後で田島真奈さんという女性と知り合いになっていた可能性が浮上しています。田島真奈さんはこの事実を否定していましたが、先日、自宅で何者かに襲われて殺されました。田島さんと徳島、この二人に共通して関係している可能性があるのが、入江という人物です。田島さんは病院へ搬送される直前、うちの沖田に入江という名前を告げました。また、徳島のメモにも、入江という名前と携帯電話の番号が残されています。この携帯は既に解約されていますが……入江という人間は、十年前の事件の被害者、益岡仁美さんとは会社の同僚で、一時交際していたことが分かっていますが、当時は厳しい追及は受けていません。その入江に関しては、当時から薬物の売買に関わっていたのでは、という噂があります。入江は勤務していた『グリーンオーダー』を辞めて、沖縄に移住しました。ただし去年の秋ぐらいに、東京に舞い戻ってきたことが確認されています。この辺の時系列は、まだ正確には確認されていません」

西川は一気に喋って一度言葉を切り、用意しておいたペットボトルの水を飲んだ。本当は美也子のコーヒーが欲しいところだが、熱いコーヒーをゆったり飲んでいる余裕はない。今は喉を潤すだけで手一杯だった。

「入江は今は、渋谷中央署の薬物銃器対策係のターゲットになっていますが、今のところは泳がせています。しかし、田島真奈さんと徳島という二人の人間が、入江と何らかの関係を持っている確率は高い。ということは、田島真奈さんと徳島がつながっている可能性もある、ということです」

「さすがにちょっと無理があるな」刑事課長が指摘した。「名前が共通しているというだけでは、何とも言えない」

「それは承知しています。だからこれから、人間関係を解きほぐしていかなくてはいけません」

「いや、関係がある可能性はあります」練馬中央署の係長が、遠慮がちに手を挙《あ》げた。「被害者の身辺捜査を進めているんですが、薬物関係の噂があるんです。売人というわけではないですが、働いているガールズバーで、不穏《ふおん》な動きがあるようです。今、本部の薬物銃器対策課の応援も得て、チェックを進めています」

「となると、全てが薬物がらみの事件である可能性もあるわけか」吉野が顎を撫でる。どこか嬉しそうな感じだった。

「今のところ、話を聴ける人間は二人です」西川は、予《あらかじ》め沖田と打ち合わせておいた話を持ち出した。「徳島と入江です。入江は、全体の黒幕である可能性がありますから、もう少し詳しく事情が分かってから話を聴きたい。まず、徳島を追いこみたいんですが、どうでしょう」西川は吉野にお伺《うかが》いを立てた。

「それは、おたくでやるのか？」急に吉野がむっとした表情になる。縄張りを荒らされた、と思ったのかもしれない。

「うちが一番よく事情を摑んでいます」

「しかしこの件に関しては、追跡捜査係は捜査権がないだろう」

「十年前の杉並の事件の真相を追っています。そのためには、徳島がキーパーソンになるかもしれない」

「十年前は、徳島は中学生だ」吉野が冷静に指摘する。

「十年前の事件に関係している可能性がある入江への入口として、です」西川は言い直した。

「ふうん……坂井係長、どうですか」吉野が画面の坂井に話を振った。

「うちとしては、一刻も早く徳島を引き渡してもらえれば、何も問題は……ありません」

問題ありそうな口調で坂井が答える。

「そのためにも、徳島の自供をできるだけ早く引き出すことが重要かと思います」西川は話を引き取った。「うちでやらせてもらえれば、上手く揺さぶれます」

「週末——土曜日には身柄をもらえるという話になっていましたが、どうなるんですか」

坂井はまだ不満そうだった。

「そのために……刑事課長、どうですか」西川はお伺いを立てた。

「こういうことは異例なんだけど、まあ、いいか」吉野の口調は呑気だった。「俺としては、事件の全体像が解きほぐせれば、何でもいいんだ」

集まった中ではトップの立場の課長が鷹揚《おうよう》に言ったので、会議の流れは一気に決まってしまった。その後は方針の確認が続く。西川はちらちらと京佳の顔を確認した。平然としている——というか、取り敢えず怒りは見えない。

会議が終わり、参加者がすぐに出て行く。最後に追跡捜査係の三人が残った。

「しっかりやって下さい」京佳がいきなり言った。

「はい？」西川は思わず聞き返した。

「うちが主導して捜査を進められれば——それで十年前の事件の真相が分かれば、それに越したことはないでしょう」

「はあ——まあ、そうですね」火を吹きそうな勢いで渋谷中央署に乗りこんできたのにどうしたんだ、と西川は気が抜けてしまった。

「それでは、後はよろしくお願いします。ただし、報告はきちんとして下さい」京佳が西川に指を突きつけて、部屋を出ていった。

「何だよ、あれ」西川は思わずつぶやいた。

「ま、成果優先のタイプなんだろう。駄目なら引く、やれそうなら乗ってくる。分かりやすいじゃねえか」沖田が肩をすくめながら言った。

「やりにくいな……」西川はぼやいた。

「上司を上手く使いこなすのも、俺たちの腕の見せ所だぜ」沖田がニヤリと笑った。

3

すぐには徳島への事情聴取は始められない。まず沖田は、西川と綿密に作戦を練った。

「徳島は、薬物には関係していないと考えていいんだろうか？」西川が疑義を呈した。

「どうかね」沖田には、特定の推論を口に出せるだけの材料はなかった。

「これ全体が、薬物を扱っているグループ内部での犯行だという可能性もある……」

「そこはまだ、よく分からねえところだ」

「この段階だと、薬物関係では出す材料がない……」西川が顎を撫でた。

「入江の名前をぶつけてみるか」沖田は提案した。「本当に薬物グループの関係だとしたら、中核にいるのは入江だと思うんだ。徳島や田島真奈が絡んでいるとしても、下っ端だろうし」

「それはそうだろうな」

「入江の名前を出して話が転がれば、そのまま進めるし、反応がなければ今度は田島真奈の名前を出して状況を見る——そういう手順でどうだ？」

「問題ない」西川がうなずいて眼鏡をかけ直した。「で？　どっちがやる」

「お前」沖田は西川を指差した。「徳島を追っていたのはお前だ」

「何もしないのに、勝手に転がりこんできただけだ……お前がやれよ」

「どうして」

「田島真奈は、お前の目の前で死んでいったんだ。ろくでもない人間かもしれないけど、悼《いた》む気持ちはあるだろう」

「……そうだな」沖田は同意した。

「俺が記録係に入る」

「記録を残すべきことじゃないかもしれないけどな――それでいくか」

「抑《おさ》えて慎重にいけよ。徳島はずっとのらりくらりだったし、急に落ちる可能性は低いと思う。ちょっとでも怒ったら、奴の思う壺《つぼ》だ」

「そんなことは分かってる。俺ももう、すぐにかっとなるような年齢じゃねえよ」

西川が目を見開き「俺の認識とは違うな」とぼそりと言った。

「勝手にほざけ」沖田は笑いながら、取調室に向かった。

徳島は、不安そうに貧乏《びんぼう》ゆすりをしていた。既に夕方四時半。普段なら一日が終わる時間なのに、渋谷中央署の取り調べが終わった後もずっとここに留め置かれているので、何が起きているのか心配になっているのだろう。

沖田は彼の正面の椅子を引いて、ゆっくりと腰を下ろした。それまで監視役として取調室にいた制服警官に向かって、西川がうなずきかける。制服警官は、さっと敬礼してすぐに出て行った。西川が沖田にうなずきかけ、椅子に座る。ただし今回は、こちらを向いたままだ。普通記録係は、取り調べ担当と容疑者に背を向け、やり取りを聞きながらパソコンで証言を打ちこんでいくのだが、今回は正規の取り調べではない。二人がかりで攻めると後で問題になりかねないが、西川は当然、その辺は承知している。無言で二人のやり取りを見詰め、プレッシャーをかけるつもりなのだ。何も言われなくても——逆に何も言わずに黙って凝視《ぎょうし》している人間がいると、容疑者は間違いなく不安になる。それでなくても疑心暗鬼になっているはずの徳島を、静かに揺さぶる作戦だった。

「さて、と」沖田は気楽な口調で入った。「体調は？」

「ああ？」徳島が眉《まゆ》を吊《つ》り上げ、怒りを露《あら》わにしたが、すぐに冷静さを取り戻したようだった。「別に、何ともないですけど」

「それならよかった。俺は警視庁捜査一課追跡捜査係の沖田」

「追跡……」

「未解決事件の再捜査をしてる」

「何の話ですか」徳島は普段のペースを取り戻したようだった。

「文字通り、迷宮入りしている事件を調べ直すんだ」

「俺は関係ないでしょう」

「四年前の事件はどうなんだ？」

「神奈川の話？　関係ないですよ」徳島が視線を逸《そ》らす。

「まあまあ、そう簡単に結論を出さないで、ゆっくりやろうや」沖田は椅子に背中を預ける。その動きで、古びた折り畳《たた》み椅子がかすかに音を立て、それを聞いた徳島がびくりと身を震わせた。異常なほど神経質になっている。

「ちょっと教えて欲しいことがあるんだ。つまり、今の段階ではあんたは参考人。ある人の名前を知ってるかどうか、確認したいんだ」

「知りません」

「言う前から否定するなよ。入江義一——この人を知ってるか？」

「知りません」

繰り返した返事が早過ぎる。沖田の質問の最後に被《かぶ》せるような答え方だった。

「本当に知らない？」

「知りません」徳島が平静な声で繰り返す。

「あんた、今どこに住んでるんだ？　暴れたのは恵比寿のクラブだよな？　この辺に地の利はあるのか？」

「いや、別に」

「あんたは、東京へ戻ってきてから住んでいたマンションを、もう引き払っている。声優の専門学校には籍《せき》を置いてるけど、今も通ってるのか？」

「そんなこと、警察に言う必要はないでしょう」

「入江義一、知らないか」沖田は質問を繰り返した。否定されても、同じ質問をぶつけるうちに、答えが微妙に変わってくることがある。それが狙いだ。

「だから知らねえって」

徳島が急に乱暴に言って体を捻《ひね》り、右腕を椅子の背に引っかける。ふざけた態度だが、沖田は敢えて注意しないことにした。お前の態度なんかどうでもいい——気にしていない振りを装《よそお》い、静かな口調で質問を続ける。

「知らないっていうのは、まったく知らないっていう意味か？」

「他に何の意味があるんだよ」

「名前だけは知っているとか。芸能人なんか、そうだろう」

「からかってるのか？」徳島が沖田を睨《にら》みつけたが、目に力はない。

「いや、真面目《まじめ》な話。い・り・え・よ・し・か・ず」沖田は一語一語を区切るように言った。「この名前を聞いたことはないか？」

「ない」またも沖田の言葉に被せるような慌てた返事。

「それであんた、今はどこに住んでるんだ？」沖田は先ほどの質問を繰り返した。「友だちのところにころがりこんだとか？　もしもそうなら、その友だちの名前を教えて欲しいね。その人に聞きたいことがある」

「そんなこと、言う必要ないでしょう」

「ホテルを泊まり歩いてるのか？」

「言いたくないですね」

「女のところで厄介《やっかい》になってるとか」

「だから、そんなの警察には関係ないでしょう」

「あ、そう」

沖田は白けたように言って、西川に視線を向けた。西川は素早く肩をすくめる。こういう展開は予想していたから、驚くには当たらない。沖田はここから一気に別の材料で攻めることにした。

「じゃあ、別の人の話をしようか」

「何なんだよ、これ。恵比寿の事件の関係じゃないのか」徳島が抗議した。

「俺には、現在進行中の事件を調べる権利はないんでね」沖田は耳を擦《こす》った。徳島は明らかに苛立《いらだ》っている。まだ二十代、ろくに社会経験もない人間に白状させるには、怒らせるのも一つの手だ。いくら怒っても、取調室の中では何もできない。冷静さを失い、失言してしまいがちになるのだ。「女性だ。田島真奈さん。この人はどうだ？」

今度は返事がない。分かりやすい男だ、と沖田は内心ほくそ笑んだ。突っ張った態度で抵抗しているのだが、その壁は薄く低い。今まで、渋谷中央署の刑事たちが完落ちさせられなかったのが不思議だ。簡単な事件だと甘く見て、追及が緩かったのではないか？

「田島真奈さん。年齢四十二歳、住んでいるのは練馬区だ。あんたとは、一見全然関係なさそうな感じがするけど、どうだ？　あんたは知らないか」

無言。徳島の眉間《みけん》には皺《しわ》が寄っている。必死で計算しているのは間違いない。しかし彼の頭では、一番単純な答えしか用意できなかったようだ。

「知らない」徳島の声がかすれる。

「そうか」沖田はうなずいた。「この人、亡くなってるんだよな」

徳島の眉間の皺がさらに深くなる。今の一撃は効いた、と沖田は判断して続けた。

「亡くなったというか、殺された。俺に助けを求めてきたんだ。急いで彼女の家まで行ったけど、もう虫の息で、最後に言葉を残して亡くなったんだよ。何て言ったか、知りたいか？」

反応なし。しかし徳島のこめかみを汗が一筋伝った。

「知りたくないなら言わないけどね……問題は、あんたが田島真奈さんを知っているかどうかだ。俺たちの調べでは、あんたと田島さんの関係は特に見つかっていない。警察だって、人間関係を全部調べ上げられるわけじゃないからな」

徳島が何度も瞬《まばた》きした。右手を顔に伸ばし、こめかみを濡《ぬ》らす汗を掌《てのひら》で拭う。顔色が一気に悪くなり、俯《うつむ》きがちになる。

「知り合いだったら嫌だよな。寝覚めが悪いだろう。今度は自分もヤバい——なんて考えるんじゃないか」

徳島がぴくりと身を震わせた。「今度は自分も」が確実なダメージを与えたのは間違いない。この後どこまで言葉の銃弾を放つかは難しいところだ。適当なところで切り上げておいて、後は相手に必死に考えさせる手もある。昼間の取り調べで「時限爆弾」を植えつけられ、夜になって「取り調べ担当の刑事を呼んでくれ」と騒ぎ出す人間も珍《めずら》しくはない。人間は、そんなに簡単に、瞬間的には決断ができないものだ。特に自分の人生がかかっている時には……プラスマイナスを必死に考え、最終的に結論を出すまでに何日もかかることもある。刑事は基本的に待つしかないのだが、時に有効な一押しを試みることもある。沖田もその手を使うことにした。

「あんたは絶対安全だよ。逮捕されて、身柄を押さえられている限り、誰もあんたを傷つけない。何を怖がっているか知らないけど、今は安全なんだから、安心して喋ってくれ」

沖田は少しソフトな口調になるよう、心がけた。

「俺は、いつまでここにいるのかな」徳島が急に弱気な声を出した。

「さあ、どうかね」沖田はとぼけた。明後日《あさって》――金曜までに傷害事件に関するしっかりした供述を得られれば、徳島は神奈川県警に送られる。向こうでは四年前の殺人事件に関する新たな証拠を用意しているというから、そのまま逮捕されるだろう。殺人事件なので、勾留《こうりゆう》を二回つけて徹底的に叩く――となると、少なくともこれから一ヶ月近く、徳島は警察に留め置かれることになる。裁判の間も保釈されないかもしれないし、二つの事件で実刑判決を受ければ、しばらくは出てこられないだろう。

「人を殺したら死刑になるのか？」徳島が上目遣いに訊ねた。

「それはケースバイケースだな。情状酌量《しやくりよう》ということもある。相手を殺さなければ自分が死んでいた、というような場合だったら、刑務所に入らないで済むこともあるんだ」

「そうじゃなければ？」

「法律では、殺人は死刑または無期もしくは五年以上の有期懲役《ちようえき》ということになってる」

「死刑になるのか？」徳島が繰り返す。

「それは、弁護士にでも聞いてくれ」刑事の立場として、量刑に触れるのはルール違反だ。相手を脅したり安心させたりして供述を引き出すのは、禁止されている。せいぜい「情状を検討してやる」と言うぐらいだ。

実際には、被害者が一人なら有期刑、三人なら死刑、二人がボーダーラインということが法曹界では広く言われている。一九六八年に発生した連続射殺事件で、一九八三年に最高裁が示した基準が一つの目安なのだ。最高裁の判決では「基準」とは言っていないが、「結果の重大性（特に殺害された被害者の数）」という項目が重視され、被害者の人数も判決に際して重要な要素になるというのが、その後の流れになった。とはいえ、あまりにも悪質な事件の場合、被害者が一人でも死刑が確定したケースもあるし、三人以上でも無期懲役になったケースもある。それだけ、事件の性格は様々なのだ。

「だけど、ある程度は分かるだろう？」

「刑事が刑期を決めるわけじゃないから、具体的なことは言えない」

「だけど……」徳島が食い下がる。

「何がそんなに気になるんだ？」

「人を一人殺したらどうなる？」

「それで死刑というのは、あまり聞かないな」何か秘密を明かそうとしているのだと分かり、沖田は一歩譲《ゆず》って明かした。「もちろん、どういう理由で殺したのか、どんな殺し方をしたのかは問題になるけど。あんた、何が言いたいんだ」

「例えば、さ」徳島が急に身を乗り出した。「俺が人を一人殺したとして、それで死刑になるかな」

「動機は？」自分が調べることではないと思いながら、沖田は話を進めた。

「動機は……まあ、金とか」

「強盗か？」

「強盗っていうのは——定義がよく分からないけど」

「金品を盗むために、暴力的な方法で人を襲うことだ。その際相手に怪我を負わせば強盗傷害、相手が亡くなれば強盗殺人になる。普通の殺人よりは刑が重くなる傾向があるな」

「何も盗《と》らなければ？」

「強盗の意図があって家に忍びこんだりすれば、それは強盗——強盗未遂《みすい》になる」

「じゃあ、家に入って金を漁《あさ》ってる時に、相手に気づかれて殺してしまったら？」

居直り強盗というやつだ。刑期に関してはそれこそケースバイケースというしかない。犯行の状況、動機……様々な要素を加味して裁判は進む。

「あんたがそういうことをやったのか？」

「俺は……」

「今話しても、記録は取らない——あくまで参考人として話を聴いているだけだから。ただし、今の話は神奈川県警に伝えることになる。その覚悟があるなら、話してくれ」

「金がなかったんだよ」徳島が吐き捨てるように言った。

「四年前、だな」沖田は合いの手を入れた。

「留年して仕送りを打ち切られて、金がなくて……でもあの女はいかにも金を持っていそうだった」

「被害者の富田愛佳さん、だな」

徳島が素早くうなずく——おいおい、と沖田は内心呆《あき》れた。いきなり他の県警の事件を自供したに等しい。これだと話がどこへ転がっていくか分からないではないか。しかし一度出た話を途中で打ち切るわけにはいかない。

「彼女とはどういう関係なんだ？」

「関係はない」

「同じマンションに住んでいた」

「だから、よく顔は見てた。名前も知ってた。小さいマンションだったし」

「それで、どうして彼女を狙ったんだ？」

「いつもブランド物のバッグを持っててさ。大学生なのにそういうのを持ってるっていうことは、絶対金持ちだろう？　だから部屋にも金があるはずだと思って……」

「忍びこんだ」沖田はうなずいた。「鍵《かぎ》は？」

「かかってなかった」

そんなことがあるだろうか？　現場は川崎——ほぼ東京だ。地方から出てきて一人暮らししている大学生、しかも女性だったら、間違いなく戸締まりには用心するはずである。西川から聞いた話だと、現場のマンションもオートロック、部屋のドアはダブルロックで防犯面を重視していた。

「別に、あの日にやろうとしたわけじゃない」言い訳するように徳島が言った。「下見に行っただけなんだ。だけど鍵が開いていて……だからそのまま行くしかないと思った」

「それで家に入りこんだ――富田さんがいるとは思わなかったのか？」

「家に入った瞬間、臭かったんだ」

「臭い？」

「酒臭かった。相当呑んでいたことが分かったから、目は覚めないだろうと思って……そうしたら、いきなり起き出してきた」

「それで驚いて手をかけたのか？」沖田は西川に視線を向けた。その辺のことは、県警の再捜査に取りかかっていた西川の方がよほど詳しい。

西川が話を引き継いだ。その場を離れず、少し距離を置いたまま質問を始める。

「被害者の富田愛佳さんは、首を絞めて殺されていた。現場には争ったような跡もあった。君がこれをやったんだね？」質問ではなく確認。

徳島が無言でうなずく。沖田は腕組みをして、少しテーブルから離れた。無言で、西川と徳島のやりとりを眺める。

「慌てて、思わず首を絞めてしまった――そういうことかな」

「ああ」

「その後は？」

「外へ出た」

「自分の部屋へ戻ったんじゃなくて？」

「部屋にいるとまずいと思ったから。あの女、すげえ悲鳴を上げたから、絶対に隣の人に聞かれてるはずで……だから外へ出た」

その時の映像が残っていたわけだ。徳島の顔からは、いつの間にか汗が引いている。長年隠してきたことを打ち明けて、少しは安心したのかもしれない。

「その後は？　君はこの日の朝、警察から事情を聴かれている。でも、正面の出入り口の防犯カメラには、君がマンションに戻る場面は捉えられていなかった」

「裏口があるんだ」

「裏口？」

「自転車置き場。自転車は正面からじゃなくて裏から出入りさせる決まりになってる」

西川が情けない表情を浮かべて沖田を見た。この情報は、西川も把握《はあく》していなかったようだ。しかし彼が再捜査している時間は少なかったから、現場の様子を全部把握しているはずがない。西川という男は、時に自分は全能だと勘違いする。捜査のことなら、全て頭に入れている――実際にはそんなことができるわけもなく、漏《も》れは当然あるのだが。

「一度マンションを出て、その後は？」

「コンビニで時間を潰《つぶ》したりして、ぶらついてた。その後、パトカーのサイレンが聞こえたんで、バレたんだって分かって、部屋に戻った」

「裏口から」

徳島が無言でうなずく。いつの間にか、両手をテーブルの上に出してきつく握り締めていた。緊張が解《ほぐ》れたと思ったのは、沖田の勘違いだったかもしれない。

「それで、警察の事情聴取を受けた時に、ずっと自分の部屋にいたという嘘のアリバイを証言した」

「ああ。何で疑われないのかって思って不思議だったけど」

本人は本気で不思議に思っている様子だったが、警察に対しては強烈な皮肉である――「無能」と言っているも同然なのだ。しかし西川は、平然とした口調で質問を続ける。

「あの事件の二ヶ月後、君は引っ越している。どうしてだ?」

「留年して、大学も嫌になってたし……どうせあの大学を出ても、ろくな就職先もないから。金もかかるし、辞めることにした」

「本当は、警察の追及から逃れたかったからじゃないか?」

「……それもあるけど」徳島が認めた。

「田舎《いなか》に引っこんでからは、声優の専門学校に入るために、真面目にバイトしてたわけだ。自分で金を用意しようとしてたんだろう?」

「親が金出してくれるわけじゃないし」

「それだけ声優になりたかったわけか」

「別に、他にやりたいこともなかったし」白けた口調で徳島が言った。

「それでまた東京に出てきた。しかし今は、学校にも通ってないだろう？　何をやってるんだ」

「別に」徳島がまた素気なくなった。

「その件は、また後で聴く」

西川が視線で沖田に合図を送った。自分の役割はここまでで、後は任せる――順調に喋ってきたのだから、このまま西川が続けてもいいのだが……しかし自分にボールが回ってきたなら、確実にゴールを決めなくてはいけない。

「神奈川県の事件は認めるんだな」

「もう喋ったよ」諦《あきら》めたような口調で徳島が言った。

「この件は、俺から神奈川県警に伝える。向こうでまた同じ取り調べを受けると思うけど、しっかり喋ってくれよ」これまでの記録を取っていないのが少し心配だった。本当はこのやり取りをきちんと調書に落として読み聞かせ、母印を押させる必要がある。ただし自分たちは川崎の事件の担当者ではないから、そもそも正式に取り調べる権限もない。

「金を盗ろうとしたけど盗ってないんだ。俺はどうなるんだろう？」

「分からないな」強盗殺人で逮捕できるかどうかは微妙なところだ。窃盗《せっとう》目的で侵入して結果的に殺してしまったとなったら、やはり強盗殺人が適用されることになる――ただし計画的ではなく偶発的な感じだから、刑は軽減される可能性もある。裁判員の判断次第だが。

「死刑かな」徳島の顔は蒼醒《あおざ》めていた。

「それは、今後のあんたの努力次第《しだい》だな。しっかり、嘘なく供述して警察の捜査に協力して、ちゃんと反省の意思を示す。そうすれば、警察や検察の印象もよくなる。裁判でも、そういう姿勢を貫《つらぬ》くのが大事だ。裁判員裁判になるからな……一般の人が量刑を判断するから、どれだけ反省するかは重要なポイントになってくる」

「死刑じゃなくて刑務所に入るとしたら、どれぐらいになるかな」

「それは、まったく分からない」

「なるべく長く入っているためには、どうしたらいいんだろう」

「あんた、何言ってるんだ」沖田は徳島を睨んだ。冗談《じょうだん》か？　しかし相手の顔は真剣だった。「普通は、刑期を短くするためにはどうするかって悩むもんだぜ」

「いや……何か方法はあるかな」

「長く刑務所に入っていたい理由でもあるのか？」

徳島が黙りこんだ。かなりおかしな希望で、本音は読めない。そしてこの質問を最後に、徳島はまた太々《ふてぶて》しい態度に戻ってしまった。

4

今のは、明らかにおかしかった。

西川は沖田と別れ、交通課の前にあるベンチに腰かけた。沖田はすぐにでも今の事情聴取について打ち合わせしたがっていたが、西川には一人で考える時間が必要だった。

美也子のコーヒーをカップに注《つ》ぎ、ゆっくりと飲む。既に署は当直の時間帯に入っていて、昼間の喧騒は消えているが、それでも人の出入りはある。最初はそれが煩わしかったが、ほどなく慣れた。思考に没入していると、周りで何が起きていても気にならなくなるのだ。

徳島は、これまでは取り調べからだらだらと逃げ回っていたのだが、ここに来て一転して諦め、素直になった。そして明らかに、何かを恐れている。刑務所は、その恐怖からの逃げ場所なのだろう。

アメリカでは、刑務所も必ずしも安全な場所ではない。特にギャング関係では、外にいるのと変わらない危険性があるとよく言われている。外部とつながるのも簡単なので、敵対する組織の人間を刑務所内で殺すような事件も珍しくない。それに対して日本の刑務所は比較的安全……受刑者同士でトラブルになることはあるが、それが殺人事件にまで発展することはまずない。

「入江だな」西川がぼそりとつぶやくと、いきなり「俺もそう思う」と言う声が聞こえた。慌てて顔を上げると、沖田がコーヒーの入った紙コップを持って立っている。

「何だよ、打ち合わせは後だって言っただろう」

「もう三十分経《た》ったぞ」

「本当に？」西川は腕時計を見た。確かに……コーヒーを飲むと、すっかり冷えていた。

「一人で勝手に自分の世界に入りこむなよ」沖田が文句を言った。

「すまん」言い合いするのも面倒で、西川は素直に謝った。

「それで……お前の結論も入江なんだな」

「ああ」西川は認めた。「入江の名前を出した時の徳島の反応が、少し不自然だった。考えもしないで、脊髄《せきずい》反射で『知らない』と言っている感じがした」

「同感」

「お前の質問に被せるみたいに慌てて答えてたからな。関係を絶対に知られたくない感じだった。あれは間違いなく入江を知っている——恐れてる」

「やっぱりヤクの関係で、つながりがあるんじゃないかな」

「そういう情報は、今のところないけど」西川は首を横に振った。

「となると……まあ、その辺の関係は、今から解き明かしていけばいいか」

「ああ」ただし、その方法が思い浮かばないのだが。

「今の件、神奈川県警に早く教えてやらないと」

「まだ言ってないのか?」西川は目を見開いた。

「向こうとつながってるのはお前だろうが。俺がいきなり電話しても、何事かと思われる」

「あの係長、苦手なんだけどな……」

「そんなこと言ってる場合か?」

仕方なく、西川は刑事課で電話を借りた。神奈川県警の坂井に電話すると、こちらからの連絡を待っていたようにすぐに出た。

「自供しました」西川は前置き抜きで切り出した。

「ああ?」坂井の声に怒気が混じる。怒るようなことではないはずだが、「出し抜かれた」とでも思っているのかもしれない。

西川は、自供の内容を詳細に伝えた。坂井は黙って聞いていたが、電話の向こうから怒りが伝わってくるようだった。

「調書は?」

「正式な取り調べではないので、調書は取れません。詳細なメモを作って、それを今夜中に送りますよ」

「こっちへ身柄を送ってもらうのは大丈夫なんでしょうね」

「それは渋谷中央署に確認していただかないと」

「やるなら徹底してやって下さいよ。中途半端は困る」

むっとしたが、西川は言い返さなかった。まだまだやるべきことがあり、坂井と喧嘩《けんか》している場合ではない。

電話を切ると、今の坂井の言葉が頭の中に広がり始めた。傍《そば》に控《ひか》える沖田に確認する。

「恵比寿の件については、徳島とはあまり話ができなかったな」

「あの件は、あくまで呼び水だろう。渋谷中央署がちゃんとやってるんだから、俺たちが勝手に聴けるわけねえだろうが」沖田がちらりと刑事課長を見た。部下から報告を受けていて、こちらには注意を払っていない。

「まだしっかりした供述は得られてないんだよな」

「そうだけど、殺しについて喋ったんだから、こっちの件も時間の問題だろう」

「お前は呑気過ぎるんだよ」

「ああ？」沖田が色をなした。「俺が呑気？　ふざけるなよ。いつもギリギリでやってるんだぜ」

「そうは思えないな。殺しの自供を取れたから、気が抜けたんじゃないか？」

「何だと――」

「ええと、うるさいんだけどな」

いつの間にか近くに来ていた刑事課長の吉野が忠告したので、西川は口を閉ざして背筋を伸ばした。

「喧嘩なら、自分たちのところでやってくれないか。俺の縄張りで騒ぐのは禁止だ」

口にする。「被害者なんですが、何者ですか」

「失礼しました」西川は頭を下げた。それと同時に、先ほどから頭に浮かんでいた疑問を口にする。「恵比寿事件の被害者なんですが、何者ですか」

「被害者？」吉野が椅子を引いて腰を下ろした。「普通の大学生だよ。徳島とは面識はない。少なくとも、両者ともそう言ってる」

「本当に関係ないんですか？」

「関係ある、という証拠はないな」

「青井裕介《あおいゆうすけ》でしたね」沖田が横から口を出した。

「ああ」

「本人への事情聴取は、どんな具合なんですか」

「それが、まともに進んでないんだ。頭蓋骨《ずがいこつ》骨折、脳震盪《のうしんとう》で、しばらくきちんと話ができなかったし、今も痛みがひどいようだ。一歩間違ってたら、死んでたんだぞ」

「そういう状態で聴いた話が、どこまで信用できますかね。できればもう一度確認したいところですが」西川は疑義を呈した。

「いや、そこは別に焦ることはないだろう」吉野は鷹揚《おうよう》に構えていた。「被害者が逃げるわけじゃない」

「態度はどうなんですか？　痛みが激しいのは分かりますけど、協力的ですか？」

「……いや」

「被害者なのに？」

「断続的にしか話が聴けてないから何とも言えないが、迷惑そうにしてる感じはあるそうだ。うちの刑事の印象だけどな」

「警察に話を聴かれたくないんじゃないでしょうか」

「どうかね」

「被害者について、もっと厳しく突っこんで調べるべきだと思います。周辺捜査も含めて」

「分かった」

吉野があっさり言ったので、西川は気が引けてしまった。こういう場合、大抵「余計なことは言うな」の一言で撃退されてしまうのだが。

「俺が素直に話を聞いてるから、おかしいと思ってるんだろう」吉野が、面白そうに言った。

「いや……はい。そうですね」西川はうなずいた。

「あんたらが、あちこちでお邪魔虫扱いされてるのは知ってるよ。それは、あんたらがしばしば、刑事のプライドを打ち砕《くだ》いてしまうからだ。だけど俺には、そもそもプライドなんかないんでね」

「まさか」予想もしない言葉に、西川は戸惑った。

「俺は、事件が解決すれば、他のことはどうでもいいんだ。それに、定年まで二年になると、大抵のことは気にならなくなるんだよ。今考えてるのは、自分が担当した事件が未解決にならないことだけだね」

「そんな……」

「呑気だと思うかい？」吉野が穏やかな笑みを浮かべる。

「否定はできませんが」

「これも刑事の生き方だと思ってくれ」急に吉野が真顔になった。「ぎりぎりまで自分を追い詰めるのもいい。いつも苦虫を嚙み潰したような顔で周りを緊張させていてもいい。でも、どうせ結果が同じなら、俺は笑っていたいね」

「参りました」西川は思わず頭を下げた。

「分かればよろしい」顔を上げると、吉野はまたニヤニヤしていた。しかしそれも一瞬で、再び真顔になる。

「さて、これから何をやるべきか、ちょっと相談しようか。うちの刑事たちにも、超過勤務を許可する。何しろうちは、若い奴が多いからな。ワークライフバランスとか言うけど、若いうちは徹底して体と頭を動かした方がいいんだ。そうしないと、いい刑事にはなれない」


実際には、薬物銃器対策係も含めての作戦会議になった。キーパーソンは入江。薬物銃器対策係は、これまでの捜査の進捗《しんちょく》状況を鑑《かんが》み、入江の監視と周辺捜査を強化する。刑事課は、被害者の青井裕介についてさらに調べを進める。

「今夜から動き始める。取り敢えずあんたらは大人しくしていてくれ」吉野が、西川と沖田の顔を順番に見て言った。

「しかしこれは、もともとうちの事件なんですよ」西川は抗議した。「最終的には、十年前の杉並の事件を解明するのが目的です」

「それは分かってる。ただし、俺たちがやろうとしている捜査は、あくまで渋谷中央署の仕事の範囲内だ。あんたらはあんたらで、自分ができることを考えてくれ」

「青井裕介に対する事情聴取はどうですか」

「それは少し待ってくれ。周辺捜査で何か出てきてからぶつけた方がいいだろう。徒手空拳《としゆくうけん》のまま『何か知らないか』と聞いても、答えは出てこない」

「……分かりました」正論の指示に、特に反論も思い浮かばない。まあ、今晩一晩ゆっくり考えて、明日の朝から動くのがいいだろう。刑事には「静」の時間も大事なのだ。

会議が終わり、西川は腰を上げた。沖田がすかさず声をかけてくる。

「飯でも食わないか——酒抜きで」

「飯ね……」確かに、すぐに家に帰る気にはなれない。かといって、追跡捜査係で一人悶々《もんもん》と悩むのも気が進まない。沖田とブレストするのがいいだろう。「そうするか」

二人は連れ立って渋谷中央署を出た。この辺は食の宝庫……安くてボリュームのある店には事欠《ことか》かないが、それが今の自分には足枷《あしかせ》になっている。昔はそういう食事は大歓迎《だいかんげい》だったのだが、最近は目の前に大盛りの料理を出されても、むしろげんなりしてしまう。

結局沖田が、一軒の中華料理店の前で立ち止まって「ここでいいや」と言った。確かに中華なら何を食べても無難だし、高級店ではないので値段もたかが知れている。席についてメニューを検討する沖田は、ドリンク類のページを見て悩んでいた。

「呑みたいなら呑めばいいじゃないか」

「今夜はそんな気になれないんだよ」

「珍しいな」

「考えることが多過ぎる。酔っ払わないで、頭ははっきりさせておきてえんだ」

お前が何を考えるんだ、と皮肉を言いそうになったが、言葉を呑みこむ。複雑な事件を前にして、沖田が普段とはまったく違う悩みを抱えているのは分かっていた。

沖田がいつまでも料理を決められないので、西川が適当に注文を選んだ。青菜の炒《いた》め物に油淋鶏《ユーリンチー》、青椒肉絲《チンジャオロース》とチャーハン。飲み物は烏龍茶《ウーロンちゃ》を二つ。沖田は上の空で、西川が話しかけても曖昧な返事をするだけだった。そして料理が並ぶと、「何だよ、こんな脂《あぶら》っぽいものばかり」と文句を言った。西川は思わず溜息をついた。

「中華なんだから、当たり前じゃないか。そもそもこの店を選んだのはお前だぞ」

「そうだっけ？」

「夢遊病かよ。いい加減にしろ」

「……すまん」

沖田が謝ったので西川は仰天《ぎょうてん》した。沖田はすぐむきになる男で、西川の感覚だと、つまらないことが話題になっている時ほどそういう傾向が強い。それがいきなり謝ってしまうのだから、今日は明らかにおかしい。

「どうした」

「いや……決定的な材料がないなと思ってさ」

「今の段階ではしょうがないんじゃないか？」

「結局、十年前の犯人が誰かは、まだ分からないままなんだよな」

「ポイントはいくつかあると思うんだ。十年前、四年前、そして今」

十年前の登場人物は、被害者の益岡仁美と篠崎、そして、まだ朧《おぼろ》げながら入江だ。四年前は徳島。そして今は、そこに田島真奈、さらにもう一度入江が絡んでくる。そう考えていると、少しずつ点が線につながり始める……ような気がした。

「十年前のことは分からないけど、入江と徳島、田島真奈は関係がありそうだな。三人が顔見知りかどうかは分からないけど、入江と徳島、入江と田島真奈はそれぞれ関係があると思う」

「入江を中心にしたヤクの売人グループとか」ただし、全員がつながっているかどうかは分からない。入江をハブにしているだけで、徳島と田島真奈は面識がない可能性もある。

「ああ」西川はうなずいた。

「だけどそうであっても、十年前と四年前、そして今がつながらない。特に四年前のことは、徳島単独の問題なんだから」

「いや、そこで徳島と篠崎に関係が出てくるだろう。徳島らしき男が、篠崎に対して嫌がらせをしていたんだから」

「マンションに住めなくなるような噂を流した……そうだな」沖田はうなずいた。「この件、まだ奴にぶつけていなかった」

「それがポイント一、だ」西川は人差し指を立てた。

「ポイント二は？」

「それは……まだないか。ただ俺は、傷害事件の被害者が気になってる」

「それは俺も同じだ」沖田がうなずく。「直接事情聴取してみてえな。本当に怪我のせいで喋れないのか、何か別の理由があるのか、見極めたい」

「それにしても、材料なしでやるわけにはいかないだろう」

「モゾモゾするんだよ」沖田が体を揺すった。「背中が痒《かゆ》いのに手が届かない感じだ」

「体が硬いからだ」

「喩《たと》えだよ、喩え」沖田が呆れたように言った。「洒落《しゃれ》の通じねえ奴だな」

「こっちも喩えだ」西川は言い直した。「刑事としての柔軟性っていう意味じゃないか」

「紛《まぎ》らわしいな」

あまりにも下らない流れの会話に、西川は喋る気力を失ってしまい、食べるのに専念した。味はそこそこ……町中華の店なので、高級店のような上品さはない。味つけは濃く、とにかく脂を取りこんでいる感じしかしなかった。沖田も黙りこんでしまい、テーブル上に漂う空気が重苦しくなる。

食べ終えないうちに烏龍茶のグラスが空になる。それほど料理が脂っぽかったのだと意識し、西川は烏龍茶のお替わりを頼んだ。そのタイミングでスマートフォンが鳴る。画面を確認もせずに、沖田にさっと目配せして立ち上がったが、沖田はチャーハンの残りを食べるのに忙しく、まったく反応しなかった。

店の外に出ると、夜の熱波に襲われる。まだ梅雨《つゆ》明けはしていないのだが、まるで真夏のような暑さと湿気だった。熱い中華料理を食べたせいで、外の熱波に襲われてまた汗が出てくる。

「はい」

「渋谷中央署の宮本です」

「お疲れ様……どうした」彼女はまだ動き回っているはずだ。入江の背景を調べているはずだが、どうしたのだろう。「何かあったか?」

「入江なんですが、今変なところに来ているんです」

「変なところ?」

「篠崎さんが借りていたマンション——今日、情報共有しましたよね?」

「ああ。まさか、奴がそこにいる?」

「恵比寿銀座で見つけて尾行《びこう》してきたんですが、ここに……係長の指示で西川さんに電話しました」

「ありがとう。それで、奴は何してる？」

「様子を窺《うかが》っているんです。中には入れないようですが……あ、今、ホールの中に入りました」

あのマンションはオートロックだ。鍵を持っているか、知り合いがいない限りは簡単には中に入れない。篠崎と知り合い……あるいは誰か別の知り合いがいる？　後者の可能性は限りなくゼロに近いだろうと判断する。あまりにも偶然が過ぎる。

「これから俺もそっちへ向かう」西川は勢いこんで言った。

「それは得策とは思えませんが」奈緒が冷静に言った。「ずっとここにいる保証はありません。入れ違いになる可能性が高いと思います」

「君たちは？　尾行の体制は完璧《かんぺき》か？」

「二人でついています」

尾行の基本だ。一人でもできないことはないが、完璧を期すなら最低でも二人は必要になる。三人いれば、どんな人混みの中で尾行していても、まず見逃すことはない。

「分かった。まだ渋谷中央署の近くにいるんだ。署で待機しているから、何か分かったら連絡くれないか？」

「もちろんです」

電話を切り、沖田に状況を告げた。途端《とたん》に彼の顔に生気が戻る。

「おいおい、篠崎さんと入江が知り合いなのか？」

「お前、十年前の事件について、どこまで再捜査していた？」

「まだほとんど手をつけてねえよ。何しろ肝心《かんじん》の篠崎さんが死んでるんだから」

「二人の関係をチェックすることはできないかな？　例えば、当時の捜査員に話を聴くとか」

「できない……でもないな」沖田がうなずく。「そもそも、被害者の益岡仁美さんと入江は、同じ会社の同僚で、元恋人同士だ。益岡さんは、仕事の関係で篠崎さんと知り合って交際するようになった。微妙に線がつながってる感じがするな」

「取り敢えず、署に戻ろう。入江を尾行している連中が、何かあったら連絡を入れてくれることになってる。俺たちも署にいた方がいいんじゃないかな」

「よし」沖田が勢いをつけて立ち上がった。「戻ろう。今夜中に決着をつけてやる」

「いや、それはさすがに……」西川は苦笑した。

「やる気の問題だよ、やる気の問題」沖田が真顔で宣言する。そのまま金も払わず、店を出てしまった。

まったく、あいつは……西川は苦笑しながら財布を取り出した。何かあるとすぐに周りが見えなくなる癖《くせ》は、年齢を重ねても変わらない。金は払うけど、今日の払いは絶対に割り勘にするからな、と西川は頭の中にメモした。

5

沖田は渋谷中央署の刑事課で、空いたデスクについてスマートフォンを取り出した。この時間でも、刑事課の一部スタッフはフル回転しており、刑事課長も自席に残っている。まるで特捜本部ができた時のような雰囲気だった。

「やる気の問題」と、勢いこんで西川には言ったものの、沖田自身のやる気は少しずつ失《う》せている。これは、相手のミスを明らかにする行動で、気合い十分では動けない。とはいえ、やらないわけにはいかないのだ。沖田は何とか気持ちを持ち直して、スマートフォンに番号を打ちこんだ。

「――はい」相手――多摩東署の小杉が面倒臭そうな声で電話に出た。

「追跡捜査係の沖田です」

「何かあった?」途端に小杉が声を潜める。

「いろいろありまして……今、話していいですか?」

「大丈夫。もう家だから」多摩東署は今、特に事件を抱えているわけでもなく、定時に帰れる状態なのだろう。

小杉には、篠崎が病死したことは既に伝えていた。それを聞いた時の、彼の絶望的な溜息を思い出すと、こちらの気力まで削《そ》がれてしまう感じがする。自分の中では大きなミスとして、忘れたがっていた事件――それが十年後に浮上してきて、どうなるかと不安になった途端に、相手が勝手に自滅したような感じではないだろうか。人は、何かで苦労している時よりも、予感が外れて空振りした時の方が徒労感を覚えるものだ。

「全然関係ない話で申し訳ないんですが、十年前、入江義一という人を捜査していましたか？」

「入江……入江……ああ、被害者の元彼か」

「そうです」小杉の記憶力がいいのか、あるいはそれだけ強烈な印象を持った相手だったのか。「覚えてますか」

「もちろん。当然事情聴取もしたんだが、一回だけだったと思う。俺は担当していなかったから、詳細は分からないけど」

「怪しいことはなかったんですか」

「すぐに、捜査の矢印が篠崎に向いたからな」

「そもそも、篠崎さんが第一の容疑者になった原因は何だったんですか？　被害者とつき合っていたことが分かっても、何か具体的な事実がないと、すぐに容疑者にはなりませんよね」

「垂《た》れ込みだったんだ」小杉が即座に言った。「発生翌日に、有力な垂れ込みがあったんだよ。篠崎が被害者と揉《も》めていたという内容で」

「それで篠崎さんが容疑者に？」

「ああ。かなり具体的な内容だった。篠崎に直当たりすると、揉めていた事実は認めたしな」

「動機はあった——それで、一気に篠崎さんに疑いが向いたわけですね」

「そういうことだ」

「結局、入江は野放しに」

「野放しって……容疑者でもなかったんだから、そういう言い方はどうかと思うけど」小杉が不機嫌そうに反発した。

「まあ、そうですね。しかしこの入江という男、かなり怪しい人物ですよ」

「ああ？」

「薬物取り引きに関わっていた——今も関わっている疑いがあります」

「売人かい？」

「その可能性もあります。当時勤《つと》めていたグリーンオーダーという会社を辞めて沖縄に行ったり、その後東京へ戻ってきたり。今もマークされています」

「そいつは怪しいけど、それ以上のことは分からないぞ。当時は、すぐに篠崎に捜査が集中したから」

そうやって全員が同じ方向に向かって走り出し、結果的に事件は迷宮入りしたわけだ。皮肉が頭に浮かんだが、すぐに追い出す。

「その後はまったくノーマークということですね」

「あんたも、きついね」

「事実関係の確認だけです」

「入江に対する捜査が不十分だったと言われれば、それは否定できない」小杉が認めた。

「それで？　入江が捜査線上に浮かんでいるのか？」

「まだ点線の状態で、つながってはいませんが」

「当時、垂れ込みの電話を受けたのは俺じゃない。そいつは事件当時に辞めてるけど、話、聴くかい？」

「できれば」何が分かるか予想もできないが、やってみる価値はある。

「だったら、今からでも大丈夫だと思うよ」

「いいんですか？　定年で辞めた人だったら、遅い時間に連絡するのは気が引けますけどね」年寄りの静かな夜を邪魔したくはない。

「いや、定年じゃない」小杉が否定した。「家の都合で辞めたんだ。まだ四十歳ぐらいだよ」

「だったら、遅いってことはないですね。どこにいるんですか？」

「長野だ」

ということは、電話で話を聴くしかないだろう。本当は直接会って話したいのだが、長野まで往復したら半日が潰れてしまう。すぐには連絡先が分からないというので、沖田は一度電話を切った。折り返しの連絡を待つ間、西川と話をする。

「そうか、きっかけは垂れ込みだったのか」西川がうなずく。

「想像だけど、垂れ込みしてきた人間は、篠崎さんの方に捜査の目を向けようとした感じがする」

「それは考え過ぎだと思うけど」

「そうかもしれないけど、引っかかる。例えば入江が真犯人で、自分が疑われないようにするために、篠崎を犯人にしたて上げたとか」

「うーん……何とも言えないな」西川は否定的だった。

「そう言うなよ。話を聴いて、それから判断しようぜ」

「十年前か……そんなに簡単に思い出してくれるかな」

「お前だったらどうだ？　十年前のことだって覚えてるんじゃねえか？」

「俺は、な。でも、その人はもう警察を辞めてるんだろう？　今は全然違う仕事をしているなら、とっくに忘れてるかもしれない」

電話が鳴った。小杉――反応が早い。フル回転で動いてくれたのは間違いない。彼にしても、喉に刺さったままの棘を早く引き抜きたいのだろう。どんな結果が出るにしても、新しい棘が刺さることになるのだが。

「沖田です」

「遅くなって申し訳ない――電話番号、言うよ」

言われるままに、携帯電話の番号をメモした。

「この時間に電話しても大丈夫ですか？」

「俺が今、話しておいた。困ってたけど、協力するとは言ってたよ」

「今は何をやってる方なんですか」

「旅館」

「旅館？」

「松本《まつもと》にある老舗《しにせ》の旅館だよ。ご両親が交通事故で同時に亡くなって、本人が急遽《きゅうきょ》継ぐことになったんだ」

「それは……警察の仕事とは百八十度違いますね」

家業が古くから続いているなら、後継の問題は必ず生じるだろう。それを振り切って警察官になったのか、あるいは最初から期間限定で東京に出てきたのか。いずれにせよ、辞めた当時は三十歳……刑事としてはまだ駆け出しのようなものである。キャリアがスタートして数年で地元へ戻るのは、後ろ《うし》髪引かれるような思いだっただろう。

「お手数でした。すぐに電話してみます」

「俺はもう、この件にはついていけないよ」小杉は溜息をついた。「俺たちはいったい、どんなミスを犯したのかねえ」

それはこれから明らかになる。明らかになったら小杉に話すべきかどうか、沖田にはにわかに判断できなかったが。

一呼吸置いて、教えてもらった携帯電話の番号を打ちこむ。相手が出るのを待つ間、二度三度と深呼吸して気持ちを落ち着けようとする。しかし落ち着く間もなく、相手が電話に出た。

「市川《いちかわ》さんですか？　警視庁の沖田です」

「お世話になります。市川です」

相手が腰の低い人間なのでほっとしたが、考えてみれば今は接客業なのだから、当然かもしれない。

「実は、十年前の事件の関係でお電話しました」

「はい、小杉先輩から聞いています」市川の反応はてきぱきしていた。「でも、お役に立てるかどうか……」

「古い話ですから、覚えておられるかどうか分かりませんが、杉並の特捜事件で、発生直後に垂れ込みの電話がありましたよね？」

「はい、覚えています。特捜本部で電話番をしている時にかかってきました。発生の翌日だったと思います」

若い刑事が電話番をさせられることはよくある。沖田は、握っていた綱《つな》を少しだけ引き寄せたような気分になった。興奮するにはまだ早いが……。

「相手がどんな人だったか、覚えていますか？」

「中年の男性ですね」

「声を変えているような感じはなかったですか？」

「声色とか、ボイスチェンジャーとかですか？　それはないです。それだったらすぐに、怪しい電話だと分かったはずです。ごく普通の声、話し方でした」

「内容は、篠崎さんと被害者の関係について、ですか」

「はい。別れ話のもつれから揉めている、という話で、かなり具体的な内容でした。被害者の益岡さんが妊娠《にんしん》して、本人は産みたがっていたけど、篠崎さんが拒否して堕《お》ろしたと……それで関係が悪化して、別れるかどうかという話になった」

「確かに具体的ですね」沖田は納得してうなずいた。本人か、ごく近い人しか知らないような情報である。「その情報は確かだったんですか」

「益岡さんが中絶したのは事実でした。それで特捜本部は一気に篠崎犯人説に傾《かたむ》いて――被害者と揉めていたことは、篠崎も認めていたんです。実際、暴力沙汰《ざた》になって警察が出動したこともあったぐらいですから。特捜本部は、それが動機になったと判断しました」

「確かにそれは、有力情報ですね。問題は情報提供してきた人なんですが、何か特定できるような材料はありますか？」

「話し振りは冷静でした。俺の方は情報の内容が内容だったんで、慌てちゃったんですけど……警察には、よく悪戯《いたずら》電話がかかってきますよね」

「あるね」沖田は相手をリラックスさせるためにわざと笑い声を上げてラフな口調に切り替えた。「特に、酔っ払いな。酔っ払うと、警察官をからかってもいいと思う奴、多いみたいだし」

「ですね……それまでもそういう電話は何本も受けてきたんですけど、あれだけ具体的で真剣な電話は初めてでした」

「悪戯電話という感じではなかった？」

「最初から真剣に、冷静に話していました」

「でも、名乗りはしなかった？」それなら当然記録に残っている。あれば、沖田も気づいていたはずだ。

「そうですね。でも、電話番号は分かりましたけど」

「マジか」沖田は思わず声を張り上げた。

「特捜にかかってくる電話は、基本的に番号は分かるじゃないですか。公衆電話とかは別ですけど」

「チェックしなかった？」

「しませんでした。今考えると甘かったですけど、垂れ込みの内容が衝撃的過ぎて……そちらを確認する方に、一気に話がまとまってしまったんです」

「それはしょうがない……」惜《お》しいところだ。当時の特捜本部の沸《わ》き立ち方は、沖田にも簡単に想像できる。大きな手がかりが目の前に現れた時、それを追いかけるのに必死になって、他の情報の確認を怠《おこた》ってしまう――仕方がない。問題は、その番号の記録が残っていないことである。さすがに十年前では……電話会社でも、既に通話記録は破棄《はき》しているのではないだろうか。「番号、覚えてないか？」

「覚えてはいませんけど、メモした記憶はあります。ちょっとお時間いただけますか？」

「大丈夫ですか？　仕事は？」老舗旅館ともなれば、夜まで仕事があるのではないだろうか。彼自身、板前として包丁を握っているとか。

「大丈夫です。お客様へのご挨拶と、書類に判子《はんこ》を押すだけが仕事ですから。かけ直しますけど、いいですか？」

「もちろん。今、二十四時間営業なので」

電話を切り、沖田は下の階へコーヒーを買いに行った。ブラックで一口飲むと、口中の脂が一気に洗い流されたように感じる。そう言えば夕飯には中華を食べたのだった――何を食べたかはまったく覚えていないが。

ふいに煙草《タバコ》が吸いたくなる。やめて半年、案外あっさり禁煙できたのだが、今になってあの味わいが急に懐《なつ》かしくなっている。コンビニに行けば煙草はすぐに手に入るが、やはり我慢しないと……ここで吸ってしまったら、半年間の禁煙が台無しになる。捜査が厳しい状況に入ったからと言って、禁煙の誓《ちか》いを破っていたら、永遠に煙草から離れられない。

刑事課に戻ると、西川が誰かと電話で話していた。先ほど飯を食っている途中にも店を出て、誰かと電話していたようだが……この一時間ほどの記憶が曖昧になっていることに驚く。

電話を切った西川が、沖田の顔を見て首を横に振った。

「入江の件、おかしな方へ動いてる」

「入江？　入江がどうした」

「何言ってるんだ、お前」西川が呆れたような表情を浮かべる。「さっき説明しただろう。入江を尾行している連中からの報告だ。入江が篠崎の家を見に行ったんだよ」

「あ？　ああ」

「覚えてないのか？　短期記憶の損失は、いろいろな病気の前触れだぞ」

「馬鹿言うな」沖田は吐き捨てた。「ちょっと考え事してただけだ。それで、おかしな方って、どういうことだ」

「入江はもう、篠崎さんの家を離れた。その後で、今度は恵比寿の傷害事件の被害者、青井裕介さんの家に寄った。当然、家には入れなかったけど」

「ああ？」沖田は眉を吊り上げた。「何でまた」

「もしかしたら、青井さんも薬物に絡んでいるかもしれない。徳島とのトラブルも、それが原因だったとか」

「被害者が非協力的なのも、それなら分かる」沖田はうなずいた。

「いずれにせよ、これから叩かないと。入江は今はまたこっち——恵比寿方面へ向かっている」

「入江は、篠崎さんが死んだことは知らないはずだ。別に公《おおやけ》になるようなことじゃないし、入江も篠崎さんの家族とは関係ないだろうしな」

「一応、確認した方がいいぞ」西川が指摘した。「お前、篠崎さんの家族——面倒を見ていた幼馴染《おさななじ》みの人とは通じてるよな？」

沖田はすぐに柳に電話をかけた。既に篠崎のマンションから荷物は運び出して処分し、契約も解除したという。それでようやく一連の処理が終わってほっとしたようだった。そのせいでもあるまいが、沖田の質問に対しては反応が鈍《にぶ》い。

「入江？　いや、そういう人は知らないですね」

「篠崎さんの知り合いかもしれない人なんですが」

「いや……記憶にないな」

「入江という名前でなくても、篠崎さんのことを聞いてきたような人はいないんですか」

「いませんよ」柳が否定した。「あいつが亡くなったことだって、知ってる人はほとんどいないんだから。積極的に広めるような話でもないですしね」

「そうですか……夜分にすみません」

「何か分かったんですか」

「いや、残念ながら」むしろますます分からなくなっていると言っていいだろう。「また何か、お伺いすることがあるかもしれません」

「いつでもどうぞ。光雄のためになるなら」

こういう風に、相手が亡くなっても無償の友情を保ち続ける相手もいるわけだ。自分の場合は……余計なことは考えないようにしよう、と沖田は自戒《じかい》の念を抱いた。しかし反省する間もなく、デスクに置いたばかりのスマートフォンが鳴る。先ほどかけた市川の番号が浮かんでいた。

「市川です。すみません、お待たせしてしまって」恐縮した口調は、相手を一週間も待たせてしまった人間のそれだった。

「いや、さっき電話を切ったばかりですよ。早いですね」

「いらなくなったものも、断捨離しないで残しておくものですね」

「昔の手帳？」

「ええ。嫁《よめ》さんはいい加減処分しろっていうんですけど、何となく捨てられなくて」

「それにしても早い」

「年別に整理して、しまってあるんです。すぐ見つかりました」

西川と同じような整理魔か。沖田はそういう几帳面《きちょうめん》さを普段は馬鹿にしているのだが、こういう状況を目の当たりにすると、自分ももう少し整理整頓《せいとん》しなければ、と反省する。

市川から、問題の電話番号を聴く。固定電話の番号だった。メモしながら、自分の記憶と照らし合わせたが、ピンとこない……まあ、古い電話番号でも、確認できないことはないだろう。

「この電話を受けたのがいつだったか、覚えていますか」

「メモには、四月十日の午後九時半とあります」

「事件発生の翌日ですね？」

「そうです。この日も、何本か悪戯電話があって、うんざりしていたんですが」

「この件に関しては、悪戯電話じゃないってすぐに分かった？」

「話の中身があまりにも詳細でしたから。悪戯電話だと、どこかで内容が破綻《はたん》しがちじゃないですか」

「確かに……それでピンときて確認したら、当たっていた、と」

「そういうことです」

「どうもありがとうございました」沖田は思わず頭を下げた。「警視庁としては、大損失だな」

「はい？」

「あなたが辞めたこと。警察に残っていたら、今頃《いまごろ》はエースとして活躍《かつやく》していたかもしれない」

「いやあ……」市川が苦笑した。「しょうがないです。期限つきで東京に出してもらったので」

「ご両親、亡くなられたそうですね」

「交通事故で……あれで一気に状況が変わりました。両親が生きていたら、まだ猶予《ゆうよ》期間が続いて刑事をやっていたかもしれない」

「旅館もいろいろ大変でしょう」

「さすがに十年もやってると、慣れてきましたけどね。昔から働いている人が多いので、私は座ってるだけですけど……今度、泊まりに来て下さいよ。料理には自信がありますから」

「この件が片づいたら、是非《ぜひ》」

電話を切って、沖田は両手を揉み合わせた。この電話番号が手がかりになるかもしれない。それにしても、市川は惜しいことをした。どれだけ刑事としての「閃《ひらめ》き」があるかは分からないが、物事をきちんと整理できる能力、そして記憶力は貴重なものである。警視庁には四万人以上の職員がいて、全国から人が集まっているから、抱えている事情は様々で、定年を前にして退職・帰郷する人間も珍しくはない。そうやって生じる人的損失は、かなり深刻な問題ではないだろうか。

西川に、今の情報を報告する。番号を聞いた途端、西川が「会社の番号っぽいな」と言った。スマートフォンで検索すると、黙りこんでしまう。

「分かったのか？」

「グリーンオーダーかもしれない」

「入江が勤めていた会社か？」

「確認はできる」西川が壁の時計を見上げた。「今日はさすがにもう無理か……明日の朝一番で電話して、確認しよう」

「入江が、会社から特捜本部に電話をかけてきて……それで偽《にせ》の情報を吹きこんだ？」

「筋は合う」

西川が言う「筋」を沖田は考えた。たぶん自分が想像したものと、西川が考えていることは同じである。しかしどこかずれた感じがする。

その時、西川のスマートフォンが鳴った。急いで取り上げ、相手の話に耳を傾けていたが、すぐに眉間に皺が寄ってくる。「分かった。待機している」と言ったものの、表情が暗い。

「どうした？」

「薬物銃器対策係の連中が、入江の身柄を押さえた」

「ああ？　何でそんな乱暴なことを……」

「恵比寿銀座で、ヤクを売っていた現場を押さえたそうだ」

「だからって、泳がせておいてもいいじゃねえか。本丸狙いで泳がせ捜査をするのは、薬物関係の捜査の基本だろうが」

「いや、トラブったらしい」

「売買で？」

「金の話か何かで問題があったようで、入江がいきなり相手を殴《なぐ》りつけたそうだ。繁華街の中だからすぐに騒ぎになって、近くで監視していた連中が現行犯逮捕した——せざるを得なかった」

「すぐに放した方がいいんじゃねえか」

「それはこれから決める……ただし、入江はあくまで渋谷中央署が狙っていた相手だからな。こっちが何か言ってもリリースするとは思えない。目の前で乱闘騒ぎが起きているのに、無視するわけにもいかなかっただろうし」

「入江って奴も、本格的な馬鹿じゃねえのか?」沖田は首を捻った。「あんな繁華街で騒ぎを起こしたらやばいことになるぐらい、想像できないのかね」

「本格的な馬鹿かもしれないけど、だったらうちとしてはありがたい」

「そうだな」沖田はうなずいた。「攻める方法はいくらでもありそうだ」

「これから入江をこっちへ連れてくるそうだ。取り敢えず、奴の顔を拝《おが》んでおこう」

「どれだけ悪い奴か、顔を見るのが楽しみだな」事態が一気に最終局面に向かっていることを意識しながら、沖田は言った。

6

入江は、ヤクの売人という感じではなかった。黒地に赤い花柄のシャツ、細身のカーゴパンツというカジュアルな格好で、長く伸ばした髪はかなり傷《いた》んで焼けていた。そしてよく陽焼《ひや》けしている。今でも、沖縄の海でたっぷり遊んでいるような感じだった。引き上げて、東京に戻ってきてからかなり経つのに。

「下手《へた》な若作りだな」取調室のマジックミラーから中を覗いて、沖田が毒づく。

「俺らより年下だぜ……ま、ほぼ同年代だけど」

「俺は、あんな格好をするぐらいなら、死んだ方がましだ」

「誰もそんなこと頼まないよ」西川が苦笑した。「ちょっと様子を見ておいてくれないか？　俺は担当の子と話しておくから」

「分かった」

西川は取調室の前を離れ、組織犯罪対策課の大部屋に向かった。奈緒がしかめっ面《つら》で手鏡を覗きこみ、額を押さえている。大きな絆創膏《ばんそうこう》が見えた。

「怪我したのか？」

西川が声をかけると、奈緒が情けない笑みを浮かべた。

「ヘマしました」

「取り押さえようとした時に？　そういうのは、馬鹿力しか売りがない男の刑事に任せておけばいいんだよ」

「私、柔道二段なんですけど」

「失礼」咳払《せきばら》いして、西川は彼女の隣に腰を下ろした。「滅茶苦茶《めちゃくちゃ》やってくる奴には、柔道の技も通用しないことがあるよな。怪我の具合は？」

「ちょっと切れてますけど、大したことはないです」

「クラクラしないか？」頭を打ったとなったら、十分にケアしておかないといけない。

「大丈夫です。柔道の試合で頭は何度も打ってますから、ヤバいかそうじゃないかは分かります」

「その感覚は大事にした方がいいけど、無理はするなよ」

「今のところ、問題ないです」

「分かった――逮捕した時の状況を教えてくれ」

「さっき電話で話した通りなんですけど、明らかにヤクの受け渡しをしていて、その時に揉め始めたんです。金額が足《た》りなかったか何か、そういうトラブルだと思うんですけど」

「さすがに見逃せなかったか」

「いきなり殴りかかったので、相手が怪我する恐れもありましたから」

「その相手は……」

「入江を取り押さえている間に逃げられました。みっともないです」

「それはしょうがない。一応、暴行の現行犯逮捕、ということでいいんだよな?」

「ええ」

「思いもかけない形で、切り札が手に入ったわけか」西川は顎を撫でた。夜に入って伸びてきた髭《ひげ》が鬱陶《うっとう》しい。「これをどう使うかは、考え所だ」

「……ですね」

「渋谷中央署としては、本筋として逃したくない相手だよな」

「でも、これまでの積み重ねもありますし、今夜もヤクを持っているのは確認できましたから、捜査に支障はありません。他の件とどう結びつけるかの方が課題じゃないですか」

「そうだな」西川はうなずいた。「いずれにせよ、本格的に叩くのは明日の朝からだな」

「明日は、入江の家にガサをかける予定です。それで何か出てくるといいんですが」

「俺もつき合って大丈夫だろうか？　ガサを手伝うわけにはいかないだろうけど、何か出てきた時にすぐに確認したいんだ」

「立ち会い、みたいなものですか？」

「邪魔はしないようにする。後で係長に許可を取っておくよ」

明日の朝やることがいくつもできた。グリーンオーダーの方に話を聴くのは、沖田に任せてもいいだろう。そもそも問題の番号を割り出したのは沖田なのだし。自分は、入江の「現在」に迫ってみよう。

やる時は一気に、素早くやる。やらねばならない。

それが警察の捜査の基本だということを、西川は改めて思い知った。

翌日、木曜日の午前九時に入江宅の家宅捜索が始まったのだが、部屋の中を覗いた瞬間、西川は誰かがここを「クリーニング」したと悟《さと》った。部屋の中に、やけに物が少ないのだ。昨夜入江が逮捕されたことをいち早く察知した関係者が、部屋にある「ヤバいもの」を片づけた可能性がある。実際に調べ始める前からでも、そういうことは何となく分かるものだ。それを奈緒に話すと、彼女も渋い表情でうなずいた。

「入江の上の元締めか、そいつに頼まれた人間じゃないですかね」

「意外とちゃんとした組織かもしれない」

「でも、あくまで入江から二親等ぐらいまでしか辿れませんよ」

「二親等？」それは親族関係を示す言葉ではないか？

「喩えですよ、喩え」奈緒が苦笑する。「売人の上下関係を辿っても、そんなに広がらないという意味です。昔はもう少し楽だったらしいですけどね」

「携帯が普及する前の話だな。今は携帯でつながってるだけだから、本当に人間関係がつかみにくくなった」互いの名前さえ知らない、というのも珍しくない。

「取り敢えず、調べてみます。西川さん、申し訳ないけど、玄関で待機で……」

「分かってるよ。邪魔はしない」西川はうなずき、狭い玄関で立ったまま、捜索の様子を見守った。

部屋はそれほど広くない。奈緒から聞いた通り1LDKで、リビングルームは玄関から直結だった。廊下がないので、捜索の様子はよく見える。リビングルームは十二畳ほどの広さで、見事に物がない。片隅に布団が丸まっているぐらいで、ここに誰かが住んでいたという感じがほぼなかった。仮眠するための場所という印象が強くなったが、渋谷中央署では、ここに入江が出入りするのを確認している。もっとも、玄関からは見えないもう一つの部屋に、生活の匂《にお》いがあるのかもしれないが。

三十分ほどして、奈緒が玄関までやって来て、首を横に振った。

「何もないですね」

「ヤクの関係は？」

「ありません」

「昨日、入江が持ってたのは覚醒剤《かくせいざい》だよな？」

「そうですね。ここが倉庫になっているかもしれないと思ったんですけど、在庫を持たないようにしていた可能性もあります」

「卸の人間から受け取って、すぐに売りさばいて手元に残さないようにする、か」西川は顎を撫でた。「その方がリスクは少ないんだろうな」

「ええ」

「もう一つの部屋の方は？　寝室か？」

「そうみたいです。そっちにも布団が置いてありました」

「そっちにも？」

リビングルームの布団は何なのだろう。気分次第で、寝室とリビングのどちらかで寝ていた？　そういうことをする人間はあまりいないと思うが。

別の刑事が、もう一つの部屋から出て来た。ナイロン製の青いボストンバッグをぶら提《さ》げている。

「宮本、これをちょっと調べてくれないか」

「分かりました」

奈緒がバッグを受け取り、玄関先に置いた。西川は手を出したくてうずうずしたが、何とか我慢して見るだけにする。

奈緒はバッグを開けると、まず中の様子を撮影した。現状維持——調べ終えたら元に戻すのが基本だが、バッグだから、そう完璧《かんぺき》に元通りにはできないだろう。まあ、中身がなくなったり壊れたりしなければ、問題はない。奈緒は撮影を終えると、手袋をはめて中身を慎重に取り出し始める。基本的に服——Tシャツが何枚か、カーディガン一枚、ジーンズが一本。他に下着類が出てきた。取り敢えず生活するために最低限必要なものを突っこんでいるだけ、という感じである。

「入江の服っぽくないですね」奈緒がつぶやく。

「そうか？」

「そもそも売人って、夏でもTシャツ一枚っていうことはないんですよ」

「いざという時にブツを隠す場所がないから？」

「そういうことです。最近は、カーゴパンツが流行《はや》ってますね。あれだと、ポケットがたくさんついているので」

「なるほどね……」確かに入江も、カーゴパンツを穿《は》いていた。

「人の服を調べるのって、いい気分じゃないですけど……あれ？」

「何かあったか？」

「これ」

奈緒がバッグの底からタブレット端末を取り出した。起動してみたが、ロックされていてログインできない。

「入江のかな」

「どうですかね。ログインしてみないと分かりませんけど」

「できるかな」

「それは何とかなると思います」

「他に何か……」

「これで終わりですね」奈緒がバッグを叩いていく。隠しポケットがないか、確認しているのだ。何もないと分かると手帳を取り出し、バッグの中身を記録し始める。西川としては、タブレット端末がどうしても気になる……しかしすぐには分からないだろう。

それからさらに三十分ほど捜索が続いたが、薬物の取り引きにつながりそうな材料は出てこなかった。空振りか――いかにも誰かが全てを片づけていった感じがする。やはり昨夜のうちに、家宅捜索しておくべきだった、と後悔する。それぐらい建言しても、問題はなかっただろう。変に遠慮しても、いいことはない。

結局、部屋からの押収物はバッグだけだった。このタブレットが何かの手がかりになればいいのだが……覆面パトカーに戻る途中で、スマートフォンが鳴った。沖田。

「あの電話番号な、やっぱりグリーンオーダーのものだった」沖田がせかせかした口調で言った。

「そうか」西川はすっと背筋が伸びるのを感じた。「じゃあ、あのタレコミ電話は、入江だな？」

「いや、確定したわけじゃない。十年前の話だから、実際に入江がその電話を使って特捜にかけたかどうかなんて、証明しようがねえだろう。あくまで傍証だ」

「そうか……」沖田の言う通りだが、どうも釈然としない。というより、どうしてもタレコミ電話と入江を結びつけて考えたくなってしまうのだった。

「それと、暴行事件の被害者、青井裕介なんだけど、薬物取り引きに関わっている可能性がある。病院で事情聴取しているんだけど、ほのめかし始めたらしい」

「ということは、徳島との一件は、売人同士の内輪揉めだった可能性がある？」

「ああ。この件はさらに叩くそうだ。それで、そっちはどうだ？」

「誰かが、昨夜のうちに入江の家をクリーニングして行った可能性がある」

「ヤバい物は引き上げたか」

「押収したのは、ボストンバッグ一つだ。中にタブレットが入ってたけど、まだログインできていない」

「期待したんだけどな」

「よくあることだ。俺たちの仕事は、こういうことの繰り返しじゃないか」

上げて落とされる——いい手がかりかと思うと外れる、ということは今まで何度も経験していた。しかし今回は珍しいパターンだった。落ちたと思ったらまた上がる。しかも、もしかしたら一気に天辺《てっぺん》まで。

その日の夕方、今度は西川が徳島と対峙《たいじ》した。青井裕介に関する捜査がさらに進んだので、それを切り札にできる。しかもタブレットのロックも解除できていた。

「毎日日替わりで相手が変わるんですか？」徳島は太々《ふてぶて》しく皮肉っぽい態度を取り戻していた。昨夜から追及が止まっていたので、問題はなくなったと思いこんだのかもしれない。

「あんた、入江義一の家で世話になってただろう」

西川は前置き抜きで、正面から切りこんだ。途端に徳島がびくりと身を震わせる。ヒットだ、と判断して西川は一気に話を進めた。

「昨夜、入江義一が逮捕された。容疑は暴行の現行犯。シャブを持ってたから、この後その容疑でも逮捕される予定だ。あんたは、その入江の部屋で寝泊まりしていた」

「俺は……」徳島の顔が一気に蒼《あお》くなる。

「入江の部屋――恵比寿三丁目のマンションにガサをかけたら、ボストンバッグが出てきた。中にタブレットが入っていて、ロックを解除したらあんたのものだと確認できた」

「ロックの解除なんかできるわけないだろう！」

「警察には色々と手があってね」自分でやったわけではないが、西川は胸を張った。「とにかく確認はできた。何であんたのタブレットが――荷物が入江の部屋にあった？　説明してもらえるか？」

「俺は……」

「春に東京へ戻って来てから住んでいたマンションは、引き払ったんだよな？　その後はどこに住んでた？　入江の部屋に転がりこんだんじゃないか？　奴との関係はいつからだ？」西川は質問を畳《たた》みかけた。

「言うことはない」

「いや、言ってもらわないと困るんだな。あんたの立場はどんどん悪くなるよ。今ならまだリカバリーできるかもしれないけど」

「しかし……」徳島がうつむく。一気に汗が吹き出し、顔が光って見えるほどだった。

「四年前からじゃないか？　思い出してくれ。あんたは四年前——自分で事件を起こす前に、奇妙な行動をしている。篠崎光雄さんという人を知ってるか？」

「いや」短く、力のない否定。

「あんたは、篠崎光雄さんが当時住んでいたマンションに行って、彼が人殺しだと住人に吹きこんだ。何でそんなことをしてたんだ？」

「言うことはないです」

「篠崎光雄という人が何者か、知ってるか？」

「さあ」

「十年前に殺人事件で逮捕されたけど、裁判で無罪判決を受けた人だ。四年前は、判決が確定して自由の身になり、密《ひそ》かに暮らし始めていた。あんたがそこに現れて、彼の新しい生活をぶち壊したんだ。何のためにそんなことをやった？」

「俺は何もやってません！」徳島が声を張り上げて否定した。

「あんたがそういうデマを飛ばしていたという裏は取れているんだ」

「それが何か関係あるのかよ」徳島が開き直る。

「聞いてるのはこっちなんだけどな」西川は眼鏡を直して徳島を睨みつけた。「惚《とぼ》けててもいいけど、どんどん不利になるぞ。今のうちに、自分から進んで全部喋ってしまえば、少しは事情も配慮される」

「だから、俺は！」

「あんたが、何だ？」西川は冷静に攻めた。「話したいことがあるなら、もちろん聞くよ。ただし、こっちの質問にも答えてもらう。質問はまだまだある。あんた、怪我させた青井裕介とは知り合いだな」

「いや」

「青井裕介が全部喋ったよ。あんたと組んで、薬物を売りさばいていたことを認めた。だけどそれが原因でトラブルになって、あのクラブで大喧嘩になったんだろう？」

「俺は、そんな……」声が消え入りそうだった。

「青井裕介を知ってるよな？」西川は念押しした。

「……ああ」

「それで、あんたと入江の関係は？」

徳島が黙ってうつむいた。肩が小刻《こきざ》みに震えているのが見える。ダメージは大きい。今は、人生の岐路《きろ》に立って、どこへ向かえば少しでも罪が軽くなるかを必死に考えているだろう。考えるのは勝手だ。しかしこちらは、どうやっても必要なものを手に入れる。

「入江との関係は?」西川は質問を繰り返した。「四年前から知り合いなのか?」

「言うことはありません」

「ドラッグだろう? 入江はドラッグの売人として、ずっと目をつけられていた。要するにあんたは、入江と一緒に売人をやってたんじゃないか? 青井もその仲間だった。そういう関係があって、四年前の件も、入江に頼まれたんじゃないか?」

「その頃俺は東京にいなかった!」

「誰が?」徳島が失策を犯したことに西川は気づいた。「あんたは東京——川崎にいた。昨日、事件に関して自供したんだから、それは間違いないよな? 川崎は東京じゃないけど、そういうことを言いたいわけじゃないだろう?」

「俺は……」

「東京にいなかったのは誰だ?」

「いや……」

「入江だな?」西川は決定打を繰り出した。「入江は四年前には、確かに東京にいなかった。どこにいたか、あんたは知ってるだろう」

「知らない」

「だったら、言っておく。入江は四年前には、沖縄にいたことが確認されている。東京へ戻ってきたのは一年ぐらい前だ。薬物関係の捜査対象になっていて、ほとぼりが覚めるまで沖縄に逃げていたんだろう。安心だと思って東京へ戻ってきたのが去年——それでまた、あんたと連絡を取るようになった。これからタブレットの解析をするけど、あんたと入江のやりとりが見つかるんじゃないかな」

「俺は、別に……」

「入江っていうのは、どんな人間だ？　俺たちが調べた限りだと、なかなかのワルみたいなんだよな。あんたはどうやって知り合った？　スカウトされたのか？　それとも自分から近づいたのか？」

「そんなこと、言えるかよ！」徳島の声はほとんど叫《さけ》びになっていた。

「言えない秘密があるっていうことか」西川は突っこんだ。「しかし、喋ってもらわないと困るんだよな。色々問題が山積みなんだ」

「俺は、巻きこまれただけなんだ！」徳島が大声を張り上げる。

「そうか」落ちた、と確信して西川はうなずいた。後はじっくり攻めていけばいい。その時、取調室のドアが開いて、刑事課長が首を突っこんだ。西川に向かってうなずきかけたので、すぐに立ち上がって廊下に出る。代わって沖田が徳島の前に座り、無言で圧力をかけ始めた。やり過ぎるなよ……。

「大当たりだ」刑事課長の吉野が表情を変えずに言った。

「何事ですか？」

「今、練馬中央署の特捜から連絡があった。入江は引っ張りだこになるぞ」

「それはどういう――」

吉野の説明を聞いて「引っ張りだこ」の意味がすぐに分かった。入江はいったいいくつの罪を重ねているのだろう。そういう男を、徳島が恐れるのは十分に理解できた。安全な刑務所の中でほとぼりを冷ましながら、身の安全を見極めたいという気持ちも。

「ありがとうございました」西川はさっと頭を下げた。

「結局、この件はどこが仕切ることになるか、分からないな」吉野が首を横に振る。「警視庁の中でどれが一番重要な事件かと言えば、練馬の殺しだ。しかしあんたたちは、十年前の杉並の事件を追っている。それは警察としては恥になるかもしれないが、やらないわけにもいかないだろう」

「そうですね」

「SCU（特殊事件対策班）が出てくるぐらいの話だと思うぞ」

「逆に、あそこに知られないようにしないといけませんね。仕切りたがりが集まってますから、主導権を握られます」

西川が言うと、吉野が馬鹿にしたように鼻を鳴らした。SCUは警視総監直属の少人数の組織で、どこが担当するか分からない事件に取り組むために、数年前に設立された。警察の管轄は部署によって明確に決まっており、それは法律によって裏づけられている。しかし最近は、管轄の「狭間《はざま》」に落ちてしまうような事件も珍しくなく、どこが担当するか揉めているうちに初動捜査で失敗することもある。そういう事態に対処するために生まれたのがSCUで、独自の判断で捜査に乗り出す。それが「でしゃばり」と批判を浴びていることは西川も知っていた。これまで追跡捜査係、失踪《しっそう》課、総合支援課が警視庁の「三大嫌われ者」と言われていたのだが、仲間が増えたことになる。

「まあ、いずれ捜査一課が出てくるんじゃないかな。殺しが何件か絡んでいるわけだから。それで、どうだ？」

「課長が入ってくるまではいいペースでしたけどね」

「おっと、そいつはすまない。続けてくれ」しれっとした表情で言って、吉野が去っていった。

取調室に戻った西川は、沖田にうなずきかけた。沖田は黙って席を立ち、記録係のデスクについた。

「あんたは、入江が怖いんじゃないか」西川は話を再開した。

「いや……」

「入江は、あんたに金を儲けさせたかもしれない。でもそれ以上に怖かったはずだ。しかし、逃げる手がない。今回、声優の専門学校に入るという理由で上京してきたんだよな？」

「昔から好きだから」

「嘘だろう」西川は決めつけた。

「嘘じゃない」徳島がむきになった。「俺は声優になりたい――」

「というのは、上京してきた表向きの理由だろう？　本当は入江に呼ばれたんじゃないか？　何か、どうしても断れない理由があって」喋りながら、西川は頭の中で小さな火花が散るのを感じた。「あんた、入江に弱みを握られてたんじゃないか？　例えば四年前の川崎の事件——警察は犯人に辿り着いてなかったけど、入江に知られたんじゃないか？　それをバラすと言われたら、言うことを聞かざるを得ないだろう」

「言うことはない」

「昨日、あんたはやけに刑期にこだわってたよな？　入江から逃げられるかどうか、計算してたんじゃないか？　刑務所に入ってしまえば、まず安心だろうから」

そこで既に、自分の推理が破綻《はたん》しかけていることに西川は気づいた。徳島は、自分が起こした事件が入江によってバラされるのを恐れた。しかし最終的には、入江から逃れるために自分の罪を認めることにした——人間の考えや行動は、必ずしも論理的に筋が通っているわけではないのだが、西川の感覚では滅茶苦茶だ。

「入江は逮捕されている。これからどうなるか分からないけど、あんたが刑務所に入るのと同じぐらい、入江が服役していれば安全じゃないか？　入江が長く刑務所にいればいるほど、あんたの身の安全は保証されるわけだ。だから——」

「喋れってか？」徳島が鼻を鳴らす。

「別に、喋らないでもいい。でもそうすると、あんたの安全は確保できなくなるぞ。この辺で、入江と切れる方法を本気で考えろよ。そうしないと、残りの人生、ずっとびくびくしながら暮らすことになる。それに耐《た》えられる自信はあるか？」

外に出ていた沖田が戻って来た。ふと煙草の臭《にお》いが漂っているのに気づく。見ると、沖田のワイシャツの胸ポケットが、煙草で膨らんでいた。

「禁煙はどうしたんだ」

「二十四時間だけ中断した」沖田が不機嫌に言った。「明日まで。明日には徳島の件も入江の件も決着をつける」

「そのために煙草が必要か……煙草にそこまでの力があるのかね」

「成人して以来、ずっと吸ってきたからな。禁煙した時は、腕を一本もがれたような気持ちになった」

「大袈裟《おおげさ》な」

「それぐらい、俺にとってはかけがえのない相棒だったんだよ。今日はさっさと引き上げるぞ」

「まだチェックしておかないといけないことがある。十年前のタレコミ電話の主とか」

「それは調べようがないだろう。ハッタリをかましてぶつけるしかないな。明日は、俺がやる」

「入江を落とせるか？」

「それが本来の追跡捜査係の仕事だからな。明日、一気に決着をつける。徳島も、週末には神奈川県警に送ってやろう」

「徳島の願い通りに」

「奴は分かってない」沖田が力なく首を横に振った。「刑務所に入るのがどんなことか、分かってないんだろう。呑気に時間潰しをしているだけで済むと思ってたら、大間違いだ」

「それは、現場で学んでもらうしかないだろうな。俺たちは俺たちの仕事をやるだけだ」

7

金曜日。沖田は渋谷中央署に出て来るなり、ポットのコーヒーをカップに注いだ。それを見て、西川が目を見開く。

「お前、自分でコーヒー、淹れたのか？」

「まさか。俺にそんな器用な真似《まね》、できると思うか？」自分ではお湯さえ沸《わ》かさないような生活が、何十年も続いている。

「じゃあ、それ、どうしたんだ」

「響子」

「響子さんが？　コーヒーを？　彼女、紅茶派じゃなかったか」

「俺のために、だとさ」沖田は背筋を伸ばした。

「そいつはどうも、ご馳走様《ちそうさま》」西川も自分のコーヒーを注いだ。

「ちょっと酸味が強いかな」一口啜《すす》って、沖田は首を捻った。

「生意気言うんじゃないよ。せっかく響子さんが淹れてくれたんだから、黙って味わえ」

西川が忠告した。

「いや、彼女は本当は、店のために準備してるんだ」沖田は打ち明けた。

「あの件、本気になってるのか？　まだ話したばかりだろう」西川が目を見開く。

「まだ分からない。でも、まずコーヒーを淹れられないと、スタート地点に立てないじゃないか。そういうことだよ」

「新しい一歩、かな」

「そういうことだと思う。俺としては、せいぜい実験台になるぐらいしかできないけどな」

「確かに、お前にできるのはそれぐらいだな。毎晩眠れなくなるぐらいまで、コーヒーを飲んでやれよ」

「ほざけ」沖田はコーヒーを飲み干した。強い酸味が、意識を尖《とが》らせてくれる。「さあ、本番だ」

「立ち会わせてもらう」

「せいぜいしっかり記録しろよ」

「分かってる」

二人は揃って取調室に入った。そのまま入江が入って来るのを待つ。沖田は、昨日までとは明らかに違う緊張を感じていた。入江は十年前から、闇《やみ》の世界に生きてきた人間だ。

ある意味、場慣れしている。

沖田は、壁の大きな鏡をちらりと見た。今日最初に入江を攻める材料――田島真奈殺しについて確認するため、マジックミラーの向こうには、練馬中央署の刑事たちが控えている。何人もの人間に見守られながら取り調べをするのは、落ち着かないものだ。前に医者の知り合いが、研修医たちが見ている中で手術をするのは緊張すると言っていたが、その感覚に近いかもしれない。

ドアが開き、留置担当の制服警官が入江を連れて来た。沖田の顔を見た途端、入江が怪訝そうな表情を浮かべたまま、ドアのところで立ち止まる。制服警官に背中を押されるまで、ずっとそうしていた。

よろけるように部屋に入って来て、手錠《てじょう》と腰縄を外される。沖田を睨みながら、椅子に腰かけた。

「で？　警察は何を考えてるんですか？　昨日とは別の刑事さんが来るのは……」入江が零《こぼ》した。

「何だと思う？」沖田はからかいの口調で言った。

「さあ？　俺は警察官じゃないし、警察のことは何も知らないから」

「そうかい？　警察とは深い関係があるんじゃないか？」

「さあね」

「始める前に教えてくれ。あんた、サーフィンが趣味なのか？　そんな感じの仕上がりだな」

「SUP」

「はあ？」

「スタンドアップパドルボード」

「ああ、サーフボードの上に立ってやるやつか」テレビか何かで見た記憶がある。

「あれはいい。俺はすっかりハマったね」

「沖縄で」

「沖縄にいたかどうかも言えないけどな」

「そういうの、やめねえか？」沖田は身を乗り出した。「時間の無駄だから」

「さすが、警察の人は無駄が嫌いだね」

「警察は時間に縛《しば》られてるんでね。じゃあ、始めるか」

「何を？」入江が腕を組んだ。細身のシャツを着ているので、上半身の細さがはっきりと分かる。鍛えて絞っているというより、いかにも不健康そうだ。本人からは薬物反応は出ていないので、あくまで「売人」として薬物に関わっているのだと思うが。

「あんた、田島真奈を殺したな」沖田は切りこんだ。

入江が椅子に背中を預け、鼻を鳴らした。

「イエスか、ノーか」

「知らねえな」

「俺は、彼女が死ぬ直前に会ってる。実質的に彼女を看取《みと》ったのは俺みたいなものだ」

「だから?」

「俺がどうして彼女を知っているか、分かるか?」

「そんなこと、俺が知るわけないだろう」入江がまた鼻を鳴らす。鼻が悪いのでは、と思えるほどだった。

「彼女は、ある人物と関係があるんじゃないかと思われていた。その線を調べるために俺は彼女に接近したんだが、あっさり否定された」

「それで?」

「しかし彼女が殺された夜、俺に電話があったんだ。助けて欲しいという話だった。それで俺は、彼女の家に向かって、彼女が襲われて廊下で倒れているのを発見した」

「それは、なかなか強烈な体験だったな」他人事《ひとごと》のように入江が言った。

「なあ」沖田は軽い調子で話を合わせた。「警察官だって、人が死ぬ寸前の状態に出会すことなんか、まずないからな。殺人者ならともかく——あんたみたいに」

「俺が人を殺した、と?」

「それを認めてくれると話が楽なんだが」

「馬鹿言うな」入江が笑った。「俺を人殺し扱いするのか? いくら警察でも、それは失礼だろう」

「残念ながら——あんたにとって残念なことっていう意味だけど、証拠があるんだよ」

「はあ？」

「あんたは、何人殺した？」

「その質問は、失礼過ぎるだろう」

「殺しっていうのは、何回やっても慣れないんだろうな。殺し屋なら上手くやるかもしれないけど、そもそも日本には殺し屋なんかいない。最初は偶然、上手くいったんだろう？　だけど二回目はヘマした。しかも古典的なヘマだ」

「何の話かな」

「指紋」沖田は人差し指を入江につきつけた。「あんたの指紋が、現場に残っていた」

これまで逮捕されたことがない入江の指紋は、警察のデータベースにはなかった。今回、暴行容疑で逮捕されて初めて指紋を採取され、それが田島真奈の自宅で見つかった指紋と一致したのだった。

「指紋なんか……」入江が目を逸らす。

「どうして田島真奈さんの家に指紋があったか、説明してもらえるか？　説明できるとしたら、二つに一つだな。あんたが田島さんを殺したか、前から田島さんと知り合いで、頻《ひん》繁《ぱん》に家に出入りしていたか」

入江が口を閉ざす。初めて、目に暗い色が過《よ》ぎった。

「どっちだ？　もしも第三の説明があるなら、それを言ってくれ。言えないと……」

「言えないと？」

「殺しの捜査で、あんたを容疑者として追及することになる。だけどそれは、俺の担当じゃねえ。担当者には意地があるから、取り調べはこんなもんじゃ済まねえよ」

「あんたが、その……田島真奈とかいう人が殺された事件を調べてるんじゃないのか」

「いいや」沖田は肩をすくめた。

「じゃあ、何なんだ」入江の声に焦りが生じる。

「おっと、言い忘れたな」沖田は耳を引っ張った。「一番大事な自己紹介だ。捜査一課追跡捜査係の沖田です」わざとらしく頭を下げて見せる。

「追跡捜査係？」

「そう。未解決事件の再捜査が仕事だ。今、十年前に杉並で起きた殺人事件の再捜査をしていてさ。これが面白い話なんだけど、ま、後回しにしようか」

沖田は言葉を切り、入江の反応を窺った。相変わらず腕組みをし、椅子にだらしなく腰かけているが、表情は険しい。言い抜ける手を必死に考えているのだろうが、そう簡単に思いつくわけでもないだろう。

「それとも、先に十年前の話を聴きたいか？　俺としても、そっちの方が面白い——話しがいがあるんだけどな」

「何なんだよ！」入江が急に激昂《げっこう》した。「あんた、俺をからかってるのか？」

「いや。順番を追って話してるだけだ。順番を追うというか、時間を遡《さかのぼ》って」

「だから？」

「あんたはあまり記憶力がよくなさそうだから、最近の話から始めようか」

「田島真奈か？　知らないな」

「じゃあ、指紋のことを説明してくれ」

「言うつもりはない」

「言えないのか？　説明できないのか？」

入江がまた黙りこむ。沖田は少し口調を緩めて、話を続けた。

「少し時間を巻き戻す。もう一人、登場人物が出てくるから、頭を真《ま》っ新《さら》にして聞いてくれ。あんたの記憶容量はだいぶ小さいみたいだからな」

「ほざけ」

「これは失礼。だけど、ややこしい話なんだ。俺も、ちゃんと分かっているかどうか、自信がない。あんたが補足してくれるとありがたいんだけどな」

「勝手なこと、言うな」

「まあ、黙って聞いてくれ――徳島。徳島悟」

入江がまた肩を震わせた。ダメージは確実に与えていると確信し、沖田は続けた。

「徳島悟という人間とは、あんたはだいぶ前からの知り合いだよな。四年ぐらい前か？　そうだよな。徳島が、当時住んでいたマンションの住人を殺した頃からだから」

「何の話だ」

「整理しないと分からないか？　だったら一から説明するよ。当時大学生だった徳島悟という人間は、あんたの手下だった。小遣い稼ぎのつもりでヤクの売人になったんだろう。あんたにすれば、手軽に使える駒《こま》みたいなものだったんじゃないか？　ヤクの商売で小銭を与えて、一方で恐怖で縛りつけた。ヤクザと同じやり方だな」

「俺はヤクザじゃない」

「あんたも、昔からヤクの取り引きにかかわってきた。ゼロから始めたわけじゃなくて、結局はヤクザの手先みたいなものだよな。ヤクザのやり方も、しっかり学んだはずだ」

「言うことはないね」

「まあ、いいよ」沖田は頭を掻いた。こういう態度には慣れている。のらりくらり、警察を馬鹿にするような容疑者と対峙したことは、今まで何度となくあった。結局は、そういう容疑者も落ちる。精神的に耐えられなくなるか、決定的な証拠を突きつけられ、最後は喋るしかなくなるのだ。「とにかくあんたは、四年前に徳島悟という人間とつき合っていた。あんたからすれば、コントロールしやすい人間だったんじゃないかな。二十歳そこそこの大学生だし、人を殺した負い目もあった。だから脅したり、ちょっと小遣いをやったりすれば、何でも言うことを聞かせられた。それで四年前にあんたが徳島にさせたことは――篠崎光雄に対する圧力だ」

そこで初めて、入江が沖田の顔を真っ直《ま》ぐ《す》見た。落ちかけている――少なくとも決定的なダメージは与えたと沖田は確信した。

「そこで話は、十年前に遡る。十年前、篠崎さんは、当時交際していた益岡仁美さんを殺したとして逮捕された。しかし篠崎さんは、裁判で無罪が確定した――つまり、警察としては大きなミスを犯したんだ。警察を間違った方向に誘導した人間がいたことが原因だったんだけどな。それがあんただよ」

そこはまだ、確証はない。しかし入江は間違いなく動揺していた。沖田は身を乗り出し、彼に顔を近づけた。

「十年前、特捜本部が早々に篠崎さんを逮捕するきっかけになったのが、垂れ込みの電話だった。殺された益岡仁美さんが中絶を強要され、それが原因で篠崎さんと揉めていたという情報がもたらされて、特捜本部は一気に篠崎さんが犯人だという方向へ走ってしまった。大きなミスだけど、その件に関しては警察の責任は裁判で明らかになっている。無罪判決は、警察にとっては最大の恥だし、その後の民事裁判でもほとんど争わずに負けて、賠償金を支払った。しかし篠崎さんが無罪判決を受けたのは、あんたにとっては大きな不安材料になったはずだよな。だから徳島を使って、篠崎さんにダメージを与えようとした。無責任な噂を流して、篠崎さんが家にいられなくした」

「そんなことはしていない」

「その件は徳島が認めたぜ。自分の殺しのことを指摘されて、断りきれなかったってな。あんた、篠崎さんをどうするつもりだったんだ？　まさか殺す気だったのか？　いや、それはないか……あんたは尻尾《しっぽ》を巻いて、沖縄に逃げこんだわけだからな。当時、警察の捜査があんたに迫っていた。それから逃れるために、沖縄に渡ったんだろう？　でもあんたは常に怯《おび》えていた。篠崎さんが無罪になったということは、警察は再捜査して犯人に迫るかもしれない。そうしたら、自分に捜査の手が迫る——逃げられないかもしれないと考えて怖くなるのは、自然だと思うよ。でも、その後が良くない。作戦が雑だった」

「あんたにそんなことを言われる筋合いはない」入江がいきり立った。

「いいや、あんたは間抜けだ。自分では浅はかな作戦だとは思っていなかったかもしれねえが、実際は底が浅いんだよ。だからあんたは今、ここにいる。これから、十年前の事件でも厳しく取り調べを受ける——その件は今は言わないけど、あんたは、篠崎さんの告白文をでっち上げた。一事不再理《いちじふさいり》——一度無罪になった人は、同じ事件では捜査を受けないという原則を利用したんだな。篠崎さんが『自分が犯人だ』と告白しても、警察は捜査はできない。となると、実際には警察は手を縛られた状態になる。十年前の事件は、完全に迷宮入りすると思ったんだろう」

「俺は……」今や入江の額には汗が浮かんでいた。

「篠崎さんの偽の告白文を警察に送る——そのためにあんたが利用したのが、またしても徳島だった。ただし今回は、田島真奈もいた」

「田島真奈……」惚けたように入江が言った。

「あんたと田島真奈、それに徳島の関係はまだ分かっていない。ただし田島真奈は、何度か篠崎さんと会っている。あんたの指示で、様子を観察していたんじゃないかと思う。一方徳島は、田島真奈とは今まで面識がなかったはずだ。あんたの指令を受けて初めて会って、二人で篠崎の告白文をでっち上げた――徳島がそう供述している。俺は、嘘じゃないと思うけどな」

「嘘じゃないと、どうして分かる」

「あんたはどう思う？」

「俺は関係ない！」

「ま、じっくりやらせてもらうよ」沖田は肩をすくめた。「俺は、徳島は完全に落ちたと思ってる。どうしてかといえば、徳島はあんたを猛烈に恐れているからだ。何をするか分からない男だ、とも言っていた。あんたから逃れるためには、刑務所に入った方がいい、とまで言ったぐらいなんだから。ところが今、状況は変わった。あんたは油断して逮捕されて、今度は逆に徳島が有利になったんだよ。あんたがやったことが全部立証されれば、徳島は二度とあんたを恐れることはなくなる」

「ああ？」

「人を二人殺して、逃げられると思うか？　十年前、そして今だ。益岡仁美さんと田島真奈、あんたは二人の女性を殺した。まず、益岡さんのことを聞こうか。どうして彼女を殺した？」

「俺は何もやってない！」

入江が声を張り上げる。初めて冷静さを失ったようだった。ここはチャンス――沖田は一気に攻めた。

「あんたは昔、益岡仁美さんとつき合っていた。それは十年前に捜査していた刑事たちも把握している。ただし、篠崎さんに疑いの目が向いたから、あんたのことを深く捜査する刑事はいなかった。それはミスだな」

「俺はやってない！」入江が繰り返した。「何の証拠があるんだ！」

「残念ながら、物理的な証拠はない。しかしあんたは知らない間に、あちこちにヤバい種をまいてたんだよ。例えば……あんたと田島真奈は相当古い知り合いなんじゃないか？田島真奈の携帯の解析がようやく始まったんだけど、あんたとのやり取りがかなり詳しく残っているそうだ」それはハッタリだった。嘘だと分かると、後で問題になるかもしれない――しかしこの一撃は入江を揺らした。「かなり昔のやり取りまで残っているかもしれないな。そこで何が分かるか――あんた、十年前も田島真奈を利用してたんだろう？　何かの拍子《ひょうし》に、彼女に自分のやったことを話してしまったんじゃないか？　彼女だって、自分の身を守るために、切り札として覚えていたはずだ。これから携帯の解析が進むと、どんな材料が出てくるかね」

入江がうなだれる。しかし次の瞬間にはゆっくりと顔を上げ、引き攣《つ》った笑みを浮かべた。

「なあ、取り引きしないか？」

「取り引き？」

「俺が今まで何をしてきたか、あんたらは知ってるだろう？　会社を辞めた――その辺の事情も」

「あんたが会社に迷惑をかけたからじゃないのか」入江が疑われたがために、グリーンオーダーの他の社員までもが、警察から事情聴取を受けた。それは今でも、会社の暗い歴史として語り草になっている。

「会社に迷惑って、どういう意味でだと思う？」入江がニヤリと笑う。ほんの数秒の間に、妙にリラックスしたようだった。

「あんたが薬物取り引きの疑いをかけられて、その影響が会社にまで及んだ」

「違うんだな。俺は確かに、十年以上前からヤクに手を出している。自分では使わない、売り専門だ。そもそもどうしてそんなことを始めたと思う？」

「さあ」話がどこへ向かうのか分からず、沖田は無関心を装って相槌《あいづち》だけ打った。お前の言うことになんか興味はない——そういう素振りを見せると、逆に話を聞いてもらおうと必死になる人もいる。今の入江はまさにそんな状態になっていた。

「あの会社だよ。グリーンオーダーの中には、ヤクの売人が大勢いる。当時の俺は、その中の一人に過ぎなかった」

「会社ぐるみだったのか？」

「そう言ってもいい。そしてその状況は、今でもそれほど変わってないんだよ。ＩＴ系企業が薬物売買の拠点になっている——なかなか面白い話だろう」

「そもそも何で、そんなことに？　グリーンオーダーは、ちゃんとした会社だろう」

「ＩＴ系企業の多くは、実際にはとんでもないブラックなんだよ。何も分からないクライアントを相手にシステムを構築して、二十四時間三百六十五日体制で問い合わせにも対応する。グリーンオーダーのＳＥ連中なんか全員すり減っていて、離職率も異常に高いからな。それを乗り切るためには――」

「薬の力が必要、ということか」沖田は話を引き取った。ふざけた話だが、昔から覚醒剤に関しては「疲労回復」「ダイエット」というのが誘い水になっている。「それで、社内でヤクを調達する人間が出てきた。あんたもその一人だけど、あんたはそれだけに収まらず、外で売り始めて警察にマークされ、会社を辞めざるを得なかった」

「あの会社を調べてみろよ。誰がヤクを扱ってるか、俺は具体的な名前も教えられるぜ」

「なるほど」沖田はできるだけ重々しく見えるようにゆっくりとうなずいた。「それで？取り引きというからには、こっちの質問にも答えてもらわねえと困るな――益岡仁美さんを殺して、篠崎さんに罪を押しつけたのはあんたか？」

「ああ」入江の喉仏が大きく上下した。

「そして今回、篠崎さんが罪を告白したような工作をしたんだな？」

「そうだ。なあ、俺はちゃんと喋ったし、グリーンオーダーの情報も教えた。だから――」

「無理だ」沖田はあっさり言った。

「ああ？」

「何を想像したのか知らねえけど、俺は薬物事件の捜査はしていない。警察は極端な縦割り組織でね。自分に関係ない事件は捜査できない決まりになってるんだよ。だいたい、俺がいつ何の約束をした？」

「貴様――」

「取り引きの約束をしたと言っても、そんなものは無効だ」取調室でのやり取りは録音されているのだが、今のところは正規の記録にはならない。正式な取り調べではなく、あくまでその下調べである。

「冗談《じょうだん》じゃない。騙《だま》したのか？」

「あんたが勝手に勘違いして喋ったんだ。それについては、俺は何も言うことはない。いずれにせよあんたは、十年前の犯行を自供した。その件は録音されている。今後正式な取り調べで供述を覆《くつがえ》しても、この記録は残っているから、何故《なぜ》供述を変えたか、説明してもらう必要がある」

「ふざけるな……」入江は歯嚙みした。

「ふざけてない。あんたもいい加減、仏になれよ。人を二人も殺して、無事に逃げられると思ってたのか？」

「十年前は……逃げた。逃げられた」

「今回は、誰にも責任を押しつけられなかったわけか。当たり前だよ――そんなに上手くいくわけがない」

「クソ……」入江が吐き捨てる。

「あんたを調べる時間はたっぷりある。これからいくつもの犯罪に関して調べられるんだから、覚悟しておいてくれよ。一つ、アドバイスしておく。事件によって否定したり肯定《こうてい》したりすると、そのうち混乱してきて、何が何だか分からなくなる。素直に全部認めておいた方が、間違いはないよ」

「警察は間違うだろうが。十年前の事件みたいに」入江が精一杯の皮肉を飛ばす。

「警察は、一度失敗したことは二度と繰り返さねえんだ。あんた絡みの失敗は、もう絶対にない」

沖田は署に一箇所だけ設けられた喫煙所で、煙草を続けて二本、灰にした。今後、入江はあちこちをたらい回しにされる。まず、渋谷中央署では暴行、そして覚醒剤取締法違反。その後で練馬中央署の殺人容疑での取り調べが待っている。十年前の杉並中央署管内の殺人事件は最後になるだろう。これをどこが担当するかは難しいところだ。再捜査ということで、追跡捜査係が受け持つのが筋ではある。十年前の特捜本部は、篠崎が起訴された時点で解散してしまった。ただし無罪判決が出たことで、「犯人不明」の状態に戻ってしまい、小規模の捜査本部が再編されて調べを続けている。当時の捜査資料も完全に残っているから、現在の捜査本部が取り調べも引き継ぐのが効率的である。

パッケージには、まだ半分ぐらい煙草が残っている。しかし沖田は、そのまま握り潰した。何となくだが、ここから先は煙草に頼ってはいけない気がしている。自力で戦う——そうしないと、このややこしい一連の事件には対応できないのではないか。

8

八月。入江に関する一連の捜査はまだ続いていた。今年は連日、最高気温が三十五度を超える猛暑になっていたが、西川も沖田もよく動いた。今、入江の身柄は田島真奈殺しの捜査のため、練馬中央署にある。これまでの調べでは、薬物取り引きの関係で揉めて殺してしまった、ということだった。あと数日で二度目の勾留期限が切れ、今度は杉並中央署の捜査本部が入江を再逮捕する予定になっている。

徳島の身柄は神奈川県警に引き渡され、再捜査していた流れから、北山と沙都子も捜査に参加していた。将来はこれが、神奈川県警の追跡捜査事件第一号として認定されるかもしれない。

追跡捜査係では、十年前の事件を再捜査する下調べを担当していた。本来は、このまま追跡捜査係が担当してもいいのだが、今回は捜査一課長の「お情け」裁定が下っている。当時担当していた刑事たちを捜査の中心にする——失策は自分たちで挽回《ばんかい》しろ、ということだ。警察は極めてシステマティックに仕事をするものだが、時折こういう感情的な部分が入りこむ。西川としては、自分たちの仕事が奪われた感覚なのだが、沖田は平然としていた。あの男自身、非常に感情的なので、「チャンスをやってくれ」と頭を下げられたら気分よく譲ってしまうことも多い。それを見て、西川もまあいいだろう、という気持ちになっていた。むっとしているのは係長の京佳一人。口にこそ出さないが、追跡捜査係でポイントを稼ぐ機会を失ってしまった、と思っているのは間違いない。

西川はしばらく杉並中央署に通い続けて、当時の捜査資料の整理を手伝った。沖田は遊軍的に動き回り、関係者への事情聴取などを続けている。そんなある日、沖田から電話がかかってきた。

「どうした？」仕事の擦《す》り合わせだろうかと思ったが、沖田の声は静か——落ちこんだ感じがしている。

「柳さん、覚えてるか」

「ああ、篠崎さんの面倒を見ていた人だよな」西川自身は会ったことがないが、沖田から話は聞いている。今時珍しい、情に厚い人、という印象を抱いていた。

「実は今日、こっちへ出てきてるんだ。仕事関係の会合があって……その空き時間に会えないかって言ってきたんだ」

「事件について説明しろと？」

「そういう風に約束したし、俺もそのつもりだったよ。でも、ずっと時間がなかっただろう？」

「ああ」

「今日も、ちょっと厳しいんだ。お前、俺の代わりに会ってくれないか？」

「それは、お前がやるのが筋じゃないのか」こちらに押しつける話ではないだろう、と西川はむっとした。もしかしたら非常に面倒臭い人間で、沖田は逃げ回っているだけなのかもしれない。

「分かってるよ。柳さんが空いている時間は、午後五時から一時間ぐらいしかない。俺は、どうしてもその時間に間に合わねえんだ。後で何とか合流するから、説明を頼めねえかな。一回奢るから」

「そうか——まあ、いいよ」このところ座り仕事が続いて、多少腐っていたのも事実である。少し早く署を出て、沖田が待ち合わせ場所に指定した新宿の喫茶店に向かう。西新宿のごちゃごちゃした一角にあるチェーン店……中に入った途端、ここには何度か来たことがある、と思い出した。沖田から聞いていた風貌《ふうぼう》を手がかりに柳の姿を探す。すぐに、奥のボックス席についている初老の男を見つけて挨拶した。

「柳さんですか？　警視庁の西川です」

「どうも」柳が立ち上がり、丁寧に頭を下げる。

「沖田の同僚です。沖田は外せない別件がありまして、代理で来ました。仕事が終われば、沖田も合流するかもしれません」

「すみませんね、お忙しいところ」座って、柳がまた頭を下げた。老舗《しにせ》の製菓会社の会長だというのだが、妙に押しが強い。西川は、もう少し柔らかな人をイメージしていたのだが。

「とんでもない。こちらもなかなか仕事がまとまらなくて、説明する時間を確保できませんでした。沖田が約束したんですよね？」

「ええ。それで、申し訳ないんですけど、電話したんです。たまたまこちらに出て来る用事があったので」

「お仕事ですか？」

「ええ。今日は、協会の会合なんです。会社の経営はもう息子に譲ってますけど、こういう会合には顔を出すんですよ。たまに県外へ出るのも、気晴らしになりますから」

「そうですね」気楽な隠居、というところだろうか。しかし表情は厳しく、気持ちが緩んでいるわけではないようだ。篠崎の事件の真相を知りたいと、ずっと考えていたに違いない。西川はコーヒーを注文してから、座り直した。「今から申し上げることには、捜査の秘密も含まれています。これから裁判でポイントになることもありますから、他言無用でお願いします」

「もちろん」重々しい表情で柳がうなずく。

「本来、捜査途中の事件を、家族などの関係者以外に話すことは禁じられています。しかし沖田がお世話になったということで、今回は特別に話すことにしました」恩着せがましい感じになっていないだろうな、と心配になりながら西川は告げた。柳の表情が変わらないので、安心して続ける。「篠崎さんが十年前、無実の罪を着せられたのは間違いないです。容疑者を逮捕して、今、調べを進めています」

「それは、記事でも読みました。週刊誌は、ずいぶん書き立てていましたね」

「憶測も多いんですが、事実もあります」西川はうなずいた。「篠崎さんは被害者のようなものでした。被害者というか、裏切られた」

「どういうことですか？」

「被害者の女性は、篠崎さんと交際する前に、真犯人の入江という男と交際していたんですが、実際は切れていなかった。彼女の方では入江との関係を切りたかったようですが、入江はしつこくつきまとっていたんです。それを煩わしく思った彼女は、入江の弱点を突こうとした」

「弱点？」

「入江は当時から、薬物の取り引きに手を出していたんです。後に警察が目をつけて、社内でも公然の事実になりましたが、その時はまだごく一部の人間が知っているだけだった。彼女は、その秘密をバラされたくなかったら、二度と自分に近づかないようにと脅したんです。しかしこれが逆効果になってしまった。逆上した入江は、この女性を殺してしまいました。その後、篠崎さんに罪を押しつけようと、垂れ込みの電話をかけて警察に嘘の情報を流したんです。その結果篠崎さんが逮捕されたのは、柳さんもご存じかと思いますが……所詮《しょせん》嘘の情報で動いた捜査だったので、裁判では捜査側の言い分はほぼ認められず、無罪が確定しました。それで入江は焦ったんですね。無罪判決が出た後、捜査の手が及ばないように沖縄へ逃れました。それでも心配で、篠崎さんが『実は自分がやった』と告白する内容の手紙を偽造して、また警察を騙そうとしたんです。そのために、薬物取り引きで手足として使っていた若い人間を利用した。彼らが篠崎さんを監視し、手紙を用意して、わざわざ静岡まで行って投函《とうかん》したんです。それで、消印は静岡のものになっていた」

「何なんですか……」柳が首を捻った。「そんなに悪い男なんですか」

「悪いですし、自分の人生に対する執着心がすさまじい。何としても、自分の生活、それに薬物取り引きの仕事を守りたかったんでしょう」

この辺は、西川にはまったく理解できない感覚だ。入江は「卸」の人間ではないから、街中でドラッグをさばいても、儲けは高が知れている。実際銀行口座の残高は少なかったし、現金もそれほど多くは持っていなかった。贅沢《ぜいたく》な暮らしを送れたわけでもないのに、何故か薬物売買から離れられなかった――この辺の事情については、これから杉並中央署の捜査本部で叩くことになるのだが、入江がマイナスのスパイラルに陥《おちい》っていたのは間違いないだろう。いずれは大失敗して、どこかで終わる。逆に、今まで無事に生き残ってきたのが不思議なくらいだった。

「様々な要素が重なり合って、入江は失敗しました。しかし警察としては、申し訳ないことをしたと思っています。十年前にもう少し慎重に捜査していれば、篠崎さんが誤認逮捕されることもなく、真犯人に辿り着いていたと思います」

「光雄はね、亡くなった女性のことを一度だけ話してくれたんだ」柳が打ち明ける。

「そうなんですか?」

「結婚するつもりだった、と。四十代になってもずっと独身で、いい加減飽きてきたんだろうね。老後のことも心配になってきただろうし。だから、かなり真剣だったと思う。自分が逮捕されたことよりも、彼女を失ったことの方が辛《つら》かったと言っていた」

「そう、ですか」別れ話が出ていたのは事実だが、それでも愛情を完全に消し去ることはできなかったのだろう。

西川は篠崎という人間のことをまったく知らない。今まではあくまで「かつて容疑者だった人」として見てきただけで、愛する女性を失った喪失感《そうしつかん》を抱える一人の男性としてとらえていなかったことを自覚した。過去の事件を掘り返す仕事をしていると、どうしても登場人物を生身の人間と見なくなってしまう傾向がある。書類上に現れるA、そしてBという記号。そんな風に感じてしまうのは、自分がすり減り始めている証拠かもしれない。

「残念な話だよ。もちろん、私がどうこう言うことじゃないけど……それに警察のミスは明らかになって、一応光雄の名誉も回復されたんだから」

実際には、回復されていない。三年前、篠崎は無罪判決が確定していたにもかかわらず、徳島に噂を流され、マンションを出ざるを得なかった。そして今になって、また入江が罪を押しつけようとしたのだ。十年前の事件を境に、篠崎の人生がすっかり変わってしまったのは間違いない。二度と元へ戻らない人生に。

「柳さん、これは私が言うことじゃないかもしれませんけど……篠崎さんはご実家と完全に縁が切れていると、沖田から聞いています」

「そうですね」柳の顔が曇った。

「柳さんが面倒を見て最期を看取り、今はお骨も保管されていると……篠崎さんのご実家とは、最近話されましたか？」

「いや、さすがに話す気にはなれないな。光雄が亡くなったと知った時も『こっちには関係ない』って相当な剣幕だったしね。ご両親とも高齢だから、これ以上怒らせるようなことはしたくないんだ。体に悪そうだし」

「それは分かります」西川はうなずいた。この先があまり長くない年寄りに精神的な負担をかけて、いいことはない。とはいえ……亡くなった篠崎が浮かばれないのが辛い。「でも、もう一度ご両親と話していただくことはできませんか？　ようやく十年前の事件の真相が明らかになったんです。それを知れば、ご両親も篠崎さんを許す気になるかもしれない。そもそも篠崎さんは、何も悪いことをしていないんですし」

「そうねえ……」柳が苦しそうな表情を浮かべて視線を宙に漂わせた。「光雄とは幼馴染みで、ご両親も昔から知ってるけど、厳しい人でね。特に親父《おやじ》さんは、歳《とし》取ってさらに意固地になってるし、最近は耳も遠いから、ますます扱いにくい」

「大変なのは分かりますが、そこを何とか……本当は我々が説明した方が早いかもしれませんが、さすがにそれは許されません。厳密に言えば、現在の捜査は篠崎さんとは一切関係ありませんから」

「終わった話か……警察も、何でもかんでも面倒見てくれるわけじゃないんだね」

「申し訳ないですが、警察にできることの範囲は、意外に狭いのかもしれません。柳さんにご迷惑をおかけするのは申し訳ないですし、警察官としてこんなことを頼むのが筋違いだということは分かっているんですが」

「そうだね。筋違いと言えば筋違いだけど……話してみますよ」柳がうなずいた。「私も、うちにずっと光雄の遺骨を置いておくことはできないと思ってるんだ。実家の墓にも入れないっていうのは、あまりにも可哀想《かわいそう》だよね。私が墓を用意することはできるけど、そうしたらあいつは、死んだ後もずっと一人きりだ」

「ええ」

「ま、六十超えてしんどい目に遭《あ》うのも悪くはないでしょう。毎日ただぼうっとしていたら、頭も体も鈍《なま》ってしまう」

「お願いします」西川は頭を下げた。

「そうとなったら、もっと詳しく話を聞かせてもらわないとね。光雄のご両親に持っていく材料は、多いほどいいだろうから」

話は長引き、一時間近くに及んだ。最後は、会合の時間が迫ってきたということで柳が席を立った。

一人取り残された西川は、両手で顔を擦ってから、ほんの少し残ったコーヒーを飲み干した。妙な疲れと眠気を感じて、お替わりを頼む。沖田の奴、こんな大変な仕事を押しつけやがって……飯一回じゃなくて二回奢りだな、と考えているところへ、沖田が飛びこんで来た。

「悪い。柳さん、もう帰ったか？」

「五分前にな」西川はわざとらしく腕時計を覗いてみせた。

「そうか……それで納得してくれたか？」

「ああ。篠崎さんのご両親と話すように頼んだよ。いい加減、篠崎さんの遺骨も実家の墓に入れた方がいいんじゃないか」

「そんなこと、頼んだのか？」沖田が目を見開く。「俺は篠崎さんの親父さんに会ったけど、なかなか強烈な人だったぜ。久々に門前払いを食らったよ」

「でも、柳さんは引き受けてくれた」

「マジか」

「柳さんだって、遺骨のことは気になってたんだよ」

「そりゃそうだろうな。これで上手く話が回るといいんだけど……俺も、コーヒー頼んでいいか？」

「ああ」

沖田がくしゃくしゃになったハンカチで額の汗を拭い、アイスコーヒーを頼んだ。飲み物が来るのを待つ間、店内をぐるりと見回す。

「ここ、チェーン店だよな？」

「そうだよ」

「どうだよ、こういう重厚なインテリアは」

確かに、店内は黒と茶色で統一されて落ち着いた雰囲気である。昔ながらの純喫茶、という感じだった。西川は落ち着くが、若い人には受けないのではないだろうか。

「悪くない」

「もうちょっと光が入るようにして、白中心のインテリアにした方が、若い人は入りやすいかね」

「何でお前がそんなこと、気にする」

「俺じゃない。響子だ。最近、雑誌の喫茶店特集まで読んで、真面目に研究してる。空いた時間には、名店と呼ばれてる店を回ってるんだよ」

「マジか」西川が驚く番だった。「コーヒーを淹れる練習だけしてるんじゃないのか」

「美也子さんと一緒の時もあるし、俺もつき合わされたことがある」

「響子さん、ついに本気になったのか……」

「そもそも焚《た》きつけたのはお前じゃねえか」

「いや、俺はもっと先の話かと思ってた。美也子だって、すぐには動けないよ」

「年内にとか来年になんて、そんな気の早い話じゃない。いつかだよ、いつか。でも、準備はしておいて損はないだろう？」

「まあな」一番大事な準備は「金」だろうが。「そうか、本気なのか……」

「美也子さんはどう言ってる？」

「この件ではあまり話をしてない」

「お前の方が言い出しっぺだろうが。ちゃんと話し合っておかないと、後で急に話が具体的になって慌てることになるぜ」

「さすがに、そんなに急にはいかないだろう」

「何かさ、最近ふっと考えることがあるんだ」運ばれてきたアイスコーヒーをストローでかき混ぜながら、沖田が言った。「俺たちの人生って、ほとんど変化がないじゃないか」

「そんなことはない」西川は否定した。「所轄から捜査一課、その中で今は追跡捜査係――仕事は何度も変わってる。それに、向き合う事件は一つ一つ違う」

「でも、大きく変化したわけじゃない。捜査という仕事は、基本的に同じなんだから」

「何だよ、不満なのか？」普段の沖田を見る限り、すり減ったり疲れたりしている様子はない。この仕事を続けているうちに、精神的に参ってしまう人間がいるのも確かだが――人間の汚い面に直面せざるを得ないからだ。

「不満はないよ。ただ、このまま定年まで勤めて、その後いきなり全然違う場所に放《ほう》り出されたらどうなる？」

「警察の仕事を何らかの形で続けることはできるし、再就職だって難しくない。それぐらいの変化には対応できるだろう」

「お前はどうするんだよ。定年後のこととか、考えないか？」

「俺は書斎派だから。書斎に籠《こも》る」

「それで未解決事件の研究をして、何か分かったら後輩のところへ押しかけてあれこれ言うのか？　それじゃ、ただのうるさいジジイじゃねえか」

「うるさいジジイはひどいな」西川は顔を歪《ゆが》めた。

「まあまあ……例えばさ、響子は結構何度も人生の曲がり角に立ってる。離婚したり、息子が事件に巻きこまれたり、派遣から正社員になったり」

「お前と出会ったり」西川は合いの手を入れた。

「それが大事かどうかは分からねえけどな」沖田が照れ笑いを浮かべた。沖田本人にとっては、間違いなく大事なことだろう。「それに比べれば、俺たちの人生は平々凡々じゃねえか」

「これだけ色々な事件に出会してるのに？」

「それはあくまで他人の人生だ。俺たちは刑事としてかかわるだけで、外部の人間であることは間違いないんだからさ」

その言い方が意外だった。沖田は事件に感情移入してしまうタイプだとばかり思っていたのだが。

「お前、警察の仕事以外に何かやりたいのか？」

「別に、今すぐ刑事を辞めたいわけじゃない。仕事がある限りは続けるよ。だけど、いつかは辞めなくちゃいけない。その時にどうするかっていう話だ。お前はどうなんだ？　本当に書斎に籠って、古い資料を読んでるだけで満足なのか？」

「俺は……」言われて西川は言葉に詰まった。本当に好きな作業なのだが――今でもやっている――日がな一日、自宅の階段下に作った小さな書斎に籠るだけの日々を想像すると、さすがに気が滅入《めい》る。それが嫌で散歩をしていたら、何だか本当に「老後」という感じではないか。

「選択肢《せんたくし》は、幾つも作っておいた方がいいんじゃねえかな。例えば響子と美也子さんが先に店を始めて、いずれ俺たちも手伝う、みたいな」

「本気で言ってるのか？」西川は眉をひそめた。「お前が喫茶店でコーヒーを淹れる？」

「いや、それは腕が確かな美也子さんに任せるとしてさ」

「だったらウェイターか？　それもやめておけよ」

「何で？」

「お前が注文を取りに行ったり、コーヒーを運んだりしたら、客が寄りつかなくなる。あるいは俺たちの知り合いの警察官の溜《た》まり場になる」

「じゃあ、お前なら大丈夫なのか？」沖田が挑みかかるように言った。「自分は喫茶店のマスターに向いてると思うか？」

「俺は、自分で店に出るつもりはないよ。そういうタイプじゃないことは、自分で分かってる」

「じゃあ、寂《さび》しい老後を一人で過ごすんだな」

「そういうことを言うのはまだ早いよ」定年まで十年もあるのだ。そのうち六十五歳定年になって、もっと長く働けるようになる可能性も高い。「とにかく俺は、お前と二人で店に出るようなことだけは避けたいな」

「じゃあ、交代制で」

「本気で言ってるのか？　今にも刑事を辞めそうな感じだけど」

「それはない」沖田が言い切った。「いろいろ将来のことは想像するけど、今はこの仕事を必死にやるだけだ」

西川はうなずいた。やるだけ——その通りだ。

追跡捜査の仕事では、頻繁に嫌な思いをする。同僚のミスを指摘して嫌がられるし、予想外の結末がこちらにダメージを与えることもある。それでも辞めない——凍りついた事件をそのままにしておくわけにはいかないから。

その思いだけは、どうやらまだ二人に共通しているようだ。

本書はハルキ文庫の書き下ろしです。

本作品はフィクションであり、登場する人物、団体名などは架空のものであり、現実のものとは関係ありません。

ハルキ文庫

と 5-13

不可能《ふかのう》な過去《かこ》 警視庁追跡捜査係《けいしちょうついせきそうさがかり》

著者 堂場瞬一《どうばしゅんいち》

2023年1月18日第一刷発行

発行者 角川春樹

発行所 株式会社角川春樹事務所
〒102-0074 東京都千代田区九段南2-1-30 イタリア文化会館

電話 03(3263)5247(編集)
03(3263)5881(営業)

印刷・製本 中央精版印刷株式会社

フォーマット・デザイン 芦澤泰偉
表紙イラストレーション 門坂 流

ISBN978-4-7584-4536-8 C0193 ©2023 Dôba Shunichi Printed in Japan
http://www.kadokawaharuki.co.jp/ [営業]
fanmail@kadokawaharuki.co.jp [編集] ご意見・ご感想をお寄せください。

堂場瞬一の本

沈黙の終わり

上・下

二十年掛けて築き上げてきたことが、ここで一つの形となった——。（著者）

七歳の女の子が遺体で発見された。その痛ましい事件から、30年間隠されてきたおぞましい連続殺人の疑惑が浮かび上がった。定年間近の松島と若手のホープ古山、二人の新聞記者が権力の汚穢を暴くため、奔走する。堂場瞬一作家デビュー20周年を飾る記念碑的上下巻書き下ろし！

単行本